# Cero K

**Seix Barral** Biblioteca Formentor

# Don DeLillo
## Cero K

Traducción del inglés por
Javier Calvo

Obra editada en colaboración con Editorial Planeta – España

Título original: *Zero K*

Fotografía de portada: Yoko VIII, 2012 © Cortesía del artista Don Brown, Sadie Coles HQ and Paul Stolper Gallery
Diseño de portada: Departamento de Arte y Diseño, Área Editorial Grupo Planeta
Fotografía del autor: © Joyce Ravid

© 2016, Editorial Planeta Mexicana, S.A. de C.V.
Bajo el sello editorial SEIX BARRAL M.R.
Avenida Presidente Masarik núm. 111, Piso 2
Colonia Polanco V Sección
Deleg. Miguel Hidalgo
C.P. 11560, Ciudad de México
www.planetadelibros.com.mx

Primera edición impresa en España: mayo de 2016
ISBN: 978-84-322-2916-9

Primera edición impresa en México: noviembre de 2016
ISBN: 978-607-07-3718-3

Impreso en los talleres de Litográfica Ingramex, S.A. de C.V.
Centeno núm. 162-1, colonia Granjas Esmeralda, Ciudad de México
Impreso en México - *Printed in Mexico*

*Para Barbara*

# PRIMERA PARTE

# EN TIEMPOS DE CHELIÁBINSK

# 1

*Todo el mundo quiere apropiarse del fin del mundo.*
Me lo dijo mi padre, de pie junto a las ventanas francesas de su despacho de Nueva York; gestión privada de la sanidad, fondos fiduciarios dinásticos, mercados emergentes. Estábamos compartiendo un punto temporal curioso, contemplativo, y ese momento estaba rematado por sus gafas de sol *vintage*, que traían la noche al despacho. Examiné las obras de arte de la sala, abstractas de distintos estilos, y empecé a entender que el silencio prolongado que había seguido a su comentario no nos pertenecía a ninguno de los dos. Me acordé de su mujer, la segunda, la arqueóloga, la mujer cuya mente y cuyo cuerpo deteriorado pronto empezarían a adentrarse, de forma programada, en el vacío.

Aquel momento me volvió a la cabeza unos meses más tarde y a medio mundo de distancia. Estaba sentado, con el cinturón de seguridad puesto, en el asiento de atrás de un coche blindado de cinco puertas con las ventanillas laterales tintadas, opacas en ambos sentidos. El chófer, separado de mí por una mampara, llevaba camiseta de fútbol y pantalones de chándal y se le veía un bulto en la cadera que indicaba que iba armado. Después de conducir una hora por carreteras en mal estado, detuvo el coche y dijo algo por su micro de solapa. Luego ladeó la cabeza cuarenta y cinco grados en dirección al asiento trasero derecho. Interpreté que era hora de desabrocharme el cinturón y salir.

Aquel trayecto en coche había sido la última fase de un viaje maratoniano, así que me alejé un poco del vehículo y me quedé allí un rato, aturdido por el calor, con la bolsa de viaje en la mano y sintiendo cómo mi cuerpo se reactivaba. Oí que el motor arrancaba y me giré para mirar. El coche estaba volviendo al aeródromo y era lo único que se movía en medio del paisaje, a punto de que se lo tragara la tierra o la luz crepuscular o el horizonte inmenso.

Completé mi rotación, una larga y lenta inspección de las marismas salinas y los pedregales que me rodeaban, vacíos salvo por varias edificaciones bajas, posiblemente conectadas, apenas distinguibles del paisaje blanqueado. No había más cosas ni más lugares. Hasta entonces no conocía la naturaleza exacta de mi destino, únicamente que se trataba de un lugar remoto. No me costaba imaginar que mi padre, junto a la ventana de su despacho, había invocado su comentario desde aquel mismo terreno yermo y desde los bloques geométricos que se fundían con él.

Y aquí estaba él ahora, estaban los dos, padre y madrastra, y yo había ido a hacer una brevísima visita y a decir un adiós incierto.

Ahora que las tenía tan cerca, me costaba distinguir cuántas edificaciones había. Dos, cuatro, siete, nueve. O sólo una, una unidad central con anexos radiales. Me imaginé el lugar como una ciudad a descubrir en una época futura, bien conservada y sin nombre, abandonada por alguna cultura migratoria.

El calor me hizo pensar que estaba encogiéndome, pero aun así quise quedarme un instante a mirar. Eran unos edificios escondidos, agorafóbicamente sellados. Edificios ciegos, silenciados y sombríos, con ventanas invisibles, diseñados para replegarse en sí mismos, pensé, cuando la película llegara al momento del colapso digital.

Seguí un camino de piedra hasta un amplio portal donde había dos hombres de pie, mirando. Camisetas de fútbol distintas pero el mismo bulto en la cadera. Estaban detrás de un grupo de bolardos diseñados para impedir que entraran vehículos en las inmediaciones del complejo.

A un lado, en la otra punta del camino de acceso, había, cosa extraña, otras dos figuras: dos mujeres veladas e inmóviles con chador.

## 2

Mi padre se había dejado barba. Eso me sorprendió. Era un poco más canosa que el pelo de su cabeza y le realzaba los ojos, hacía la mirada más intensa. ¿Acaso era la clase de barba que se deja un hombre ansioso por entrar en una nueva dimensión de la fe?

Le dije:

—¿Cuándo va a ser?

—Estamos estudiando la fecha, la hora y el minuto. Pronto —me dijo.

Tenía sesenta y bastantes años, Ross Lockhart; era ágil y de espaldas anchas. Sus gafas de sol descansaban sobre la mesa, delante de él. Estaba acostumbrado a reunirme con él en despachos de distintos lugares. Aquél era improvisado: varias pantallas, teclados y otros dispositivos distribuidos por la sala. Yo sabía que había invertido cantidades ingentes de dinero en toda aquella operación, aquella iniciativa, la Convergencia, y que el despacho era un gesto de cortesía que le permitía mantener el contacto necesario con su red de empresas, agencias, oligopolios, fundaciones, sindicatos, comunas y clanes.

—¿Y Artis?

—Está completamente lista. Ni asomo de vacilación ni de dudas.

—No estamos hablando de la vida eterna del espíritu. Hablamos del cuerpo.

—El cuerpo se congelará. Suspensión criogénica —me dijo.

—Entonces será en el futuro.

—Sí. El momento llegará cuando existan formas de contrarrestar las circunstancias que han causado el final. Mente y cuerpo serán restaurados y devueltos a la vida.

—No es una idea nueva. ¿Me equivoco?

—No es una idea nueva. Es una idea —me dijo— que ahora empieza a llevarse a cabo.

Yo estaba desorientado. Era la mañana del que sería mi primer día allí y era mi padre el que se encontraba al otro lado de la mesa, y, sin embargo, nada de todo aquello me resultaba familiar: ni la situación ni el entorno físico ni el hombre de la barba. Regresaría a casa sin ser capaz de asimilar nada de todo aquello.

—Y tú tienes plena confianza en este proyecto.

—Plena. Médica, tecnológica y filosóficamente.

—La gente inscribe a sus mascotas —le dije.

—Aquí no. Aquí no hay nada especulativo. No hay nada ilusorio ni periférico. Hombres, mujeres. Muerte, vida.

Su voz transmitía el tono sereno de los desafíos.

—¿Y puedo ver la zona donde va a pasar?

—Extremadamente improbable —dijo.

Artis, su mujer, padecía diversas enfermedades que la incapacitaban. Yo sabía que la esclerosis múltiple era la principal responsable de su deterioro. Mi padre estaba allí en calidad de entregado testigo de su defunción y más tarde de educado observador de los métodos iniciales que permitirían conservar el cuerpo hasta el año, la década y el día en que se lo pudiera volver a despertar sin peligro.

—Cuando he llegado aquí, me han recibido dos escoltas armados. Me han hecho pasar por seguridad, me han llevado a la sala y apenas me han dicho una palabra. Es lo único que sé. Eso y el nombre, que suena a religión.

—Tecnología basada en la fe. No es otra cosa. Otro dios. Y no tan distinto, por cierto, de algunos de los anteriores. Excepto por el hecho de que éste es real, es de verdad, da resultados.

—Vida después de la muerte.

—Con el tiempo, sí.

—La Convergencia.

—Sí.

—Pero las matemáticas cuentan para algo.

—La biología cuenta para algo. La fisiología cuenta para algo. Déjalo correr —me dijo.

Cuando mi madre murió, en casa, yo estaba sentado al lado de la cama y también se hallaba presente una amiga de ella, una mujer con bastón, plantada en la puerta. Así era como recordaría el momento: circunscrito para siempre a la mujer de la cama y a la mujer de la puerta; a la cama y al bastón metálico.

Ross me dijo:

—A veces voy a una zona que sirve de unidad de paliativos, y paso un rato entre la gente que está esperando para someterse al procedimiento. Expectación

17

mezclada con respeto reverencial. Mucho más palpable que el temor o la incertidumbre. Hay una reverencia, un estado de asombro. Están todos juntos en esto. En algo mucho más grande de lo que habían imaginado. Sienten una misión común, un destino. Y me sorprendo a mí mismo intentando imaginar un lugar así siglos atrás. Un alojamiento, un refugio para viajeros. Para peregrinos.

—Muy bien, peregrinos. Volvemos a la religión antigua. ¿Me dejarían visitar esa zona de paliativos?

—Seguramente no —dijo él.

Me entregó un disco pequeño y plano sujeto a una pulsera. Me dijo que era como las tobilleras que mantenían a los agentes de policía informados del paradero de los sospechosos en espera de juicio. La pulsera me daría acceso a ciertas zonas del nivel en el que estábamos y del de encima, nada más. Me avisó de que no me la quitara sin comunicárselo a seguridad.

—No saques conclusiones precipitadas sobre lo que veas y oigas. Este sitio lo ha diseñado gente seria. Respeta la idea. Respeta el escenario en sí. Artis me dice que debemos considerarlo en construcción, una excavación en curso, una forma de arte con la tierra, como el *land art*. Construido a base de tierra y también hundido en ella. Acceso restringido. Definido por la quietud, tanto humana como ambiental. También un poco parecido a una tumba. La tierra es el principio rector —me dijo—. Regresa a la tierra y emerge de ella.

Pasé un rato caminando por los pasillos. Estaban casi vacíos, solamente vi a tres personas, a intervalos, y a las tres las saludé con la cabeza, pero me respondieron con miradas reticentes. Las paredes eran de distintos tonos de verde. Enfilar un pasillo ancho y doblar por otro. Paredes vacías, sin ventanas, puertas muy espaciadas entre sí y todas cerradas. Las puertas eran de colores apagados y relacionados entre sí, y me pregunté si había algún significado detrás de aquellas variaciones tonales. Eso era lo que hacía con todos los entornos nuevos. Intentaba inyectarles significado, darle coherencia al lugar o al menos ubicarme en su seno, a fin de ratificar mi presencia intranquila.

Al final del último pasillo había una pantalla que sobresalía de una hornacina en el techo. Empezó a bajar y a extenderse de pared a pared, hasta tocar casi el suelo. Me acerqué despacio. Al principio las imágenes eran todas agua. Agua discurriendo por entre bosques y desbordando las orillas de un río. Escenas de lluvia azotando campos escalonados, momentos largos de nada más que lluvia, luego gente corriendo por todas partes y más gente indefensa en unas barquitas que brincaban sobre unos rápidos. Templos inundados y casas despeñándose por laderas de colinas. Contemplé cómo seguía subiendo el agua en las calles de las ciudades, cómo engullía los coches y a sus conductores. El tamaño de la pantalla distanciaba los efectos del agua de la categoría de las noticias televisivas. Todo era enorme y las escenas duraban mucho más que el habitual suspiro de los informativos. Me apareció delante, a mi altura, inmediata y real: una mujer a tamaño natural, sentada en un sillón ladeado, en medio de una casa hundida en una avalancha de barro. Un hombre, un rostro, bajo el agua, contemplándome. Di un paso atrás pero no pude dejar de mirar. Costaba mucho no mirar. Por fin eché un vistazo al pasillo esperando a que apareciera alguien, otro testigo, que se me pusiera al lado mientras las imágenes se sucedían y se solapaban.

No había audio.

## 3

Artis estaba sola en la suite en la que se alojaban Ross y ella. Me la encontré sentada en un sillón, con albornoz y pantuflas, y parecía estar dormida.

¿Qué decirle? ¿Cómo empezar?

Estás guapísima, pensé, y era verdad, lo cual era triste, una belleza atenuada por la enfermedad, la cara flaca y el pelo ceniciento, sin peinar, las manos pálidas juntas sobre el regazo. Al principio de conocerla pensaba en ella como la Segunda Mujer, luego como la Madrastra y por fin como la Arqueóloga. Esta última etiqueta ya no era tan reduccionista, sobre todo porque finalmente había tenido ocasión de conocerla. Me gustaba imaginar que ella representaba el ascetismo de la ciencia, que pasaba parte de su tiempo en toscos campamentos, capaz de adaptarse con facilidad a condiciones inclementes de otra clase.

¿Por qué me había pedido mi padre que viniera?

Quería que estuviera con él cuando muriera Artis.

Me senté en un diván, mirando y esperando; mis pensamientos no tardaron en alejarse de la figura que estaba quieta en el sofá y de pronto se me apareció él, aparecimos los dos: Ross y yo, en un espacio mental miniaturizado.

Era un hombre moldeado por el dinero. Se había ganado su reputación de joven, a base de analizar el beneficio derivado de los desastres naturales. Le gustaba hablarme de dinero. Mi madre decía: ¿de sexo no? Si es lo que le hace falta... El lenguaje del dinero era complicado. Él definía términos, trazaba diagramas, parecía vivir en estado de emergencia, encerrado en su despacho diez o doce horas casi a diario, o bien corriendo al aeropuerto, o preparándose para dar conferencias. En casa se ponía ante un espejo de cuerpo entero y recitaba de memoria discursos en los que estaba trabajando sobre apetitos de riesgo y jurisdicciones de baja fiscalidad, refinando sus gestos y sus expresiones faciales. Tuvo una aventura con una empleada eventual de su oficina. Corrió en el maratón de Boston.

¿Y qué hacía yo? Yo balbuceaba, meneaba los pies, me afeité una franja de pelo en mitad de la cabeza, de delante atrás; yo era su anticristo personal.

Se marchó de casa cuando yo tenía trece años. Estaba haciendo los deberes de trigonometría cuando me lo comunicó. Se sentó al otro lado del pequeño escritorio donde mis lápices siempre afilados asomaban de un bote viejo de mermelada. Seguí haciendo los deberes mientras él hablaba. Me dediqué a examinar las fórmulas de la página y a escribir en mi cuaderno, una y otra vez: *seno coseno tangente*.

¿Por qué dejó mi padre a mi madre?

Ninguno de los dos me lo dijo nunca.

Años más tarde, yo vivía en un estudio de alquiler

en el Upper Manhattan. Una noche salió mi padre por la tele, en un canal poco conocido, con mala señal: Ross en Ginebra, con la imagen ligeramente duplicada, hablando francés. ¿Sabía yo que mi padre hablaba francés? ¿Estaba seguro de que aquel hombre era mi padre? Él hizo una referencia, en los subtítulos, a la ecología del desempleo. Yo lo miré mientras me ponía de pie.

Y ahora Artis en aquel lugar apenas verosímil, una aparición en el desierto, a punto de ser puesta en conserva, un cuerpo glacial en una cámara funeraria gigantesca. Y después un futuro más allá de la imaginación. Pensemos solamente en las palabras: *tiempo*, *destino*, *azar*, *inmortalidad*. Y yo aquí con mi ingenuo pasado, mi historia con hoyuelos, los momentos que no puedo evitar evocar porque son míos, imposible no verlos ni sentirlos, saliendo como bichos de todas las paredes que me rodean.

Un Miércoles de Ceniza fui a la iglesia y me puse en la cola de los feligreses. Contemplé las estatuas, placas y columnas, las vidrieras de los ventanales, y luego caminé hasta la baranda del altar y me arrodillé. El sacerdote se acercó y me hizo su marca, un manchón de ceniza sagrada aplastado con el pulgar contra mi frente. *Polvo eres*. Yo no era católico, mis padres no eran católicos. No sabía qué éramos. Éramos «Comer y dormir». Éramos «Lleva el traje de papá a la tintorería».

Cuando él se marchó, decidí aceptar la idea de que me hubieran abandonado, o semiabandonado. Mi madre y yo nos entendíamos y nos teníamos confianza. Fuimos a vivir a Queens, a un apartamento con jardín pero sin jardín. A los dos nos parecía bien. Me dejé crecer el pelo otra vez en mi cabeza afeitada de aborigen. Salíamos a pasear juntos. ¿Quién hace eso, madre e hijo adolescente, en Estados Unidos? Ella no me sermoneaba, o al menos casi nunca, sobre mis pronunciadas desviaciones de la normalidad observable. Nos alimentábamos de comida insulsa y lanzábamos una pelota de tenis de un lado para otro en una cancha pública.

Pero el sacerdote con su sotana y el pequeño gesto enérgico de su pulgar al implantar la ceniza... *Y en polvo te convertirás*. Caminé por las calles mirando a ver si alguien me observaba. Me quedé delante de los escaparates contemplando mi reflejo. No sabía qué estaba haciendo. ¿Era acaso un gesto *grotesquizado* de reverencia? ¿Acaso le estaba haciendo una jugarreta a la Santa Madre Iglesia? ¿O había asistido al oficio simplemente para proyectarme a mí mismo dentro de una imagen trascendente? Quería que la mancha durara días y semanas. Cuando llegué a casa, mi madre se apartó un poco de mí, como para coger perspectiva. Me inspeccionó brevísimamente. Me aseguré de no sonreír; yo tenía sonrisa de enterrador. Ella comentó lo aburridos que eran todos los miércoles del mundo. Un poco de ceniza, a un coste mínimo, y un miércoles un poco especial, me dijo, se convierten en algo memorable.

Al final mi padre y yo empezamos a hacer frente a algunas de las tensiones que nos habían mantenido distanciados y yo acepté ciertos ajustes que me hizo en materia educativa, aunque no me acerqué para nada a las empresas de las que él era propietario.

Y años más tarde —de hecho parecía una vida entera más tarde—, empecé a conocer a la mujer que ahora tenía sentada delante, inclinada hacia la luz de la lámpara de una mesilla.

Y en otra vida distinta, la suya, ella abrió los ojos y me vio allí sentado.

—Jeffrey.

—Llegué tarde ayer.

—Me lo dijo Ross.

—Y resulta que es verdad.

Le cogí la mano y se la sostuve. No parecía haber nada más que decir, pero nos pasamos una hora hablando. Su voz era casi un susurro y la mía también, acorde con las circunstancias, o con el entorno en sí; los pasillos en silencio, la sensación de recinto cerrado y aislado, una nueva generación de arte terrestre, con cuerpos humanos en estados de animación suspendida.

—Desde que llegué aquí me he sorprendido concentrándome en cosas pequeñas y luego más pequeñas. Mi mente se está desplegando, desenrollando. Me acuerdo de detalles que llevaban años enterrados. Veo momentos en los que no me había fijado o que me habían parecido demasiado triviales para recordarlos. Es la enfermedad, claro, o la medicación. Es una sensación de cierre, de llegar al final.

—Temporalmente.

—¿Te cuesta creer esto? Porque a mí no. He estudiado la cuestión —me dijo.

—Ya lo sé.

—Escepticismo, claro. Lo necesitamos. Pero llegado cierto punto empezamos a entender que hay algo mucho más grande y más duradero.

—Te hago una pregunta simple. No escéptica, sino práctica. ¿Por qué no estás en cuidados paliativos?

—Ross me quiere cerca. Los médicos me visitan regularmente.

Le costó pronunciar las sílabas estranguladas de la última palabra y a partir de entonces habló más despacio.

—O me llevan en camilla por los pasillos y me meten en recintos oscuros que suben y bajan por huecos de ascensor o que se mueven hacia atrás o en sentido lateral. En cualquier caso, me llevan a salas de reconocimiento donde me miran y escuchan, todos muy callados. En esta suite hay una enfermera, o varias. Hablamos mandarín, ella y yo, o él y yo.

—¿Piensas en cómo será el mundo al que vuelvas?

—Pienso en gotas de agua.

Esperé.

Ella dijo:

—Pienso en gotas de agua. En cómo solía quedarme de pie en la ducha y mirar una gota de agua que bajaba despacio por la cortina. Me concentraba en la gota, en la gotita, en la esfera diminuta, y esperaba que cambiara de forma al pasar por los pliegues y las protuberancias, mientras el agua me golpeaba fuerte un costado de la cabeza. ¿De cuándo es este recuerdo?, ¿de hace veinte años, treinta, más? No lo sé. ¿Qué pensaba yo por aquella época? No lo sé. Tal vez le otorgaba cierta clase de vida a la gota de agua. La animaba, la volvía de dibujos animados. No lo sé. Seguramente tuviera la mente casi en blanco. El agua que me golpea la cabeza está puñeteramente fría, pero no me molesto en ajustar la temperatura. Necesito ver la gota, ver cómo empieza a alargarse, a exudar. Pero es demasiado clara y transparente para ser algo que exuda. Yo me quedo allí, recibiendo el impacto en la cabeza y diciéndome a mí misma que eso no es exudar. Son el barro o el limo los que exudan, es la vida primitiva del fondo oceánico, que se compone principalmente de criaturas marinas microscópicas.

Hablaba una especie de idioma de signos, deteniéndose a pensar, intentando recordar, y cuando regresó al momento y a la habitación presentes, tuvo que ubicarme, resituarme: Jeffrey, el hijo de, sentado delante de ella. Todo el mundo me llamaba Jeff menos Artis. Aquella sílaba extra, pronunciada con su dulce voz, me cohibía un poco, o bien me hacía consciente de un segundo yo, más agradable y de fiar, un hombre que caminaba con los hombros muy rectos, pura ficción.

—A veces, en una habitación a oscuras —le conté—, cierro los ojos. Entro en la habitación y cierro los ojos. O, si estoy en el dormitorio, espero a tener cerca la lámpara que hay en la cajonera de al lado de la cama. Y entonces cierro los ojos. ¿Es una rendición a la oscuridad? No sé qué es. ¿Es una acomodación? ¿Dejar que la oscuridad dicte los términos de la situación? ¿Qué es? Parece algo que haría un niño extraño. El niño que yo era. Pero sigo haciéndolo. Entro en una habitación a oscuras y espero quizá un momento de pie en la puerta y entonces cierro los ojos. ¿Me estoy poniendo a prueba a base de duplicar la oscuridad?

Nos quedamos un momento en silencio.

—Las cosas que hacemos y luego nos olvidamos de ellas —me dijo.

—Pero no nos olvidamos. La gente como nosotros.

Me gustaba decir aquello. La gente como nosotros.

—Uno de esos pequeños grumos de la personalidad. Así lo llama Ross. Dice que soy un país extranjero. Cosas pequeñas y luego más pequeñas. Ése ha llegado a ser mi estado existencial.

—Camino hacia la cajonera del dormitorio a oscuras y trato de averiguar con el tacto dónde está la lámpara que hay encima y luego busco a tientas la pantalla de la lámpara y meto la mano debajo de la pantalla en busca de la cosa esa que la apaga y la enciende, la perilla, el interruptor que enciende la luz.

—Y entonces abres los ojos.

—¿Los abro? El niño raro quizá los mantendría cerrados.

—Pero solamente los lunes, miércoles y viernes —me dijo, consiguiendo a duras penas orientarse por la secuencia familiar de los días.

Alguien salió de un cuarto trasero, una mujer, jersey gris, pelo oscuro, cara oscura, expresión resuelta. Llevaba guantes de látex y se cuadró detrás de Artis, mirándome.

Hora de marcharme.

Artis dijo con voz débil:

—Solamente soy yo, el cuerpo en la ducha, una persona encerrada en plástico, mirando una gota de agua resbalando por la cortina mojada. El momento está ahí para ser olvidado. Ése parece el sentido último. Es un momento en el que no hay que pensar nunca salvo cuando se está desarrollando. Tal vez por eso no parece peculiar. Solamente soy yo. No pienso en ello. Simplemente vivo dentro del momento y después lo dejo atrás. Pero no para siempre. Dejo de olvidarlo ahora, en este sitio en concreto, donde todo lo que he dicho y hecho y pensado está al alcance de la mano, aquí mismo, para ponerlo todo bien junto y que no desaparezca cuando abra los ojos a la segunda vida.

Se llamaba unidad alimentaria y era justamente eso: un componente, un módulo, cuatro mesas muy pequeñas y una persona más, un hombre vestido con algo que parecía una capa de monje. Me dediqué a comer y a echarle vistazos disimulados. Él cortaba su comida y masticaba introspectivamente. Cuando se puso en pie para marcharse, le vi unos vaqueros descoloridos debajo de la capa y unas zapatillas deportivas debajo de los vaqueros. La comida era comestible pero no siempre identificable.

Entré en mi habitación pegando el disco de mi pulsera al aparato magnético que había encajado en el panel intermedio de la puerta. La habitación era pequeña y carecía de elementos distintivos. Era genérica hasta el punto de ser una cosa con paredes. El techo era bajo, la cama era una cama, la silla era una silla. No había ventanas.

Dentro de veinticuatro horas, según las estimaciones clínicas, Artis estaría muerta, lo cual significaba que yo emprendería el regreso a casa mientras que Ross se quedaría un tiempo más para asegurarse en persona de que la serie de operaciones criogénicas se llevaba a cabo siguiendo el calendario.

Pero ya me sentía atrapado. A los visitantes no se les permitía salir del edificio, y aunque fuera no hubiera adónde ir, nada más que rocas precámbricas, notaba los efectos de la restricción. La habitación no estaba equipada con conexiones digitales y allí dentro mi *smartphone* estaba muerto. Hice ejercicios de estiramiento para activar el flujo sanguíneo. Hice abdominales y sentadillas con salto. Intenté acordarme del sueño de la noche anterior.

La habitación me producía la sensación de estar siendo absorbido por la esencia del lugar. Me senté en la silla, los ojos cerrados. Me vi a mí mismo allí sentado. Vi el complejo en sí desde algún punto de la estratosfera, una masa sólida y soldada y diversos tejados inclinados, paredes descoloridas por el sol.

Vi las gotas de agua que Artis había contemplado, una a una, deslizándose por el interior de la cortina de la ducha.

Vi a Artis vagamente desnuda, de cara al chorro del agua, la imagen de sus ojos cerrados dentro del hecho de mis ojos cerrados.

Quería levantarme de la silla, salir de la habitación, decirle adiós y marcharme. Conseguí convencerme para ponerme en pie y después abrir la puerta. Pero lo único que hice fue caminar por los pasillos.

# 4

Caminé por los pasillos. Las puertas estaban pintadas de diversas gradaciones de un azul apagado e intenté poner nombre a aquellos tonos. Mar, cielo, mariposa, añil. Todos eran incorrectos, y empecé a sentirme más tonto a cada paso que daba y a cada puerta que examinaba. Quería ver que se abría una puerta y salía alguien de ella. Quería saber dónde estaba yo y qué estaba sucediendo a mi alrededor. Vino una mujer dando zancadas con brío y resistí el impulso de ponerle nombre de color, o de examinarla en busca de señales de algo, de indicios de algo.

Luego me vino una idea a la cabeza. Simple. Detrás de las puertas no había nada. Caminé y pensé. Especulé. Había zonas en ciertas plantas del edificio que contenían oficinas. En otras partes los pasillos eran puro diseño y las puertas un elemento más del esquema dominante, que Ross me había descrito de modo general. Me pregunté si aquello era un arte visionario, basado en los colores, formas y materiales locales, un arte concebido para acompañar y rodear la iniciativa estructural, el trabajo central de científicos, asesores, técnicos y personal médico.

Me gustaba la idea. Era adecuada a las circunstancias, se ajustaba a los criterios de inverosimilitud, de pura chiripa arriesgada, que pueden caracterizar al arte más atractivo. Lo único que tenía que hacer era llamar a una puerta. Elegir un color, elegir una puerta y llamar. Si nadie abre la puerta, llamas a la siguiente y luego a la siguiente. Pero me daba miedo traicionar la confianza que había mostrado mi padre al invitarme a venir. Además, estaban las cámaras ocultas. Seguro que había vigilancia en aquellos pasillos: caras inexpresivas vigilando monitores en salas silenciosas.

Me crucé con tres personas, una de ellas un niño en una silla de ruedas motorizada que parecía un retrete. Tenía nueve o diez años y se me quedó mirando mientras venía hacia mí. Su torso estaba pronunciadamente inclinado a un lado, pero su mirada era despierta y me dieron ganas de pararme a hablar con él. Los adultos dejaron claro que eso no sería posible. Caminaron flanqueando la silla de ruedas y mirando al frente, al espacio autorizado, dejándome varado en mi pausa y en mis buenas intenciones.

Enseguida doblé un recodo y me adentré en una sala con las paredes pintadas de color marrón crudo, un pigmento espeso y lleno de grumos que me pareció diseñado para simular barro. Había puertas del mismo color, todas iguales. También había una hornacina en la pared con una figura de pie dentro, brazos, piernas, cabeza y torso, un objeto fijado allí. Vi que era un maniquí, desnudo y sin pelo ni rasgos faciales, y vi también que era de color cobrizo, tal vez bermejo o simplemente óxido. Le vi pechos, tenía pechos, y me detuve para examinar la figura, una versión en plástico moldeado del cuerpo humano, la maqueta articulada de una mujer. Me imaginé que le colocaba una mano en el pecho. Me parecía un gesto de rigor, sobre todo en mi caso. La cabeza era casi ovalada y los brazos estaban en una posición que intenté descifrar: defensa, retirada, con un pie colocado hacia atrás. La figura estaba bien sujeta al suelo y no encerrada tras un vidrio protector. Una mano en un pecho y la otra subiendo por el muslo. Era lo que yo habría hecho antaño. Allí, con las cámaras vigilando, los monitores y un mecanismo de alarma en el cuerpo; estaba seguro de eso. Di un paso atrás y observé. La quietud de la figura, la cara vacía, el pasillo vacío, la figura de noche, un muñeco, asustado, apartándose. Me alejé más y seguí mirándola.

Por fin decidí que tenía que averiguar si había algo detrás de las puertas. Descarté las posibles consecuencias. Me adentré por el pasillo, elegí una puerta y llamé. Esperé, fui a la puerta siguiente y llamé. Esperé, fui a la puerta siguiente y llamé. Lo hice seis veces y por fin me dije a mí mismo: una última puerta, y esa vez la puerta sí se abrió y apareció un hombre con traje, corbata y turbante. Lo miré, preguntándome qué podía decirle.

—Debo de haberme equivocado de puerta —le dije.

Él me miró con cara severa.

—Todas son incorrectas —me dijo.

Tardé un rato en encontrar el despacho de mi padre.

Una vez, cuando todavía estaban casados, mi padre llamó *tarasca* a mi madre. Puede que fuera una broma, pero me hizo acudir al diccionario a buscar la palabra. Mujer tosca, arpía. Tuve que buscar *arpía*. Mujer temible o denigrada por su fealdad, agresividad o desvergüenza. Ave fabulosa, con rostro de mujer y cuerpo de ave de rapiña. Busqué *rapiña*. Acto de expolio. Tuve que buscar *expolio*. Del latín *exspolium*. Tuve que buscar *polio*.

Tres o cuatro años después estaba intentando leer una larga e intensa novela europea, escrita en la década de 1930 y traducida del alemán, cuando me encontré con la palabra *tarasca*. Aquello me hizo evocar el matrimonio de mis padres. Sin embargo, cuando intenté imaginarme su vida juntos, al padre y a la madre sin mí, no me vino nada a la cabeza, no sabía nada. Ross y Madeline a solas, ¿qué decían?, ¿cómo eran?, ¿quiénes eran? Lo único que sentía era un espacio hecho trizas donde había estado mi padre. Y ahora tenía delante a mi madre, sentada al otro lado de la habitación, flaca, con pantalones y una camisa gris. Cuando ella me preguntó por el libro, hice un gesto de impotencia. Era un libro difícil, una edición de bolsillo de segunda mano atiborrada de emociones tremendas y violentas, con la letra diminuta y las páginas estropeadas por la humedad. Ella me dijo que lo dejara a medias y lo retomara tres años más tarde. Pero yo quería leerlo en ese momento, lo necesitaba en ese momento, por mucho que supiera que no lo acabaría jamás. Me gustaba leer libros que a punto estaban de matarme, libros que me ayudaban a saber quién era: el hijo que desprecia a su padre por leer esos mismos libros. Me gustaba sentarme a leer en nuestro balcón diminuto de cemento, con unas vistas fragmentadas del círculo de acero y cristal donde trabajaba mi padre, entre los puentes y las torres del sur de Manhattan.

Cuando Ross no se encontraba sentado a su mesa de trabajo, estaba de pie junto a la ventana. Pero en este despacho no había ventanas.

Le dije:

—¿Y Artis?

—La están examinando. Pronto la medicarán. Pasa mucho tiempo necesariamente medicada. Ella lo llama *satisfacción lánguida*.

—Me gusta.

Repitió la expresión. A él también le gustaba. Iba en mangas de camisa, llevaba las gafas oscuras, a las que llamaba nostálgicamente gafas del KGB: polarizadas, con lentes abatibles y color variable.

—Hemos estado hablando, ella y yo.

—Me lo ha contado. La volverás a ver y volveréis a hablar. Mañana —me dijo.

—Entretanto, este sitio...

—¿Qué le pasa?

—Solamente sé lo poco que me has contado tú. Hice el viaje a ciegas. Primero el coche y el chófer, luego el avión de la empresa, de Boston a Nueva York.

—Avión de envergadura supermediana.

—Subieron dos hombres a bordo. Luego, de Nueva York a Londres.

—Compañeros.

—Que no me dijeron nada. Aunque no me importó.

—Y se bajaron en Gatwick.

—Pensé que era Heathrow.

—Era Gatwick —me dijo.

—Luego subió alguien a bordo y me pidió el pasaporte y me lo devolvió y volvimos a despegar de nuevo. Iba yo solo en la cabina. Creo que dormí. Comí algo, dormí y aterrizamos. Al piloto no lo vi para nada. Imaginé que estábamos en Frankfurt. Alguien subió a bordo, me pidió el pasaporte y me lo devolvió. Miré el sello.

—Zúrich —me dijo él.

—Luego subieron a bordo tres personas, un hombre y dos mujeres. La mayor de las mujeres me sonrió. Intenté oír lo que decían.

—Hablaban portugués.

Mi padre se lo estaba pasando bien, con cara de póquer y despatarrado en su butaca, dirigiendo sus comentarios al techo.

—Hablaban pero no comieron. Yo me tomé un aperitivo, o tal vez eso fue más tarde, en la siguiente etapa. Aterrizamos y ellos bajaron y subió otra persona, que me acompañó por la pista hasta un avión distinto. Era un tipo calvo de dos metros diez aproximadamente, con traje oscuro y un medallón plateado muy grande alrededor del cuello.

—Estabas en Minsk.

—Minsk —dije yo.

—Está en Bielorrusia.

—Creo que allí nadie me selló el pasaporte. El avión era distinto al primero.

—Un chárter de Rusjet.

—Más pequeño, con menos comodidades y sin más pasajeros. Bielorrusia —le dije.

—Desde ahí volaste en dirección sudeste.

—Me sentía mareado, aturdido y medio muerto. No estoy seguro de si la siguiente etapa fue con o sin escalas. No estoy seguro de cuántas etapas ha tenido el viaje entero. He dormido, he soñado y he tenido alucinaciones.

—¿Qué estabas haciendo en Boston?

—Mi novia vive allí.

—Da la impresión de que tus novias y tú nunca vivís en la misma ciudad. ¿Por qué?

—Así el tiempo es más valioso.

—Aquí es muy distinto —me dijo él.

—Lo sé. Lo he descubierto. Aquí no hay tiempo.

—O bien el tiempo es tan abrumador que no lo sentimos pasar de la misma forma.

—Os escondéis de él.

—Lo posponemos —me dijo.

Ahora me tocaba a mí despatarrarme en la silla. Quería un cigarrillo. Había dejado de fumar dos veces y quería empezar y dejarlo otra vez. Lo veía como una actividad cíclica que duraba toda la vida.

—¿Te hago la pregunta o bien acepto pasivamente la situación? Quiero conocer las reglas.

—¿Cuál es la pregunta?

—¿Dónde estamos?

Él asintió lentamente, examinando la cuestión. A continuación se rio.

—La ciudad más cercana de cierta envergadura está al otro lado de la frontera y se llama Biskek. Es la capital de Kirguistán. También está Almatý, más grande y lejana, en Kazajistán. Pero Almatý no es la capital. Era la capital antes. Ahora la capital es Astaná, que tiene rascacielos dorados y centros comerciales cubiertos donde la gente se tumba en playas de arena antes de zambullirse en piscinas con olas. En cuanto sepas los nombres locales y cómo se escriben, te sentirás menos aislado.

—No pienso pasar tanto tiempo aquí.

—Ya —me dijo él—. Pero ha habido un cambio en los cálculos relativos a Artis. Ahora están esperando que todo se retrase un día.

—Yo pensaba que los plazos eran extremadamente precisos.

—No hace falta que te quedes. Ella lo entenderá.

—Me quedaré. Claro que me quedaré.

—Por mucho que lo sometamos a los protocolos más detallados, el cuerpo suele influir en ciertas decisiones.

—¿Va a morir de forma natural o van a inducir su último aliento?

—Debes entender que hay algo después del último aliento. Debes entender que esto es solamente el prefacio de algo más grande, de lo que viene después.

—Me parece todo muy mercantil.

—En realidad será muy dulce.

—Dulce.

—Será rápido, seguro e indoloro.

—Seguro —le dije.

—Necesitan que suceda en completa sincronía con los métodos que han estado perfeccionando. Los más adecuados a su cuerpo y a su enfermedad. Podría vivir varias semanas más, sí, pero ¿para qué?

Ahora estaba inclinado hacia delante, con los codos sobre la mesa.

Le dije:

—¿Por qué aquí?

—Hay laboratorios y centros tecnológicos en dos países más. Ésta es la base, el mando central.

—Pero ¿por qué está tan apartada? ¿Por qué no en Suiza? ¿O en un pueblo de las afueras de Houston?

—Esto es lo que queremos, este aislamiento. Aquí tenemos lo que necesitamos. Fuentes de energía duraderas y potentes sistemas mecanizados. Muros blindados y suelos reforzados. Redundancia estructural. Seguridad antiincendios. Patrullas de seguridad por tierra y aire. Ciberdefensa elaborada. Y etcétera.

Redundancia estructural. Le gustaba decirlo. Abrió un cajón de la mesa y sostuvo en alto una botella de whisky irlandés. Señaló una bandeja donde había dos vasos y yo crucé la sala para cogerla. De vuelta a la mesa, examiné los vasos en busca de rastros de arena o de polvo.

—Aquí hay gente en despachos. Escondidos. ¿Qué están haciendo?

—Están creando el futuro. Una idea nueva del futuro. Distinta de las otras.

—Y tiene que ser aquí.

—Esta tierra lleva milenios recorrida por nómadas. Pastores de ovejas en campo abierto. No ha sido vapuleada y apisonada por la Historia. Aquí la Historia está enterrada. Hace treinta años, Artis trabajó en una excavación situada al nordeste de aquí, cerca de China. Historia en túmulos funerarios. Estamos fuera de los límites. Nos estamos olvidando de todo lo que sabíamos.

—En este sitio puedes olvidar hasta tu nombre.

Levantó su vaso y bebió. El whisky era un *rare*

*blend*, triple destilado, de producción estrictamente limitada. Me había contado los detalles hacía años.

—¿Qué pasa con el dinero?

—¿De quién?

—El tuyo. Te sobra, obviamente.

—Antes me consideraba un hombre serio. El trabajo que hacía, el esfuerzo y la dedicación. Luego, más adelante, pude centrarme en otros asuntos, el arte, educarme en las ideas y tradiciones e innovaciones. Llegó a encantarme —dijo—. La obra en sí, un cuadro en la pared. Luego me dediqué a los libros valiosos. Me pasaba las horas y los días en bibliotecas, en zonas restringidas, y no por necesidad de comprar.

—Te habían negado el acceso a otras.

—Pero yo no estaba allí para comprar. Estaba allí para quedarme plantado y mirar, o bien para agacharme y mirar. Para leer los títulos de los lomos de los libros de valor incalculable de las estanterías de las vitrinas. Artis y yo. Tú y yo, una vez, en Nueva York.

Sentí la suave quemazón del whisky al bajar y cerré los ojos un momento; escuché cómo Ross recitaba títulos que recordaba haber visto en bibliotecas de varias capitales del mundo.

—Pero ¿qué es más serio que el dinero? —le dije—. ¿Cuál es el término? La visibilidad. ¿Cuál es tu visibilidad en este proyecto?

Se lo dije en tono benévolo. Le dije estas cosas en voz baja, sin ironía.

—En cuanto aprendí todo el significado de la idea, y el potencial que había en ella, sus enormes implicaciones —me dijo—, tomé una decisión que nunca he podido adivinar adónde iba.

—¿Alguna vez has adivinado adónde iba algo?

—Mi primer matrimonio —me dijo.

Me quedé observando mi vaso.

—¿Y quién era ella?

—Buena pregunta. Profunda. Tuvimos un hijo, pero aparte de eso...

No quise mirarlo.

—Pero ¿quién era ella?

—Fue esencialmente una sola cosa. Fue tu madre.

—Di su nombre.

—¿Alguna vez dijimos el nombre del otro, ella y yo?

—Di su nombre.

—La gente que está casada como lo estuvimos nosotros, de una forma tan poco común, algo bastante común, ¿alguna vez dice el nombre del otro?

—Una sola vez. Necesito oírtelo decir.

—Tuvimos un hijo. Y decíamos su nombre.

—Hazlo por mí. Hazlo. Dilo.

—¿Te acuerdas de lo que has dicho hace un momento? En este lugar te puedes olvidar hasta de tu nombre. La gente pierde el nombre de muchas formas.

—Madeline —le dije yo—. Mi madre, Madeline.

—Ahora me acuerdo, sí.

Sonrió y se reclinó en actitud de falsa remembranza; luego cambió de expresión, una maniobra bien sincronizada, y se dirigió a mí en tono cortante:

—Piensa en esto, en lo que hay aquí y en quién está aquí. Piensa en el fin de todas las pequeñas miserias que llevas años acumulando. Piensa más allá de la experiencia personal. Déjala allí. Lo que está pasando en esta comunidad no es simplemente una creación de la ciencia médica. También hay involucrados teóricos sociales,

41

biólogos, futuristas, genetistas, climatólogos, neurólogos, psicólogos y eticistas, si es que se llaman así.

—¿Y dónde están?

—Algunos están aquí permanentemente, otros van y vienen. Están en los niveles numerados. Todas las mentes cruciales. Inglés global, sí, pero también otros idiomas. Traductores cuando hace falta, humanos y electrónicos. Hay filólogos que diseñan un idioma avanzado propio de la Convergencia. Raíces de palabras, inflexiones y hasta gestos. La gente lo aprenderá y lo hablará. Un idioma que nos permitirá expresar cosas que ahora no podemos expresar; ver cosas que ahora no podemos ver; vernos a nosotros mismos y a los demás de formas que nos unan y que amplíen todas las posibilidades.

Bebió otro par de tragos, luego sostuvo el vaso debajo de la nariz y olisqueó. Estaba vacío, de momento.

—Esperamos plenamente que esta ubicación que ocupamos llegue a convertirse en el corazón de una nueva metrópolis, quizá de un Estado independiente, distinto a cualquiera de los que conocemos. A esto me refiero cuando digo que soy un hombre serio.

—Un hombre con mucho dinero.

—Con dinero, sí.

—Toneladas de dinero.

—Y otros benefactores. Individuos, fundaciones, corporaciones, financiación secreta de varios gobiernos a través de sus agencias de inteligencia. Esta idea es una revelación para mucha gente inteligente de muchas disciplinas. Entienden que ahora es el momento. No solamente por el estado de la ciencia y de la tecnología, sino también por estrategia política e incluso militar. Otra forma de pensar y de vivir.

Se sirvió con cuidado una cantidad que a él le gustaba llamar un dedo. Su vaso, después el mío.

—Primero por Artis, claro. Por la mujer que es y por lo que representa para mí. Luego el salto a la aceptación total. La convicción, los principios.

Piénsalo así, me dijo. Piensa en lo larga que es tu vida medida en años y luego medida en segundos. En años, ochenta años. Parece una buena cifra para los estándares actuales. Y ahora en segundos, dijo. Tu vida en segundos. ¿Cuál es el equivalente a ochenta años?

Hizo una pausa, quizá para hacer cálculos. Segundos, minutos, horas, días, semanas, meses, años, décadas.

*Segundos*, dijo. Ponte a contar. Tu vida en segundos. Piensa en la edad de la Tierra, en las eras geológicas, en océanos que aparecen y desaparecen. Piensa en la edad de la galaxia y en la edad del universo. Miles de millones de años. Y nosotros, tú y yo. Vivimos y morimos en un parpadeo.

*Segundos*, dijo. Podemos medir nuestro tiempo en segundos.

Llevaba una camisa de vestir azul, sin corbata, con los dos botones superiores desabrochados. Jugué con la idea de que el color de la camisa hacía juego con una de las puertas del pasillo por las que yo acababa de pasar. Tal vez estaba intentando socavar su discurso, una forma de defenderme.

Se quitó las gafas y las dejó en la mesa. Parecía cansado, parecía viejo. Observé cómo bebía y se servía más, e hice un gesto para apartar de mí la botella que me ofrecía.

Le dije:

—Si alguien me hubiera contado todo esto hace

unas semanas, lo de este sitio y estas ideas, alguien en quien yo confiara plenamente, supongo que me lo habría creído. Pero ahora estoy aquí, en medio de todo esto, y me cuesta creerlo.

—Necesitas dormir bien esta noche.

—¿Biskek, me has dicho?

—Y Almatý. Pero las dos están a una distancia considerable. Y al norte de aquí, muy al norte, está el sitio donde los soviéticos probaban sus bombas nucleares.

Pensamos en aquello.

—Tienes que ir más allá de tu experiencia —me dijo—. Más allá de tus limitaciones.

—Necesito una ventana a la que asomarme. Ésa es mi limitación.

Levantó el vaso y esperó a que yo hiciera lo mismo.

—Te llevé al parque infantil, a aquel parque viejo y ruinoso que había donde vivíamos por entonces. Te senté en el columpio y empujé y esperé y empujé —me dijo—. El columpio se alejaba volando y luego volvía. Te puse en el balancín. Me planté al otro extremo de la barra y empujé con cuidado hacia abajo mi extremo. Tú te elevaste por el aire con las manos cogidas al agarradero. Luego levanté la barra de mi lado y te vi bajar. Arriba y abajo. Un poco más deprisa. Arriba y abajo, arriba y abajo. Me aseguré de que estuvieras bien cogido al agarradero. Y dije: *subeybaja, subeybaja.*

Hice una pausa y levanté mi vaso, esperando lo que viniera a continuación.


Me detuve ante la pantalla del largo pasillo. Al principio solamente mostraba el cielo, luego un asomo de amenaza, las copas de los árboles inclinándose, una luz antinatural. Pronto, en cuestión de segundos, una columna giratoria de viento, polvo y escombros. Empezó a llenar el plano: una manga convulsa, oscura y doblada, silenciosa, y luego otra, más a la izquierda, a lo lejos, elevándose del horizonte. Era una llanura, despejada hasta donde alcanzaba la vista, y ahora la pantalla era todo tornado, un silencio reverencial que pensé que podía convertirse en rugido.

Eran nuestros elementos, rodeándonos. Yo había visto muchos tornados en las noticias, y me puse a esperar las tradicionales imágenes de los escombros tras el paso de la tormenta, de las consecuencias, hileras devastadas de casas, con los tejados arrancados y las paredes derruidas.

Y aparecieron, sí, calles enteras arrasadas, un autobús escolar de costado, pero también gente acercándose al objetivo, a cámara lenta, casi saliendo de la pantalla y entrando en el pasillo, cargando con lo que habían podido rescatar, una tropa de hombres y mujeres, en blanco y negro, desfilando solemnemente, y los muertos colocados sobre tablones desvencijados delante de las casas. La cámara se detuvo en los cuerpos. Resultaba difícil mirar los detalles de sus muertes violentas. Pero los miré, sintiéndome obligado hacia algo o alguien, quizá hacia las víctimas, y pensando en mí mismo como testigo solitario vinculado por un juramento.

Después, un lugar diferente: otra ciudad y otra hora del día, una joven pedaleando en bicicleta, en primer plano, un movimiento ligeramente cómico, rápido y nervioso, de lado a lado de la pantalla, y una tormenta a más de un kilómetro de distancia, un vórtice, todavía lejano, levantándose de la unión de la tierra con el cielo; luego un corte y la imagen mostró a un hombre obeso bajando con dificultad los escalones de un sótano, ultrarreal, familias apiñadas en sus garajes, caras en la oscuridad, y la chica de la bicicleta otra vez, ahora pedaleando en sentido contrario, despreocupada, sin urgencia, una escena de una película muda antigua, la chica es Buster Keaton, todo inocencia bobalicona, y de pronto un destello rojizo y la cosa estaba aquí: tocando tierra y arrancando salvajemente la mitad de una casa, poder puro, una camioneta y un establo en su trayectoria.

La pantalla se quedó en blanco y yo esperaba.

Entonces, un yermo total, un paisaje arrasado, la imagen, inmutable, y el silencio, también. Me quedé allí plantado varios minutos, esperando, las casas desaparecidas, la chica de la bicicleta desaparecida, nada, todo acabado, finiquitado. La pantalla misma vaciada.

Continué esperando, por si aparecía algo más. Sentí que se me elevaba un eructo de whisky desde alguna cavidad recóndita. No había adónde ir y tampoco sabía qué hora era. Mi reloj seguía en la hora norteamericana, Costa Este.

# 5

Ya lo había visto una vez, allí en la unidad alimentaria, al hombre de la capa de monje. No levantó la vista cuando entré. Una ración de comida apareció en un hueco próximo a la puerta y me llevé el plato, el vaso y los cubiertos a una mesa situada en diagonal respecto a la suya, al otro lado de un pasillo estrecho.

Tenía la cara larga y las manos grandes, una cabeza que se estrechaba hacia arriba y el pelo ralo y canoso cortado al rape, casi afeitado. La capa era la misma de la otra vez, vieja y arrugada, de un color parecido al violeta y con adornos dorados. No tenía mangas. De la capa asomaban las mangas a rayas de un pijama.

Examiné la comida, probé un bocado y decidí dar por sentado que el hombre hablaba inglés.

—¿Qué es esto que comemos?

Él miró mi plato pero no a mí.

—Se llama plov matinal.

Tomé otro bocado y traté de relacionar el sabor con el nombre.

—¿Puede decirme qué es?

—Zanahoria y cebolla, un poco de cordero, un poco de arroz.

—El arroz lo veo.

—*Oshi nahor* —me dijo.

Comimos un rato en silencio.

—¿Qué hace usted aquí?

—Hablo con los moribundos.

—Los reconforta.

—¿Con qué los voy a reconfortar?

—Con la continuación. Con el nuevo despertar.

—¿Usted se lo cree?

—¿Usted no? —le dije.

—Creo que no quiero. Solamente les hablo del fin. Con calma, con tranquilidad.

—Pero la idea en sí... La razón de toda esta empresa. Usted no la acepta.

—Yo quiero morirme y acabar para siempre. ¿Usted no quiere morirse? —me dijo.

—No lo sé.

—¿Qué sentido tiene vivir si al final no nos morimos?

Intenté detectar en su voz indicios de algún ramal aislado del idioma inglés, tonos y timbres tal vez acotados por el tiempo, la tradición y otros idiomas.

—¿Qué le ha traído aquí?

Se lo tuvo que pensar.

—Quizá algo que dijo alguien. Me dejé llevar hasta aquí. Viví en Taskent durante los disturbios. Murieron centenares de personas por todo el país. Allí matan a la gente hirviéndola. La mentalidad medieval. Tengo tendencia a entrar en los países en plena época de disturbios violentos. Estaba aprendiendo a hablar uzbeko y ayudando a educar a los hijos de un funcionario provincial. Les enseñaba inglés palabra a palabra y atendía a la mujer del hombre, que llevaba años enferma. Realizaba funciones de clérigo.

Cogió un poco de comida, masticó y tragó. Yo hice lo mismo y esperé a que siguiera. La comida estaba empezando a tener el sabor de lo que era, ahora que él la había identificado para mí. Cordero. Plov matinal. Me pareció que el tipo no tenía nada más que decir.

—¿Y es usted clérigo?

—Era miembro de un grupo postevangelista. Éramos disidentes radicales del concilio mundial. Teníamos congregaciones en siete países. El número fue cambiando. Cinco, siete, cuatro, ocho. Nos reuníamos en unas edificaciones sencillas que construíamos nosotros mismos. Mastabas. Inspiradas en las tumbas del antiguo Egipto.

—Mastabas.

—Tejado plano, paredes inclinadas, base rectangular.

—Se reunían en tumbas.

—Esperábamos con intensidad el año, el día, el momento.

—Iba a pasar algo.

—¿Y qué sería? Un meteoroide, una masa sólida de piedra o de metal. Un asteroide caído del espacio, de doscientos kilómetros de diámetro. Conocíamos los datos astrofísicos. Un objeto iba a impactar contra la Tierra.

—Y querían que sucediera.

—Lo ansiábamos. Rezábamos por ello sin parar. Vendría de ahí fuera, de la gran extensión de las galaxias, de la distancia infinita que contiene hasta la última partícula de materia. Todos los misterios.

—Y entonces sucedió.

—Caen cosas en el océano. Caen satélites de sus órbitas, sondas espaciales, detritos del espacio, pedazos de basura espacial, hecha por el hombre. Siempre en el océano —dijo—. Y luego pasó. Un objeto nos dio de refilón.

—Cheliábinsk —le dije.

Él dejó el nombre suspendido. El nombre en sí era una justificación. Esas cosas suceden de verdad. Quienes se dedican a la aparición de esos fenómenos, sea cual sea su magnitud, y sean cuales sean los daños, no están tratando con fantasías.

Dijo:

—Siberia está puesta ahí para que le caigan esas cosas.

Me di cuenta de que el hombre no veía a la persona con la que estaba hablando. Tenía esa tendencia de la gente errante a no prestar atención ni a los nombres ni a las caras. Meros componentes intercambiables, de sala a sala y de país a país. Más que hablar, narraba. Se dedicaba a trazar una línea ondulada, la suya, y normalmente había alguien dispuesto a ser el cuerpo al azar al que él le contaba sus historias.

—Sé que aquí hay una unidad de paliativos. ¿Es ahí donde habla usted con los moribundos?

—Lo llaman paliativos. Lo llaman refugio. No sé qué es. Un acompañante me lleva todos los días ahí abajo, a los niveles numerados.

Me habló del equipamiento avanzado y del personal con formación especial. Pero el lugar le recordaba al Jerusalén del siglo XII, me dijo, donde había una orden de caballeros que cuidaba a los peregrinos. A veces se imaginaba que estaba caminando entre leprosos y víctimas de la peste, viendo caras demacradas y salidas de antiguas pinturas flamencas.

—Pienso en las sangrías, las purgas y los baños que administraban esos caballeros, los templarios. Venían de todas partes, los enfermos y los moribundos, y también quienes los cuidaban y rezaban por todos.

—Entonces se acuerda usted de quién es y de dónde está.

—Me acuerdo de quién soy. Soy el monje hospitalario. Nunca ha importado dónde estoy.

Ross también había hecho una referencia a los peregrinos. Puede que aquel lugar no hubiera sido concebido como la Nueva Jerusalén, pero aun así la gente hacía largos viajes para encontrar allí una forma de existencia superior, o por lo menos un proceso científico que evitara que se les descompusieran los tejidos corporales.

—¿Su habitación tiene ventana?

—No quiero ventana. ¿Qué hay al otro lado de una ventana? Pura distracción estúpida.

—Pero la habitación..., si es como la mía, de tamaño...

—La habitación es un consuelo, una meditación. Puedo levantar la mano y tocar el techo.

—Una celda de monje, sí. Y la capa. Estoy mirando la capa que lleva usted.

—Se llama escapulario.

—Es una capa de monje. Pero no parece de monje para nada. ¿No suelen ser grises o marrones o negras o blancas?

—Monjes rusos, monjes griegos.

—Vale.

—Monjes cartujos, monjes franciscanos, monjes tibetanos. Monjes en Japón, monjes en el desierto del Sinaí.

—Y su capa, ¿de dónde es?

—La vi encima de una silla. Todavía recuerdo la escena.

—Y la cogió.

—Nada más verla supe que era mía. Estaba predeterminado.

Le podría haber hecho un par de preguntas: ¿de quién era la silla, qué habitación, en qué ciudad, en qué país? Pero entendí que aquello habría sido una afrenta al método narrativo del hombre.

—¿Qué hace usted cuando no está atendiendo a la gente en sus últimas horas o días?

—Es lo único que hago. Hablo con ellos, los bendigo. Ellos me piden que les coja las manos y me cuentan su vida. Los que todavía tienen fuerzas para hablar o escuchar.

Lo vi ponerse de pie, era más alto de lo que me había parecido a primera vista. La capa le llegaba a las rodillas, y los pantalones de pijama le ondearon de camino a la puerta. Llevaba zapatillas deportivas altas, blancas y negras. Yo no quería verlo como una figura cómica. Estaba claro que no lo era. De hecho, me sentía reducido por su presencia, por su aspecto, por lo que decía y por su rastro de circunstancias casuales. La capa era un fetiche, y de gran importancia: un escapulario de monje, una capa de chamán, a la que él atribuía poderes espirituales.

—¿Esto que estoy bebiendo es té?

—Té verde —dijo él.

Esperé alguna palabra o expresión en uzbeko.


Artis dijo:

—Hace diez o doce años, cirugía, ojo derecho. Al terminar me pusieron un parche protector en el ojo que debía llevar durante un tiempo limitado. Me senté en un sillón de mi casa con el parche puesto. Había una enfermera, la había contratado Ross, aunque no hacía falta. Seguimos todas las disposiciones de la página de instrucciones. Dormí una hora en el sillón y al despertar me quité el parche, miré a mi alrededor y todo parecía distinto. Me quedé asombrada. ¿Qué estaba viendo? Estaba viendo lo que siempre había allí. La cama, las ventanas, las paredes, el suelo. Pero aquella luz, aquel resplandor. La colcha y las fundas de almohada, el color vivo, la intensidad de los colores, algo que les venía de dentro. Jamás había visto nada igual, jamás.

Los dos otra vez, sentados igual que el día anterior, y yo tenía que inclinarme hacia ella para oír lo que me decía. Ella dejó pasar un momento mientras se preparaba para continuar.

—Soy consciente de que cuando vemos algo solamente recibimos una porción de información, una sensación, un asomo de lo que realmente se puede ver. No conozco los detalles terminológicos, pero sí que sé que el nervio óptico no nos cuenta toda la verdad. Solamente vemos indicios. El resto lo inventamos, es nuestra forma de reconstruir lo real, si es que eso existe, filosóficamente, eso que llamamos lo real. Sé que aquí se investigan, en alguna parte de este complejo, los modelos futuros de la visión humana. Experimentos con robots, animales de laboratorio, quién sabe, gente como yo.

Ahora me estaba observando sin reservas. Por un momento me hizo verme a mí mismo simplemente como la persona que estaba ahí sentada, sometida a su mirada. Un hombre bastante alto de pelo tupido y enmarañado, pelo prehistórico. Fue lo único que pude coger prestado del profundo escrutinio que mantenía la mujer del sillón.

A continuación me reemplazó por lo que había visto aquel día:

—Sin embargo, ver aquello, la habitación familiar toda transformada... —me dijo—. Y las ventanas, ¿qué vi? Un cielo del azul más puro y salvaje. No le dije nada a la enfermera. ¿Qué iba a decirle? Y la alfombra, por Dios, hasta aquel momento, *persa* solamente había sido una palabra bonita. Quizá estoy exagerando si digo que había algo en aquellas formas y colores, en la simetría del tejido, en su calidez, en su rubor, algo que no sé cómo llamar. Me quedé hipnotizada por la alfombra y luego por el marco de la ventana, que era blanco, blanco sin más, pero yo nunca había visto un blanco así, y no es que estuviera tomando calmantes de esos que pueden alterar tu percepción, solamente un colirio cuatro veces al día. Un blanco de una intensidad tremenda, un blanco sin contrastes, no necesitaba contrastes, de tanta blancura. ¿Estoy segura de no estar exagerando, o inventando directamente? Recuerdo con claridad lo que pensé. Pensé: ¿Es así el aspecto que tiene el mundo en verdad? ¿Es ésta la realidad que no hemos aprendido a ver? No era una ocurrencia pasajera.

¿Es así como ven el mundo los animales? Lo pensé en los momentos iniciales, asomada a la ventana, viendo las copas de los árboles y el cielo. ¿Es éste el mundo que solamente pueden ver los animales? El mundo propiedad de los halcones, de los tigres en estado salvaje.

Hizo un gesto de lado a lado, pero muy débil, una mano que cribaba una y otra vez, hurgando entre los recuerdos y las imágenes.

—Mandé a la enfermera a su casa y me fui a la cama temprano, con el parche puesto. Era una de las instrucciones. Por la mañana me quité el parche, me paseé por la casa y miré por las ventanas. Mi visión había mejorado, pero solamente de la forma ordinaria. La experiencia había desaparecido, el resplandor interior de las cosas. La enfermera regresó, Ross llamó desde el aeropuerto y seguí las instrucciones. Era un día soleado y di un paseo. O tal vez la experiencia no se había marchado y el resplandor no se había apagado: simplemente todo había quedado resuprimido. Menuda palabra. Nuestra forma de ver y pensar, lo que nos permiten nuestros sentidos, tenía que anteponerse. ¿Qué otra cosa podía esperar? ¿Tan extraordinaria soy? Al cabo de unos días volví a ver al médico. Intenté contarle lo que había visto. Pero lo miré a la cara y lo dejé estar.

Siguió hablando, y de vez en cuando perdía el patrón, la entonación. Tendía a divagar a partir de una palabra o de una sílaba, buscando con la mirada las sensaciones que estaba intentando describir. Era toda cara y manos, el cuerpo encogido bajo los pliegues de la bata.

—Pero no se acaba ahí la historia, ¿verdad?

La pregunta la complació.

—No, no se acaba ahí.

—¿Volverá a pasar?

—Sí, exacto. Es lo que yo pienso. Me convertiré en un espécimen clínico. Con el paso del tiempo se llevarán a cabo avances. Se reemplazarán o reconstruirán partes del cuerpo. Fíjate en el tono documental. He hablado con gente de aquí. Una recomposición, átomo a átomo. Estoy convencida de que me volveré a despertar a una percepción nueva del mundo.

—El mundo como es en realidad.

—En un momento que no está necesariamente lejos. Y esto es lo que pienso cuando intento imaginarme el futuro: renaceré a una realidad más profunda y verdadera. Líneas de luz resplandeciente, la plenitud de todas las cosas materiales, un objeto sagrado.

Yo la había llevado a aquel canto a la vida eterna y ahora no sabía cómo responder. Todo aquello estaba fuera de mi alcance. Artis conocía los rigores de la ciencia. Había trabajado en varios países, había dado clases en varias universidades. Había observado, identificado, investigado y explicado muchos niveles del desarrollo humano. Pero ¿dónde estaban los objetos sagrados? Estaban en todas partes, por supuesto: en museos y bibliotecas y lugares de culto y en la tierra excavada, en las ruinas de piedra y de barro, y ella los había desenterrado y los había sostenido en las manos. Me la imaginé soplando para quitarle el polvo a la cabeza descascarillada de un diminuto dios de bronce. Pero el futuro que ella acababa de descubrir era otra cosa: un aura más pura. Era la trascendencia, la promesa de una intensidad lírica que rebasaba la experiencia normal.

—¿Conoces los procedimientos por los que vas a pasar, los detalles, cómo lo van a hacer?

—Los conozco exactamente.

—¿Piensas en el futuro? ¿En cómo será volver? El cuerpo será el mismo, sí, o incluso mejorado, pero ¿qué pasa con la mente? ¿La conciencia no se verá alterada? ¿Serás la misma persona? Te mueres siendo alguien con un nombre determinado, y con toda tu historia, tus recuerdos y tu misterio reunidos en esa persona y ese nombre. Pero ¿te despiertas con todo eso intacto? ¿Es simplemente como dormir durante una noche muy larga?

—Ross y yo tenemos un chiste recurrente. ¿Quién seré yo al despertar de nuevo? ¿Acaso mi alma habrá abandonado mi cuerpo y habrá migrado a otro? ¿Cuál es la palabra adecuada para ese proceso? ¿O bien me despertaré convencida de que soy un murciélago de la fruta en las Filipinas? Con hambre de insectos.

—Y la Artis verdadera, ¿dónde estará?

—Flotando hacia el cuerpo de un bebé. El hijo de unos pastores de ovejas de la región.

—La palabra es *metempsicosis*.

—Gracias.

Yo no sabía qué más había en la habitación. Lo único que veía era la mujer del sillón.

—Pasado mañana —le dije—. ¿O es mañana?

—No importa.

—Creo que es mañana. Aquí no te enteras de los días.

Ella cerró un momento los ojos y luego me miró como si nos estuviéramos viendo por primera vez.

—¿Cuántos años tienes?

—Treinta y cuatro.

—Estás empezando.

—¿Empezando el qué? —le dije.

Ross salió de uno de los cuartos de atrás en chándal y calcetines de deporte, amortajado por la falta de sueño. Cogió una silla de la pared del fondo, la colocó junto al sillón donde Artis estaba sentada y puso una mano sobre la de ella.

—En tiempos —le dije— solías hacer *footing* con un chándal igual.

—En tiempos.

—Quizá no tan de diseño como éste.

—Por entonces me fumaba un paquete y medio al día.

—¿Y se suponía que el *footing* contrarrestaba el tabaco?

—Se suponía que lo contrarrestaba todo.

Los tres juntos. Me di cuenta de que llevábamos muchos meses sin compartir habitación. Los tres. Y ahora, contra todo pronóstico, estábamos allí, otro tipo de convergencia, el día antes de que vinieran a llevársela a ella. Así era como yo lo veía. Iban a llevársela. Iban a llegar con una camilla de respaldo abatible para ponerla sentada. Traerían cápsulas, ampollas y jeringas. Le colocarían un respirador de mascarilla.

Ross dijo:

—Artis y yo hacíamos *footing*, ¿verdad? Corríamos junto al Hudson hasta Battery Park y de vuelta. También en Lisboa, a las seis de la mañana, por aquella calle empinada que conducía a la capilla y a las vistas aquellas. Hicimos *footing* en el Pantanal. En Brasil —me dijo a modo de aclaración—, en aquel camino tan alto que ya casi estaba en la selva.

Me acordé de la cama y del bastón. De mi madre encamada, al final, y de la mujer de la puerta, amiga y vecina suya, anónima para siempre, apoyada en un bastón, uno de cuatro puntas, metálico y con las cuatro patitas desplegadas.

Ross hablaba, rememoraba, al borde del balbuceo. Los animales y las aves que habían visto de cerca —y que ahora nos fue nombrando— y las vistas desde su avión cuando habían sobrevolado el Mato Grosso a poca altura.

Iban a llevársela. Se la iban a llevar hasta un ascensor y la iban a bajar a uno de los niveles que llamaban *numerados*. Allí moriría, por inducción química, en una cámara a temperatura bajo cero, siguiendo un procedimiento médico muy preciso y guiado por las alucinaciones colectivas, la superstición, la arrogancia y el autoengaño.

Sentí un arrebato de ira. Hasta entonces no había sido consciente de la profundidad de mis objeciones a lo que estaba pasando allí, una reacción que se ocultaba enroscada en la cadencia de la voz de mi padre, de sus reminiscencias desesperadas.

Alguien apareció con una bandeja, un hombre con una tetera, tazas y platillos. Colocó la bandeja en una mesilla plegable que había junto a la silla de mi padre.

En cualquier caso se morirá, pensé. En casa, en su cama, con su marido, su hijastro y sus amigos al lado. O bien aquí, en este puesto militar de avanzada, donde todo pasa en otra parte.

El té introdujo una pausa en la habitación. Nos quedamos sentados en silencio hasta que el hombre se fue. Ross se lamió el dedo y tocó la tetera. A continuación sirvió el té con cautela, esforzándose por no derramar nada.

El té me volvió a enfurecer. Las tazas y los platillos. El cuidado al servir.

Artis dijo:

—Este lugar, todo él, me parece un sitio de transición. Lleno de gente yendo y viniendo. Y los otros como yo, los que nos estamos marchando en cierto sentido pero quedándonos en otro. Quedándonos a seguir esperando. Lo único que no es efímero es el arte. No está hecho pensando en un público. Está hecho para estar aquí, sin más. Está aquí, fijo, parte de los cimientos, labrado en piedra. Las paredes pintadas, las puertas simuladas, las pantallas de televisión en los pasillos. Las instalaciones en otros sitios.

—El maniquí —dije yo.

Ross se inclinó hacia mí.

—El maniquí. ¿Dónde?

—No sé dónde. La mujer del pasillo. La mujer que hace un gesto como de miedo. La mujer de color óxido. La mujer desnuda.

—¿Y dónde más? —dijo él.

—No lo sé.

—¿No has visto más maniquíes? ¿Ni otras figuras, desnudas o vestidas?

—Ni una más.

—Cuando llegaste —me dijo—, ¿qué viste?

—La tierra, el cielo, los edificios. El coche alejándose.

—¿Qué más?

—Creo que te lo dije. Dos hombres en la entrada esperando para acompañarme. No los vi hasta que los tuve cerca. Luego un control de seguridad, exhaustivo.

—¿Qué más?

Intenté acordarme. También me pregunté por qué estábamos teniendo aquella charla ociosa en circunstancias tan terribles. ¿Era eso lo que sucedía cuando las cosas se acercaban a su fin? Nos retirábamos a un espacio neutral.

—Viste algo, a un lado, a unos cincuenta metros quizá, antes de entrar en el edificio.

—¿Qué vi?

—A dos mujeres —dijo—. Con atuendos largos con capucha.

—A dos mujeres con chador. Claro. Allí plantadas en medio del calor y el polvo.

—Tu primer contacto con el arte —dijo.

—No se me había ocurrido.

—Completamente quietas —dijo él.

—Maniquíes —dijo Artis.

—Para ser vistas o no vistas. No importa —dijo él.

—Nunca me imaginé que no fueran personas de verdad. Conocía la palabra. Chador. O burka. O como se diga de otras formas. Era lo único que necesitaba saber.

Extendí el brazo, cogí una taza que me ofrecía Ross y se la di a Artis. Los tres juntos. Alguien le había cortado el pelo a ella y se lo había peinado sujetándoselo con horquillas a las sienes. Parecía casi una directriz organizativa, que le acentuaba la expresión demacrada y le aislaba los ojos dilatados. Pero la estaba mirando demasiado de cerca. Estaba intentando ver qué sentía ella, en espíritu más que en cuerpo y en las briznas de vacilación que había entre palabras.

Ella dijo:

—Me siento una versión artificial de mí misma. Soy alguien que supuestamente es yo.

Pensé en aquello.

Ella dijo:

—Mi voz es distinta. Cuando hablo, la oigo de una forma que no es natural. Es mi voz pero no parece que venga de mí.

—La medicación —dijo Ross—. No es más que eso.

—Parece que venga de fuera de mí. No todo el tiempo, a ratos. Es como si tuviera una gemela y estuviéramos unidas por la cadera y fuera mi hermana quien habla. Aunque no, no se parece en nada a eso.

—La medicación —dijo él.

—Me vienen a la cabeza cosas que seguramente han pasado. Sé que a cierta edad recordamos cosas que nunca ocurrieron. Esto es distinto. Son cosas que pasaron, pero parecen inducidas por error. ¿Es esto lo que quiero decir? Una señal electrónica defectuosa.

*Soy alguien que supuestamente es yo.*

Era una frase para que estudiantes de lógica o de ontología la analizaran. Esperamos a que Artis continuara. Ahora hablaba en series de fragmentos, introduciendo paradas para descansar, y me descubrí bajando la cabeza en un gesto concentrado de plegaria.

—Estoy ansiosa. No os lo puedo ni contar. Por hacer esto. Entrar en otra dimensión. Y luego regresar. Para siempre. Una expresión que me digo a mí misma. Una y otra vez. Es hermosa. Para siempre. Dila. Y tú. Dila.

Su forma de sostener la taza de té... Como si fuera una reliquia familiar que requiera protección y el hecho de sostenerla mal o de dejarla en la mesilla sin cuidado fuera a traicionar los recuerdos de varias generaciones.

Ross allí sentado con su chándal verde y blanco, posiblemente con suspensorio a juego.

—Para siempre —dijo él.

Luego me tocó a mí, y conseguí murmurar las palabras. Por fin a ella le empezaron a temblar las manos y yo dejé mi taza y cogí la suya y se la di a mi padre.

Me daban miedo las casas de los demás. A veces, después de la escuela, algún amigo me convencía para ir a su casa o a su apartamento y hacer los deberes juntos. La forma en que vivía la gente me conmocionaba, los demás, quienes no eran yo. No sabía cómo reaccionar ante aquella intimidad pegajosa, ante la suciedad de la cocina, ante los mangos de las sartenes sobresaliendo del fregadero. ¿Acaso quería sentir curiosidad, sentirme divertido, indiferente, superior? Pasaba junto a un cuarto de baño: una media de mujer dejada en el toallero, frascos de pastillas en la repisa de la ventana, algunos abiertos y otros volcados, una pantufla de niño en la bañera. Me daban ganas de correr a esconderme, en parte de mis propias manías. Los dormitorios con las camas sin hacer, los calcetines por el suelo, la vieja en camisón, descalza, una vida entera recogida en un sillón junto a la cama, el cuerpo encorvado y la cara balbuceante. ¿Quién era aquella gente, minuto a minuto y año a año? Me daban ganas de irme a mi casa y no salir más.

Pensé que acabaría construyéndome una vida opuesta a la carrera de mi padre en las finanzas globales. Hablamos de aquello, Madeline y yo, medio en serio. Escribiría poesía, viviría en una habitación del sótano, estudiaría filosofía, sería profesor de matemáticas transfinitas en alguna universidad poco conocida del oeste interior.

Por su parte, Ross se dedicaba a comprar obras de artistas jóvenes y les animaba a usar el estudio que se había construido en su propiedad de Maine. Figurativos, abstractos, conceptuales, posminimalistas, hombres y mujeres carentes de fama y necesitados de espacio, tiempo y financiación. Intenté convencerme a mí mismo de que Ross los utilizaba para acallar mi reacción a su abultada cartera de valores.

Al final seguí el camino que me venía mejor. Asesor de precios de corrientes transversales. Analista de implantación (entornos simples y compuestos). Las palabras que describían aquellos trabajos acababan tragándoselos. El título profesional se convertía en el trabajo. Y el trabajo me devolvía la mirada desde los monitores del escritorio, donde yo asimilaba mi situación haciéndome cargo plenamente del hecho de que aquél era mi lugar.

¿Era muy distinto en casa, o en la calle, o esperando en la puerta de embarque de un vuelo? Me mantenía a base de esa droga títere que es la tecnología personal. Cada botón que pulsaba me provocaba la excitación neural de descubrir algo que no sabía, y que tampoco necesitaba saber hasta que me aparecía frente a las yemas ansiosas de los dedos y permanecía allí un segundo tembloroso antes de desaparecer para siempre.

Mi madre tenía un rodillo que quitaba la pelusa. No sé por qué me fascinaba tanto. La veía guiar aquel artilugio por la espalda de su abrigo de tela. Intenté definir la palabra *rodillo* sin echar un vistazo al diccionario. Me senté y pensé, luego se me olvidó seguir pensando y por fin volví a empezar, apuntando palabras en un cuaderno, sintiéndome tonto, a intervalos, hasta que llegaron la noche y el día siguiente.

Aparato cilíndrico rotatorio que recoge las fibras diminutas que se quedan pegadas a la superficie de una prenda.

Había algo satisfactorio y meritorio en aquello, por mucho que me hubiera impuesto no consultar la definición del diccionario. El rodillo en sí me parecía una herramienta del siglo XVIII, algo que se usaba para lavar a los caballos. Yo ya llevaba un tiempo haciendo aquello: intentando definir nombres de objetos o incluso conceptos. Define *lealtad*, define *verdad*. Tuve que parar antes de que acabara conmigo.

La ecología del desempleo, había dicho Ross por la tele, en francés, con subtítulos. Intenté pensar en ello. Pero me daba miedo la conclusión que pudiera extraer, la posibilidad de que aquella expresión no fuera una simple jerga pretenciosa, sino que tuviera sentido y diera paso a un argumento convincente relacionado con cuestiones importantes.

Cuando por fin encontré un apartamento en Manhattan, y conseguí trabajo, y luego busqué otro trabajo, me pasaba fines de semana enteros paseando, a veces con alguna novia. Había una tan alta y flaca que la podías plegar. Vivía en la Primera Avenida con la calle Uno y yo no sabía si su nombre se escribía Gale o Gail, pero decidí esperar un poco antes de preguntárselo; así pues, un día pensaba en ella como Gail y al siguiente como Gale, e intentaba averiguar si eso cambiaba en algo mi forma de pensar en ella, de mirarla, de hablar con ella y de tocarla.

La habitación en el pasillo largo y vacío. La silla, la cama, las paredes desnudas, el techo bajo. Sentado en la habitación primero y luego deambulando por los pasillos, sentí que me convertía en la versión más pequeña de mí mismo, que todas las ideas jactanciosas que me rodeaban se encogían hasta convertirse en ensoñaciones personales; a fin de cuentas, ¿qué era yo en aquel lugar más que alguien necesitado de autodefensa?

El olor de las casas ajenas. El niño que posó para mí con el gorro y los guantes de su madre, aunque podría haber sido peor. Otro niño me contó que su hermana y él tenían que turnarse para embadurnarle a su padre las uñas de los pies de crema contra un hongo asqueroso que se las estaba invadiendo. A él le hacía gracia. ¿Por qué no me reía yo? Estábamos los dos sentados a la mesa de la cocina, haciendo juntos los deberes, y él no paraba de repetir la palabra *hongo*. Media tostada rancia tirada en un platillo donde todavía había restos de café derramado. Seno coseno tangente. Hongo hongo hongo.

Era la idea más interesante que había tenido hasta el momento, lo de Gale o Gail, por mucho que no me ayudara en nada a saber cómo se escribía su nombre ni a conocer el efecto de esa escritura en el deslizarse de una mano masculina por su cuerpo.

Administrador de sistemas en una web de *networking*. Planificador de recursos humanos (movilidad global). La deriva, de trabajo en trabajo y a veces de ciudad en ciudad, era parte integral del hombre que yo era. Casi siempre estaba fuera del ámbito, daba igual cuál fuera el ámbito. La idea era ponerme a prueba a mí mismo, o al menos intentarlo. Eran desafíos mentales sin subtexto negativo. Nada en juego. Mánager de investigación de soluciones (modelos de simulación).

Madeline, en una inusual emisión de juicio, se inclinó por encima de la mesa de la cafetería del museo donde habíamos quedado para almorzar.

*El niño nítido*, me susurró. *El hombre sin forma*.

El Monje había dicho que podía levantarse de la silla, alzar la mano y tocar el techo. Intenté hacer lo mismo en mi habitación y lo conseguí, de puntillas. Nada más sentarme experimenté un escalofrío de anonimato.

Y entonces estoy en el metro con Paula de Twin Falls, Idaho, turista entusiasta y encargada de una parrilla, y en la otra punta del vagón hay un hombre dirigiéndose a los pasajeros, penurias y desgracias, siempre es un momento peliagudo, el hombre que recorre el tren, de vagón en vagón, sin trabajo, sin casa, contando su historia, con un vaso de plástico en la mano. Todos los pasajeros tienen la mirada resueltamente perdida, pero nosotros lo estamos viendo, claro, pasajeros avezados, expertos en mirar disimuladamente, mientras él se las apaña para atravesar el vagón sin perder el equilibrio a pesar de los bamboleos y temblores sísmicos del tren. Paula, por su parte, lo mira sin disimulo, examinándolo de forma analítica, violando el código. Es hora punta y estamos los dos de pie, y yo le doy un golpe de cadera como de jugador de hockey pero ella no me hace ni caso. El metro es el entorno total del hombre, al menos en la práctica, desde Rockaway en el sur hasta el Bronx en el norte, y lleva consigo un título de propiedad de nuestra compasión, y hasta cierta au-

toridad que nosotros contemplamos con respeto cauteloso, dejando de lado el hecho de que nos gustaría que
desapareciera. Le meto un par de dólares en el vaso de
plástico y le doy otro golpe con la cadera a Paula, esta
vez para divertirme; a continuación el hombre abre de
un tirón la puerta que separa los vagones y me toca a
mí recibir algunas de las miradas disimuladas que antes le habían caído a él.

Entro en el dormitorio. No hay interruptor en la pared. La lámpara está sobre la cajonera contigua a la cama.
La habitación está a oscuras. Cierro los ojos. ¿Hay más
gente que cierre los ojos en una habitación a oscuras?
¿Será una simple extravagancia sin significado? ¿O me
estoy comportando de una forma que tiene base psicológica, nombre e historia? Aquí está mi mente y allí mi
cerebro. Me quedo un momento pensando en esto.

Ross llevándome a rastras a la Morgan Library para
leer los lomos de los libros del siglo xv. Se puso a mirar
a través de la vitrina la cubierta enjoyada de los Evan-
gelios de Lindau. Solicitó acceso a los niveles segundo
y tercero, a los balcones, la biblioteca ya cerrada; subi-
mos la escalera secreta, los dos encogidos y susurrando
entre los estantes de nogal con incrustaciones. Una Bi-
blia de Gutenberg, luego otra, siglo tras siglo, elegante
rejería cruzando los estantes.

Aquél era mi padre. ¿Y quién era mi madre?

Era Madeline Siebert, originaria de un pueblecito
del sur de Arizona. Un cactus en un sello de correos, lo
llamaba ella.

Cuelga su abrigo en una percha y gira el gancho
para colocarla en la puerta abierta del armario. Luego
pasa el rodillo por la espalda del abrigo. A mí me resul-

ta satisfactorio ver esto, quizá porque me imagino a Madeline experimentando un placer cotidiano gracias al simple acto de colgar su abrigo de una percha, colocar estratégicamente el abrigo sobre una puerta de armario y por fin quitar la pelusa acumulada con un rodillo.

Define *rodillo*, me digo. Define *percha*. Luego intento hacerlo. Estas situaciones nunca se olvidan, persisten entre otras reliquias deformadas de la adolescencia.

Regresé unas cuantas veces a la biblioteca, horario normal, planta principal, tapiz sobre la repisa de la chimenea, pero no se lo conté a mi padre.

## 6

Había tres hombres sentados sobre esterillas, con las piernas cruzadas, sin nada más que el cielo encima. Llevaban ropa holgada, aunque no iban vestidos igual, y dos de ellos estaban sentados con la cabeza gacha, el tercero miraba al frente. Cada uno tenía un recipiente al lado, un frasco pequeño y grueso o bien una lata. Dos de ellos tenían sendas velas colocadas en palmatorias sencillas al alcance de la mano. Al cabo de un momento, uno detrás de otro, de izquierda a derecha y sin que pareciera que lo hubieran planeado, empezaron a coger los frascos y a derramarse el líquido sobre el pecho, los brazos y las piernas. Luego dos de ellos, con los ojos cerrados, pasaron a la cabeza y a la cara, vertiendo el líquido despacio. El tercer hombre, el del medio, se llevó el frasco a la boca y bebió. Lo vi contorsionar la cara y abrir la boca con gesto reflejo para vomitar los efluvios. Queroseno o gasolina o aceite para lámparas. Después se vació el resto del frasco en la cabeza y lo dejó en el suelo. Todos dejaron los frascos en el suelo. Los dos primeros se llevaron las velas encendidas a las pecheras de las camisas y a las perneras de los pantalones y el tercer hombre sacó un librillo de cerillas del bolsillo de la pechera y por fin, tras varios intentos fallidos, consiguió encender una llama.

Me aparté de la pantalla. Todavía tenía una mueca crispada en respuesta a la reacción del tercer hombre al bajarle el queroseno por la garganta y entrarle en el organismo. Ahora los hombres en llamas, con las bocas abiertas, se balanceaban por encima de mí. Retrocedí. Los hombres no tenían forma, no hacían ruido, estaban gritando.

Me di la vuelta y me alejé por el pasillo. Las imágenes me rodeaban por completo: aquellos segundos de espanto, la angustia que sentí mientras el hombre se dedicaba a rascar la cerilla sin conseguir encender una llama. Debió de ser insoportable para él: una cabeza de cerilla chamuscada tras otra, sentado entre sus camaradas en llamas.

Al final del pasillo había alguien de pie, una mujer, mirándome. Allí estaba yo, un turista perdido, inadvertido hasta entonces, un hombre alejándose de una pantalla de vídeo. Seguía sintiendo las imágenes cerca, presionándome, pero la mujer no miraba más allá de mí. La pantalla podría haber estado en blanco, o bien mostrando un campo yermo en un día gris. Al acercarme a ella, me hizo un gesto vago, con la cabeza ladeada a la izquierda, y los dos doblamos para coger un pasillo estrecho que terminaba en ángulo recto con otro pasillo.

Era bajita, mayor que yo, cuarenta y tantos años, vestido largo y zapatillas de color rosa. No le dije nada de las inmolaciones. Decidí respetar el formato: no decir nada y estar listo para todo. Nos adentramos paso a paso por el pasillo. Eché un vistazo a su vestido ajustado con estampado de flores y a su pelo oscuro resueltamente recogido con una cinta en una coleta arremolinada. No era un maniquí y tampoco estábamos en una película, pero acabé preguntándome si aquel instante no tendría más trascendencia y alcance que cualquier otro momento aislado, confinado entre puertas cerradas.

Entramos por un pasadizo que terminaba de golpe en lo que parecía ser una superficie sólida. Mi acompañante recitó una serie de palabras breves que activaron una mirilla en la superficie que teníamos delante. Di un paso largo al frente y me encontré en una posición elevada, contemplando a través de la mirilla la pared opuesta de una habitación alargada y estrecha.

Sobre un pedestal que sobresalía de la pared había un cráneo humano, más grande de lo normal. Tenía partes agrietadas y manchas de antigüedad de un color escabroso entre el cobre y el bronce, sobre fondo gris reseco. Las cuencas estaban bordeadas de joyas y los dientes mellados, pintados de color plateado.

Luego miré la habitación en sí, austera, con las paredes y el suelo de piedra labrada. Había una mujer y un hombre sentados a una mesa de roble con la superficie llena de rayaduras. Sobre la mesa no había ni placas identificativas ni documentos. Estaban los dos hablando, no necesariamente entre ellos, y delante tenían a nueve personas dispersas espontáneamente en bancos de madera, de espaldas a mí.

Yo sabía que la acompañante ya no estaba conmigo, pero corrompí el momento mirando atrás, como una persona normal y corriente, para ver si estaba. Se había marchado, en efecto, y a unos cinco pasos detrás de mí vi una puerta corredera que se cerraba.

La mujer de la mesa estaba hablando de los grandes espectáculos humanos, de los fieles vestidos de blanco de La Meca, de los peregrinos, de la devoción de masas, millones de personas, año tras año, y de los hindúes que se congregaban a orillas del Ganges, millones, decenas de millones, un festival de inmortalidad.

La túnica larga y holgada y el pañuelo en la cabeza que llevaba le daban un aspecto frágil; hablaba en voz baja y con precisión, y traté de determinar el origen geográfico de su elegante acento inglés y de su piel color canela.

—Pensad en las apariciones del papa en el balcón de la plaza de San Pedro. Las multitudes que se reúnen allí para recibir la bendición —dijo ella—, para ser reconfortadas. El papa está allí para bendecir su futuro, para darles garantías de la vida espiritual que les espera, después de su último aliento.

Intenté imaginarme a mí mismo entre los incontables cuerpos agarrotados y reunidos en actitud de sobrecogimiento, pero no conseguí hacer la idea creíble.

—Lo que tenemos aquí es pequeño, concienzudo y privado. Los pacientes entran en la cámara de uno en uno y a intervalos. En un día promedio, ¿cuántos? No hay días promedio. Y aquí tampoco hay poses. No hay torsión del cuerpo para mostrar pesar, sumisión, obediencia ni adoración. No besamos anillos ni zapatillas. No hay esterillas para rezar.

Estaba encogida, agarrándose una mano con la otra, usando sus atentas frases como emblemas de su dedicación, o eso decidí pensar.

—Pero ¿hay un vínculo con creencias y prácticas más antiguas? ¿Somos una tecnología radical que simplemente renueva y prolonga esas tradiciones multitudinarias de vida eterna?

Uno de los ocupantes de los bancos se volvió y miró en mi dirección. Era mi padre, y me dedicó un saludo lento y cómplice con la cabeza. Aquí están, parecía decirme: dos de las personas cuyas ideas y teorías determinan la forma de esta empresa. Las mentes cruciales, tal como las había descrito en otro momento. Y los demás debían de ser benefactores, igual que Ross: el mecanismo de apoyo, los que ponían el dinero, sentados en aquella sala de piedra, en bancos sin respaldo, allí presentes para aprender sobre el núcleo filosófico de la Convergencia.

Empezó a hablar el hombre. Hubo un pitido y un movimiento cercanos y sus palabras, en un idioma de Europa central, se convirtieron en un inglés digital fluido y sin género.

—Esto es el futuro, esta ubicación remota, esta dimensión soterrada. Sólido, pero en cierto modo también impreciso. Un conjunto de coordenadas cartografiadas desde el espacio. Y uno de nuestros objetivos es crear una conciencia que se funda con el entorno.

Era bajito y orondo, de frente despejada y pelo encrespado. Parpadeaba todo el tiempo, era su tic. Le costaba esfuerzo hablar y ejecutaba movimientos rotatorios con la mano mientras hablaba.

—¿Nos imaginamos viviendo fuera del tiempo y fuera de la Historia?

La mujer nos devolvió a la Tierra.

—A menudo las esperanzas y los sueños del futuro

no consiguen explicar la complejidad, la realidad de la vida tal como existe en este planeta. Lo entendemos. La realidad de los hambrientos, los vagabundos, los asediados, la realidad de las facciones religiosas y sectas y naciones en guerra. De las economías hundidas. De los arrebatos salvajes del clima. ¿Podemos ser inmunes al terrorismo? ¿Podemos mantener a raya las amenazas de ciberataque? ¿Seremos capaces de ser verdaderamente autosuficientes aquí?

Los oradores parecían estar dirigiendo sus comentarios a algún sitio situado más allá de los congregados. Di por sentado que habría aparatos de grabación, tanto de imagen como de sonido, fuera de mi campo de visión, y que aquel debate estaba destinado principalmente a los archivos.

Di por sentado también que los únicos que teníamos que conocer mi presencia allí éramos mi padre, yo y la acompañante del pelo arremolinado.

Estaban hablando del fin, del fin de todo el mundo. Ahora la mujer tenía la cabeza gacha y hablaba dirigiéndose a la madera sin pulir de la mesa. Me la imaginé como alguien que ayunaba periódicamente, que pasaba días sin comer, solamente bebiendo un poco de agua. Me imaginé que había pasado tiempo de joven en Gran Bretaña y en Estados Unidos, enfrascada en sus estudios, aprendiendo a retirarse del mundo y a ocultarse.

—Estamos en manos de nuestra estrella —dijo ella.

El Sol es una entidad desconocida. Hablaron de tormentas solares, de erupciones y supererupciones, de eyecciones de masa coronal. El hombre intentó encontrar metáforas adecuadas. Giraba la mano de forma extrañamente sincronizada con sus referencias a la órbita terrestre. Contemplé a la mujer, encorvada, en silencio y momentáneamente sumida en aquella escena de miles de millones de años: la vulnerabilidad de nuestra Tierra, los cometas, los asteroides, los impactos aleatorios, las extinciones del pasado y las desapariciones actuales de especies.

—La catástrofe es nuestro cuento para irnos a dormir.

Me pareció que el hombre de los parpadeos estaba empezando a pasárselo bien.

—En cierta medida estamos en este lugar para diseñar una respuesta a cualquier calamidad que pueda azotar nuestro planeta. ¿Acaso estamos simulando el fin con el objeto de estudiarlo y tal vez de sobrevivir a él? ¿Acaso estamos adaptando el futuro, trayéndolo a nuestro marco temporal inmediato? En algún momento del futuro, la muerte acabará siendo inaceptable por mucho que la vida del planeta se haya vuelto más frágil.

Me lo imaginé en su casa, sentado a la cabecera de la mesa, cenando con su familia, un comedor demasiado amueblado, como de película antigua. Supuse que era un profesor universitario que había abandonado la institución para emprender el desafío de las ideas en aquella dimensión soterrada, tal como la llamaba él.

—La catástrofe está incorporada a nuestro cerebro primordial.

Decidí ponerle nombre. Les pondría nombre a los dos, solamente para divertirme y para permanecer involucrado, para prolongar mi vago rol de hombre oculto, de testigo subrepticio.

—Es una escapatoria de nuestra mortalidad personal. La catástrofe. Algo que sobrecoge a todo lo débil y temeroso que tenemos en el cuerpo y en la mente. Afrontamos el fin, pero no a solas. Nos perdemos en el ojo del huracán.

Escuché con atención lo que estaba diciendo el hombre. Muy bien traducido, pero yo no me creía ni una palabra. Era una especie de poesía ilusa. No se aplicaba ni a la gente real ni al miedo real. ¿O quizá era yo demasiado cerrado de miras y adoptaba una perspectiva demasiado limitada?

—Estamos aquí para aprender el poder de la soledad. Estamos aquí para replantearnos todo lo que tenga que ver con el fin de la vida. Y para emerger con forma ciberhumana en un universo que nos hablará de un modo muy distinto.

Se me ocurrieron varios nombres, pero los rechacé todos. Luego se me ocurrió Szabo. No sabía si era un nombre propio de su país de origen, pero tampoco importaba. Allí no había países de origen. Y el nombre me gustaba. Le pegaba con el cuerpo fofo. Miklos Szabo. Tenía un regusto a tierra que contrastaba bien con la voz enlatada de la traducción.

Examiné a la mujer mientras hablaba. No hablaba con nadie. Hablaba dirigiéndose al espacio abierto. Solamente necesitaba un nombre. Ni apellido ni familia ni implicación profunda con nadie, ni aficiones, ni tampoco ningún sitio en particular al que estuviera obligada a regresar, ni razón para no estar allí.

El pañuelo que llevaba en la cabeza era su bandera de independencia.

—La soledad, sí. Imagínense a solas y congelados dentro de la cripta, de la cápsula. ¿Acaso permitirán las nuevas tecnologías que el cerebro funcione al nivel de la identidad? Esto es lo que tal vez deberán afrontar ustedes. La mente consciente. La soledad in extremis. Piensen en la palabra en sí. Del latín *solitas*. La cualidad de estar sin nadie más. Despojarse de la persona. La persona es la máscara, el personaje inventado en ese popurrí de obras teatrales que constituye la vida. La máscara cae y la persona se convierte en «ti» en el sentido más auténtico. Sin nadie más. El yo. ¿Qué es el yo? Todo lo que uno es, sin nadie más, sin amigos ni desconocidos ni amantes ni hijos ni calles que recorrer ni alimentos que comer ni espejos en los que verse. Pero ¿uno es alguien sin los demás?

Artis también había hablado del hecho de ser artificial. ¿Era aquello el personaje, la media ficción que pronto se vería transformada, o bien reducida, o intensificada, que se volvería yo puro, suspendido en el hielo? No quería pensar en ello. Quería pensar un nombre para la mujer.

Ahora habló, introduciendo pausas, sobre la naturaleza del tiempo. ¿Qué pasa con la idea del *continuum* —pasado, presente y futuro— en la cámara criogénica? ¿Entenderá uno los días, los años y los minutos? ¿O esa facultad se reducirá y morirá? ¿Cuán humano eres sin noción del tiempo? ¿Más humano que nunca? ¿O bien uno se vuelve fetal, algo no nacido?

Ella miró a Miklos Szabo, el profesor del Viejo Mundo, y yo me lo imaginé con traje de tres piezas, al estilo de la década de 1930: un filósofo de renombre en pleno romance ilícito con una mujer llamada Magda.

—El tiempo es demasiado difícil —dijo él.

Aquello me hizo sonreír. Yo estaba encorvado frente a la mirilla, situada justo por debajo del nivel de los ojos, y me sorprendí contemplando otra vez el cráneo del otro extremo de la sala, un objeto de la región, posiblemente fruto de algún saqueo, y la última cosa que habría esperado encontrarme en aquel entorno de visiones científicas de la vida. Debía de ser cinco veces más grande que un cráneo humano normal y llevaba un solideo en el que no me había fijado antes. Era un solideo imponente, constituido por una multitud de pajarillos pegados al cráneo, una bandada dorada, con las puntas de las alas conectadas entre sí.

Parecía real, el cráneo de un gigante, un poco tosco de tan *calavérico* que era, elaborado de forma desconcertante, con su sonrisa plateada, una obra de arte folklórico demasiado sarcástica para emocionar. Me imaginé la sala vacía de gente y de mobiliario, con paredes de roca, fría como la piedra, y entonces el cráneo me pareció más en su lugar.

Entraron en la sala dos hombres, altos y de piel clara, gemelos, vestidos con pantalones de trabajo viejos y camisetas grises idénticas. Se plantaron uno a cada lado de la mesa y hablaron sin introducción, cada uno de ellos cediendo la palabra al otro por medio de transiciones perfectas.

—Ésta es la primera fracción del primer año cósmico. Nos estamos convirtiendo en ciudadanos del universo.

—Hay preguntas, por supuesto.

—En cuanto dominemos la extensión de la vida y abordemos la posibilidad de volvernos completamente renovables, ¿qué pasará con nuestras energías y aspiraciones?

—¿Con las instituciones sociales que hemos construido?

—¿Estamos diseñando una cultura futura de letargo y autocomplacencia?

—¿No es la muerte una bendición? ¿No define el valor de nuestras vidas, minuto a minuto, año a año?

—Muchas preguntas más.

—¿No basta con vivir un poco más por medio de alguna tecnología avanzada? ¿Necesitamos seguir y seguir y seguir?

—¿Por qué subvertir las innovaciones de la ciencia a base de torpes excesos humanos?

—¿Y la inmortalidad literal no comprimirá nuestras formas duraderas de arte y nuestros prodigios culturales hasta dejarlos en nada?

—¿De qué escribirán los poetas?

—¿Qué pasará con la Historia? ¿Qué pasará con el dinero? ¿Qué pasará con Dios?

—Muchas preguntas más.

—¿Acaso no estamos allanando el camino hasta unos niveles incontrolables de población y de presión sobre el medio ambiente?

—Demasiados cuerpos viviendo en demasiado poco espacio.

—¿No nos convertiremos en un planeta de viejos encorvados, mil millones de viejos de sonrisas desdentadas?

—¿Y qué pasa con quienes mueren? Los demás. Siempre habrá otros que mueran. ¿Y por qué han de seguir con vida unos mientras otros mueren?

—Medio mundo reforma su cocina, y el otro medio se muere de hambre.

—¿Estamos dispuestos a creer que todas las enfermedades que afectan al cuerpo y la mente serán curables en el contexto de nuestra longevidad sin límites?

—Muchas preguntas más.

—El elemento definitorio de la vida es que termina.

—La naturaleza nos quiere extinguir para regresar a su forma intacta e incorrupta.

—¿Para qué servimos si vivimos para siempre?

—¿A qué verdad suprema nos podemos enfrentar?

—¿No es el acicate de nuestra muerte lo que nos hace tan valiosos para la gente que nos rodea?

—Muchas preguntas más.

—¿Qué significa morir?

—¿Dónde están los muertos?

—¿Cuándo dejas de ser quién eres?

—Muchas preguntas más.

—¿Qué pasa con la guerra?

—¿Acaso este cambio supondrá el fin de la guerra, o bien un nivel nuevo de conflicto generalizado?

—Si la muerte individual ya no es inevitable, ¿qué pasará con la amenaza de la destrucción nuclear?

—¿Empezarán a desaparecer todos los límites tradicionales?

—¿Decidirán los misiles por sí mismos bajarse de las lanzaderas?

—¿Acaso la tecnología tiene un impulso suicida?

—Muchas preguntas más.

—Pero rechazamos esas preguntas. Porque no tienen nada que ver con nuestra empresa. Nosotros queremos ampliar los límites de lo que significa ser humano: ampliarlos y luego rebasarlos. Queremos hacer todo lo que podamos para alterar el pensamiento humano y modificar las energías de la civilización.

Se pasaron un buen rato hablando de esa forma. No eran ni científicos ni teóricos sociales. ¿Qué eran, pues? Eran un tipo de aventureros que no conseguía identificar.

—Hemos reconstruido este yermo, este agujero asqueroso en el desierto, a fin de separarnos de lo razonable, de esa carga que se denomina pensamiento responsable.

—Aquí, hoy, en esta sala, estamos hablándole al futuro, a unas personas que tal vez nos declararán valientes o pintorescos o tontos.

—Plantéense dos posibilidades.

—Queríamos reescribir el futuro, todos nuestros futuros, y hemos acabado con una sola página vacía.

—O bien estamos entre esos pocos elegidos que han alterado toda la vida del planeta, y para siempre.

Los bauticé como los gemelos Stenmark. Eran los gemelos Stenmark. Jan y Lars, o bien Nils y Sven.

—Los que duermen en sus cápsulas, en sus receptáculos. Los de ahora y los que están por venir.

—¿Están realmente muertos? ¿Podemos llamarlos muertos?

—La muerte es un artefacto cultural, no una determinación estricta de lo humanamente inevitable.

—¿Y son los mismos que eran antes de entrar en la cámara?

—Colonizaremos sus cuerpos con nanobots.

—Revitalizaremos sus órganos, regeneraremos sus sistemas.

—Células madre embrionarias.

—Enzimas, proteínas, nucleótidos.

—Serán nuestros sujetos de estudio, nuestros juguetes.

Sven se inclinó hacia el público, proyectando consigo aquella última palabra, y hubo una corriente de reacciones divertidas entre los benefactores.

—Nanounidades implantadas en los receptores adecuados del cerebro. Novelas rusas, el cine de Bergman, Kubrick, Kurosawa y Tarkovski. Obras de arte clásicas. Niños entonando canciones infantiles en muchos idiomas. Las proposiciones de Wittgenstein, un audiotexto de lógica y filosofía. Fotografías y vídeos familiares, la pornografía que más te guste. En la cápsula soñarás con antiguos amantes y escucharás a Bach y a Billie Holiday. Estudiarás las estructuras entrelazadas de la música y las matemáticas. Releerás las obras de Ibsen, revisitarás los ríos y los torrentes de frases de Hemingway.

Volví a mirar a la mujer del pañuelo en la cabeza, que seguía sin tener nombre. No sería real hasta que le pusiera nombre. Ahora estaba sentada con la espalda erguida, las manos apoyadas en la mesa y los ojos cerrados. Sumida en un estado meditativo. O eso era lo que yo quería creer. ¿Habría escuchado una sola palabra de lo que habían dicho los Stenmark? Su mente estaba vacía de palabras, de mantras, de sílabas secretas.

La bauticé primero como Arjuna y después como Arjhana. Eran nombres bonitos, pero no terminaban de resultar adecuados. Allí estaba yo, en un compartimento sellado, inventándome nombres, fijándome en los acentos, improvisando historias y nacionalidades. Respuestas superficiales a un entorno que requería el abandono de aquellas distinciones. Necesitaba disciplinarme a mí mismo, ponerme a la altura de la situación. Pero ¿cuándo había estado yo a la altura de la situación? Lo que necesitaba hacer era justamente lo que estaba haciendo.

Escuché a los Stenmark.

—Con el tiempo emergerá una religión de la muerte, a modo de respuesta a la prolongación de nuestras vidas.

—Devolvednos la muerte.

—Habrá bandas de rebeldes promuerte que saldrán a matar a gente al azar. Hombres y mujeres agazapados por la campiña, usando armas de fabricación casera para matar a quienes se encuentren.

—Voraces baños de sangre con aspectos ceremoniales.

—Rezando junto a los cuerpos, entonando cánticos sobre los cuerpos, haciéndoles cosas infamemente íntimas a los cuerpos.

—Y luego quemando los cuerpos y embadurnándose los suyos con la ceniza.

—O bien rezando junto a los cuerpos, entonando cánticos sobre los cuerpos y comiendo la carne comestible de los cuerpos. Y quemando lo que quede después.

—De una forma u otra, la gente regresará a sus raíces asoladas por la muerte, a fin de reafirmar el patrón de la extinción.

—La muerte es un hábito que cuesta romper.

Nils hizo un gesto con el puño en alto y el pulgar apuntando hacia atrás por encima del hombro. Estaba señalando al cráneo de la pared. Y yo entendí de inmediato, de forma intuitiva, que aquel objeto enorme y de puro hueso era creación suya, y que aquellos dos hombres, de aspecto insulso pero demonólogos de espíritu, eran los responsables del aspecto, el tacto y el temperamento del complejo entero. Todo aquello era diseño suyo: el tono y la dinámica, la propia estructura semisoterrada y lo que contenía.

Todo Stenmark.

Todos los elementos que me resultaban tan disociativos e inquietantes obedecían a su estética de reclusión y ocultación. Los pasillos vacíos, los esquemas de colores, las puertas de despachos que conducían o no a despachos. Los momentos laberinto, el tiempo suspendido, la información trasquilada, la falta de explicaciones. Me acordé de las pantallas de vídeo que aparecían y desaparecían, de las películas mudas, del maniquí sin cara. Me acordé de mi habitación, de su asombrosa sencillez, de su condición de no lugar, concebida y diseñada como tal, y de las demás habitaciones parecidas, quizá quinientas o mil, y tuve otra vez la sensación de estar menguando hasta quedar en nada. Y los muertos, o posiblemente muertos, o lo que fueran, los muertos criogenizados, erguidos en sus cápsulas: arte en sí mismos, y en ninguna otra parte salvo aquí.

Los hermanos alteraron su método expositivo y dejaron de dirigirse al aparato de grabación para hablar con los nueve hombres y mujeres del público.

—Pasamos seis años aquí, sin pausa, inmersos en nuestro trabajo. Luego hicimos un viaje a casa, breve pero gratificante, y desde entonces vamos y venimos.

—Cuando llegue el momento.

—Esas palabras contienen una innegable inevitabilidad.

—Cuando llegue el momento, abandonaremos finalmente la seguridad de nuestro hogar en el norte para venir a este desierto. Viejos y frágiles, cojeando y arrastrando los pies, para acercarnos a la hora de la verdad.

—¿Qué encontraremos aquí? Una promesa más segura que los más allá de las religiones organizadas del mundo.

—¿Necesitamos una promesa? ¿Por qué no morirnos sin más? Porque somos humanos y nos aferramos a las cosas. En este caso, no a la tradición religiosa, sino a la ciencia del presente y del futuro.

Estaban hablando en voz baja y en tono íntimo, con una reciprocidad más profunda que durante los diálogos anteriores y sin asomo de exhibicionismo. El público estaba inmóvil, clavado en su sitio.

—Listo para morir no quiere decir dispuesto a desaparecer. Puede que cuerpo y mente nos digan que es hora de dejar atrás el mundo. Aun así, nosotros nos aferramos y nos agarramos y arañamos.

—Dos cómicos de micrófono.

—Confinados en materia vítrea, remodelados célula a célula, esperando el momento.

—Cuando llegue el momento, regresaremos. ¿Quiénes seremos y qué encontraremos? El mundo en sí, décadas más tarde, piénsenlo, o antes, o después. No es tan fácil imaginar lo que habrá ahí fuera, si será mejor o peor o si estará tan completamente cambiado que nos sentiremos demasiado asombrados para juzgarlo.

Hablaron de los ecosistemas del planeta futuro, teorizando —un medio ambiente renovado, un medio ambiente arrasado—, y luego Lars levantó ambas manos para señalar una pausa. Al público le costó un instante asimilar la transición, pero enseguida la sala guardó silencio, el silencio de los Stenmark. Los propios hermanos se quedaron mirando al frente, con expresión vacía.

Los Stenmark tenían cincuenta y pocos años, o eso les echaba yo, y una piel tan blanca y fina que se les veían las venas azules ramificadas en el dorso de las manos incluso desde donde yo estaba. Decidí que eran anarquistas callejeros de otra época, discretamente dedicados a organizar atrocidades locales o bien insurrecciones más grandes, todo ello moldeado por su talento artístico, y luego me sorprendí preguntándome si estarían casados. Sí, con una pareja de hermanas. Me los imaginé a los cuatro paseando por una zona boscosa: primero los hermanos delante, y luego las hermanas delante, una tradición familiar, un juego, la distancia entre parejas fríamente medida y meticulosamente mantenida. En mi fantasía medio chiflada, me imaginé que esa distancia eran cinco metros. Me aseguré de que estuviera en metros y no en pies ni en yardas.

Lars bajó los brazos, la pausa se acabó, los gemelos reanudaron su discurso.

—Puede que algunos de ustedes también acaben aquí. Para presenciar la transición de sus seres queridos. Y, por supuesto, ya habrán empezado a plantearse cómo sería esa transición para ustedes mismos, algún día, para cada uno, cuando llegue el momento.

—Entendemos que algunas de las cosas que hemos dicho aquí hoy pueden funcionar como elementos disuasorios. Bueno. Es simplemente la verdad de nuestro punto de vista. Pero hagan una cosa: piensen en dinero y en inmortalidad.

—Aquí están ustedes, reunidos, convocados. ¿Acaso no es esto lo que han estado esperando? Un modo de reclamar el mito. La vida eterna pertenece a quienes poseen riquezas asombrosas.

—A reyes, reinas, emperadores, faraones.

—Ya no es un susurro tentador que oyen en sueños. Esto es real. Ya pueden pensar más allá del tacto divino de los miles de millones que tienen a su disposición. Den el salto existencial. Reescriban el triste, lúgubre y funerario guion de la muerte de la forma habitual.

Aquello no eran argumentos de venta. No sé qué era: un desafío, una provocación, una apelación a la vanidad de los elegidos por el dinero o simplemente un intento de decirles lo que siempre habían querido oír, por mucho que no fueran conscientes de ello.

—¿Acaso no nos resulta familiar la cápsula gracias al periodo que pasamos en el útero? Y cuando regresemos, ¿qué edad tendremos? Nuestra elección y la de ustedes. Simplemente rellenen los espacios en blanco de nuestra solicitud.

Yo ya estaba cansado de tanta muerte, así que me aparté de la mirilla. Pero no había manera de escapar del sonido de sus voces, de los hermanos recitando una serie de palabras suecas o noruegas, y después otra serie de palabras noruegas o danesas, y por fin una serie o lista o letanía de palabras alemanas. Entendí unas cuantas, pero otras no, la mayoría no, bueno, casi ninguna, admití, mientras seguía el recitado, palabras que en su mayoría empezaban por las sílabas *welt*, *wort* o *tod*. Era ese arte que hechiza las salas, el arte sónico de lo monótono, del ensalmo, y mi respuesta a sus voces y a todos los razonamientos serios y elevados de aquella tarde fue ponerme en cuclillas y empezar a hacer sentadillas con salto. Salto, cuclillas, salto, cuclillas, brazos en alto, cinco, diez, quince veces y vuelta a empezar, arriba y abajo, pura liberación, y me puse a contar en voz alta gruñendo por lo bajo.

Pronto desarrollé una imagen paralela de mí mismo como un simio arborícola dando manotazos por encima de la cabeza con los brazos largos y peludos, brincando y chillando a modo de autodefensa, ejercitando los músculos, quemando grasa.

En un momento dado me di cuenta de que había otra persona dirigiéndose al público. Era Miklos, cuyo apellido se me había olvidado: el hombre de los parpadeos hablaba ahora en traducción neutra sobre la cuestión del ser y el no ser. Yo seguí con mis sentadillas.

Cuando regresé a la mirilla, los gemelos Stenmark se habían marchado, Miklos seguía hablando y la mujer del pañuelo en la cabeza estaba en la misma postura que antes, sentada en la silla con la espalda muy recta y las palmas de las manos sobre la mesa. Seguía teniendo los ojos cerrados y todo era igual salvo que ahora, cuando la miré, supe su nombre. Era Artis. ¿Quién iba a ser sino Artis? Así se llamaba.


Me quedé dentro del compartimento cerrado con llave, esperando a que se abriera la puerta corredera. Sabía que era incorrecto llamarla puerta corredera. Tenía que haber algún término específico, alguna palabra o expresión técnica, pero me resistí al desafío implícito de plantearme las posibilidades.

Cuando por fin se abrió la puerta corredera, la acompañante estaba esperando. Nos alejamos por un pasillo y después por otro, nuevamente sin decir palabra, los dos, y yo esperé ver en cuestión de minutos a Ross en su despacho o en su suite.

Llegamos a una puerta y la acompañante se quedó esperando. La miré primero a ella y después a la puerta y los dos nos quedamos esperando. Fui consciente de querer algo: un cigarrillo. Era una necesidad reincidente: coger el paquete semiaplastado del bolsillo de mi pechera, encender el cigarrillo deprisa e inhalar despacio.

Volví a mirar a la acompañante y entendí por fin lo que estaba pasando allí. Aquélla era mi puerta, la puerta de mi habitación. Me limité a abrirla, pero la mujer no se marchó. Me acordé de aquel momento en la sala de piedra en el que Ross se había dado media vuelta en su banco y me había mirado con cierta expresión en la cara, cierta complicidad, de padre a hijo, de hombre a hombre, y pensándolo ahora me di cuenta de que su expresión aludía a la situación que él había organizado para mí, a aquella situación.

Me senté en la cama y miré cómo se desvestía.

Miré cómo se desataba la cinta del pelo, despacio, y lo dejaba caer sobre los hombros.

Me acerqué a ella, cogí una de sus zapatillas con la mano y ella sacó el pie.

Miré cómo el vestido largo caía flotando de su cuerpo al suelo.

Me puse de pie y la penetré, aplastándola un poco contra la pared, imaginándome una huella, una marca dejada por su cuerpo que tardaría días en borrarse.

En la cama me entraron ganas de que ella me hablara en su idioma, uzbeko, kazajo, el que fuera, pero entendí que era un nivel de intimidad inadecuado para la ocasión.

Me pasé un buen rato sin pensar en nada, todo manos y cuerpo.

Luego quietud, y otra vez a pensar en el cigarrillo, el que había deseado cuando estábamos de pie al otro lado de la puerta.

Escuché cómo respirábamos los dos y me sorprendí imaginando el entorno que nos contenía, apisonándolo, haciéndolo abstracto, los bordes blandos de nuestro egocentrismo.

La vi vestirse, despacio, y decidí no ponerle nombre. Sin nombre se fundía mejor con la habitación.

# 7

Ross Lockhart es un nombre falso. Mi madre me lo mencionó de pasada un día, cuando yo tenía diecinueve o veinte años. Ross le contó que se lo había cambiado poco después de salir de la universidad. Se había pasado años pensando en cambiárselo, primero a modo de simple fantasía y después con determinación, confeccionando una lista de nombres que luego examinaba con ojo crítico, con cierto desapego, acercándose más a la realización personal con cada uno que borraba.

Aquélla fue la expresión que usó Madeline: *realización personal*, hablando con su afable voz de documental, sentada delante del televisor sin sonido.

Era un desafío, le había contado mi padre. Era un incentivo, un aliciente. El cambio lo motivaría para esforzarse más, para pensar con más claridad, para empezar a verse a sí mismo de forma distinta. Con el tiempo se acabaría convirtiendo en el hombre al que solamente había vislumbrado cuando *Ross Lockhart* era una simple serie de trazos alfabéticos en un papel.

Yo escuchaba hablar a mi madre plantado detrás de ella. Tenía un bocadillo de pavo que había comprado en una mano y un vaso de refresco de jengibre en la otra, y mi recuerdo está marcado por mi situación allí de pie, pensando y masticando, y cada mordisco que yo le daba al bocadillo se iba volviendo más deliberado a medida que me concentraba al máximo en lo que Madeline me estaba contando.

Yo estaba empezando a conocer mejor a mi padre, segundo a segundo y palabra a palabra, y también a mí mismo. Por fin le encontraba una explicación a mi forma de hablar, de andar y de atarme los zapatos. Y qué interesante resultaba, en aquellos meros fragmentos del breve relato de Madeline, el hecho de que tantas cosas se hicieran evidentes tan fácilmente. Aquello decodificaba mi desconcierto adolescente. Yo no era quien debía ser.

¿Por qué mi madre no me lo había contado antes? Contemplé cómo desdeñaba la pregunta, encogiéndose de hombros pero sin dar señal alguna de haberla oído. Se limitó a apartar la vista del televisor el tiempo justo para decirme por encima del hombro el nombre verdadero de mi padre.

El nombre que le habían puesto al nacer era Nicholas Satterswaite. Me quedé mirando la pared de enfrente y pensé en ello. Articulé el nombre en silencio, moviendo los labios, una y otra vez. Por fin tenía a mi padre expuesto ante mí, en pelota picada. Mi padre auténtico, un hombre que había decidido abandonar la historia de sus ancestros, todas las vidas previas a la mía que había plegadas dentro de las letras de su nombre.

Cuando se mira al espejo, ve a un hombre simulado.

Madeline volvió a su televisor y yo me dediqué a masticar mi comida y a contar las letras. Veinte letras en el nombre completo y doce en el apellido. Las cifras no me decían nada: ¿qué podían decirme? Pero yo necesitaba meterme en el nombre, trabajarlo, encajarme en él. Con el apellido Satterswaite, ¿quién habría sido yo y en qué me habría convertido? Por entonces, con diecinueve años, todavía estaba en pleno proceso de formación.

Entendía el atractivo de un nombre inventado: el hecho de emerger de un estante en sombras para entrar en una ficción iridiscente. Pero aquél era el plan de mi padre, no el mío. El apellido Lockhart no era adecuado para mí. Demasiado prieto, demasiado agarrotado. El sólido y decisivo Lockhart, el firme cierre de Lockhart. El apellido me dejaba fuera. Lo único que podía hacer era asomarme a él desde el exterior. Así era como entendía la cuestión, plantado detrás de mi madre, recordándome a mí mismo que ella no había adoptado el apellido Lockhart al casarse.

Me pregunté qué habría pasado de haber descubierto antes la verdad. Jeffrey Satterswaite. Tal vez habría sido capaz de no balbucear, ganar peso, echar músculo, comer almejas crudas y conseguir que las chicas me miraran con seriedad calculadora.

Pero ¿acaso los orígenes me importaban realmente? Costaba creer que hiciera algún intento de explorar la genealogía de Satterswaite, de ubicar a la gente y los lugares que había incrustados en aquel apellido. ¿Acaso quería formar parte de un clan, ser el nieto de tal, el sobrino de cual, el primo?

Madeline y yo éramos cada uno lo que necesitaba

el otro. Formábamos una pareja singular. Observé la pantalla de la tele y pregunté qué problema había en el nombre Nicholas Satterswaite que tantas ganas había tenido de abandonar mi padre. Lo indistinto que era, me dijo ella. Lo fácil de olvidar que era. Las variaciones ortográficas y quizá hasta de pronunciación. Desde un punto de vista solamente americano, el apellido no venía de ninguna parte y no iba a ninguna tampoco. Pero estaba, por otro lado, el linaje anglosajón del apellido. La responsabilidad que implicaba. El hecho de que su padre hubiera usado el apellido como punto de referencia para valorar al chico.

Pero ¿qué pasaba con el apellido Lockhart? ¿Cuál era su linaje? ¿Cuál era su responsabilidad? Ella no lo sabía y yo tampoco. ¿Lo sabía acaso Ross?

En pantalla había un informe del tráfico que mostraba en directo los coches de una autopista, filmados desde arriba. Era el canal del tráfico, que emitía veinticuatro horas al día, y al cabo de un rato, con el sonido apagado y los coches apareciendo y desapareciendo de la vista, de forma interminable, la escena emergió de su superficial realidad. Mi madre estaba absorta en la pantalla y yo me dediqué a observarla a ella hasta que la escena se convirtió en una aparición. Contemplé el tráfico y conté primero ocho coches y después doce más, las letras del nombre auténtico, nombre de pila y apellido, sumando un total de veinte. Seguí haciendo lo mismo: primero ocho coches y después doce. Deletreé el nombre en voz alta, esperando una posible corrección por parte de Madeline. Pero ¿por qué iba a saber ella cómo se deletreaba el nombre o por qué iba a importarle?

Esto es lo que me queda de aquel día, o tal vez de aquel año entero: la forma en que observé los coches y conté las letras y mastiqué el bocadillo, pechuga de pavo con glaseado de arce sobre pan de centeno de la tienda de mi calle, con toneladas de mostaza.

Había dormido bien bajo las sábanas tibias por los cuerpos y no estaba seguro de si la comida que tenía delante era el desayuno o el almuerzo. La comida en sí no me ofrecía ninguna pista. ¿Por qué tenía sentido esto? Pues porque las unidades alimentarias las habían diseñado los hermanos Stenmark. Imaginé su plan. Cientos de unidades de dimensiones progresivas: cuatro mesas, dieciséis mesas, ciento cincuenta y seis mesas, cada unidad concienzudamente utilitaria, los platos y los cubiertos, las mesas y las sillas, la comida en sí, todo ello con un aire de sueño bien disciplinado.

Comí despacio, intentando notar el sabor de la comida. Me acordé de Artis. Era el día en que vendrían a llevársela. Pero ¿cómo pensar en lo que iba a pasar después de que dejara de latirle el corazón? ¿Cómo pensaba Ross en ello? No estaba seguro de qué quería creer yo, de que la confianza de mi padre en el proceso fuera genuina ni de que él hubiera concebido aquella convicción tan fuerte con el paso del tiempo a fin de sofocar sus dudas. ¿Acaso la realidad de la muerte inminente no promueve los autoengaños más profundos? Artis en el sillón bebiendo té a sorbos, la voz y las manos temblorosas, el cuerpo enflaquecido hasta no ser más que un recuerdo.

Entró entonces el Monje, casi sobresaltándome, y el

97

cuartito pareció recogerse a su alrededor. Llevaba una sudadera con capucha debajo de la capa, con la capucha caída por la nuca. Aparecieron en el hueco un plato, un vaso y cubiertos y él se los llevó a la mesa. Lo dejé acomodarse en la silla y colocar el plato.

—Confiaba en verlo a usted otra vez. Tengo una pregunta.

Él hizo una pausa, no en espera de la pregunta, sino únicamente preguntándose si aquella voz entrometida sería una voz humana, alguien que le estaba hablando.

Esperé a que se pusiera a comer.

—Las pantallas —le dije— aparecen en los pasillos y desaparecen metiéndose en el techo. La última pantalla, la última película, una autoinmolación. ¿La ha visto? Me ha parecido que eran monjes. ¿Eran monjes? Me ha parecido que estaban arrodillados en esteras de plegaria. Tres hombres. Un espectáculo espantoso. ¿Lo ha visto?

—No miro las pantallas. Las pantallas son una distracción. Pero hay monjes, sí, en el Tíbet, en China, en la India, que se prenden fuego.

—A modo de protesta —le dije.

Esa observación era demasiado obvia para suscitar ningún comentario por su parte. Creo que me esperaba cierto reconocimiento por sacar el tema y por haber presenciado el terrible momento en la pantalla: hombres muriendo por una causa.

Luego me dijo:

—Monjes, exmonjes, monjas y otros.

—Uno de ellos bebió queroseno o gasolina.

—Se sientan en la posición del loto o corren por las calles. Un hombre en llamas corriendo por las calles. Si yo viera algo así en persona, correría con él. Y si el hombre corriera gritando, yo gritaría con él. Y cuando se desplomara, yo me desplomaría.

La sudadera era negra y las mangas le asomaban de la capa. Dejó el tenedor en el plato y apoyó la espalda en el respaldo de la silla. Yo dejé de comer y esperé. El Monje podría haber estado sentado en algún rincón perdido de una gran ciudad, una de esas figuras excéntricas a las que la gente deja en paz, a las que se ve a menudo pero con quienes casi nadie habla. ¿Cómo se llama? ¿Tiene nombre? ¿Sabe él cómo se llama? ¿Por qué va así vestido? ¿Dónde vive? Un hombre contemplado con cautela por los pocos que lo han oído recitar sus monólogos sobre algún tema u otro. Voz profunda, nítida, interior, y unos comentarios demasiado dispersos como para obtener una respuesta sensata.

Pero el Monje no era así, ¿verdad? El Monje tenía un rol allí. Su tarea era hablar con los hombres y las mujeres que habían sido colocados en un refugio, un recinto seguro, una gente que estaba viviendo los últimos días u horas de la única vida que había conocido y no se hacía ilusiones sobre la majestuosa promesa de una segunda vida.

Ahora me miró y me di cuenta de lo que estaba viendo. Estaba viendo la figura de un hombre algo encorvado hacia un lado en una silla. La mirada no me dijo nada más. La comida que yo masticaba me decía que tal vez fuera carne.

—Necesitaría hacer algo más que comprometerme a correr a su lado, algo más que decir lo que fuera o llevar ciertas prendas. ¿Cómo apoyamos a los demás cuando las cosas que nos separan se nos imponen al

99

nacer, cuando la separación nos hostiga y nos sigue día y noche?

Su voz empezó a adoptar un tono narrativo, cierto sentido recitativo, de remembranza de uno mismo.

—Decidí emprender un viaje a la montaña sagrada del Himalaya tibetano. Una pirámide de hielo, blanca y gigante. Me aprendí los nombres de la montaña en todos los idiomas. Estudié todas las historias y todas las mitologías. Tuve que viajar muchos días en condiciones penosas para alcanzar la zona, más de una semana, y el último día a pie. Había multitudes llegando a la base de la montaña. Gente agolpada en camiones abiertos, con sus fardos de posesiones colgados de los costados, gente bajándose de un salto y pululando y mirando hacia arriba. Allí estaba la cima, recubierta de hielo y de nieve. El centro del universo. Gente con yaks para transportar suministros y tiendas de campaña. Tiendas plantadas por todas partes. Banderines devocionales por todas partes. Hombres con molinillos de oración, hombres con pasamontañas de lana y viejos ponchos. Todos estaban allí para realizar la circunvalación de la cornisa superior, a cinco mil metros de altura. Yo estaba decidido a emprender el trayecto de la forma más difícil posible. Dar un paso, tirarme al suelo y postrarme de cuerpo entero. Ponerme de pie, dar otro paso, tirarme al suelo y postrarme de cuerpo entero. Me habían contado que alguien que no hubiera sido criado y formado en aquella técnica ancestral podía tardar días y hasta semanas en hacer el ascenso. Miles de peregrinos anualmente durante dos mil años, caminando y arrastrándose en pos de la cima. Tormentas de nieve en junio. Muerte en los elementos. Dar un paso, tirarse al suelo y postrarse de cuerpo entero.

Me habló de los niveles de quietud devocional, de los estados de meditación y de iluminación, de la fragilidad de sus rituales. Budistas, hinduistas y jainistas. No me miraba. Miraba la pared y hablaba con ella. Yo estaba sentado con el tenedor en la mano, suspendido a medio camino entre mi plato y mi boca. Me habló de abstinencia, de continencia y de éxtasis tántrico y yo miré aquel espécimen de algo parecido a la carne que había en la punta de mi tenedor. Era carne de animal, que yo iba a masticar y tragar.

—No tenía guía. Tenía un yak que me llevaba la tienda. Una bestia de pelo castaño y tupido. No paraba de mirarlo. Todo marrón y peludo, de un millar de años de edad. Un yak. Pedí consejo sobre si debía hacer el trayecto en el sentido de las agujas del reloj o en el contrario. Hay códigos de conducta. Cincuenta y dos kilómetros de distancia. Terreno desigual, mal de altura, nieve y vientos feroces. Dar un paso, tirarse al suelo y postrarse de cuerpo entero. Llevaba conmigo pan, queso y agua. Ascendí por el camino principal. No vi occidentales, no había occidentales. Hombres envueltos en mantas para caballos, hombres con túnicas largas, hombres con zapatitos de madera adaptados a las manos, zuecos adaptados a las manos para protegerlas de las piedras y guijarros mientras se arrastraban. Alcanzar el nivel de la circunvalación. Seguir el camino de roca. Un solo paso o zancada y tirarse al suelo. Postración de cuerpo entero. Me quedé de pie delante de mi tienda y los vi caminar y arrastrarse. Era un trabajo metódico. No estaban mostrando ni fervor ni emoción sagrada. Estaban simplemente decididos, de cara y de cuerpo, haciendo lo que habían ido a hacer allí, y yo los observé. Había más gente de pie y descansando, otra gente hablando, y yo los observé. Tenía intención de hacer aquello mismo: dejarme caer de rodillas, estirar el cuerpo entero en el suelo, hacer una marca en la nieve con los dedos, decir varias palabras sin significado, avanzar muy poquito hasta la marca dejada con los dedos, ponerme de pie, coger aire, dar un paso y volver a caer de rodillas. El frío y el viento cortante me dejarían varias partes del cuerpo completamente entumecidas. Quienes aspiran al vacío total. Quienes tienen la frente eternamente llena de cortes y moretones de tanto inclinarse hasta el suelo, de tanto arrodillarse y hacer reverencias y dar contra el suelo. Yo tenía intención de hacer aquello mismo: dar un paso, dejarme caer de rodillas, inclinarme hasta el suelo, avanzar un poquito más hasta la marca que había dejado con los dedos y pronunciar varias no palabras por cada uno de mis pasos.

No paraba de recordarse a sí mismo lo que había deseado hacer, y tanta repetición estaba empezando a producir una sensación de tensión. ¿Acaso las palabras podían volver a enmarcar los recuerdos? Dejó de hablar, pero siguió recordando. Me lo imaginé delante de su tienda: alto, con la cabeza descubierta y enfundado en varias capas de ropa desechada. Sabía que no tenía que preguntarle si había conseguido arrastrarse de aquella manera durante una hora o una semana. De todos modos, yo apreciaba el acto en sí, sus principios, las intenciones del hombre, tan ajenas a mis propias opiniones divididas; un acto llevado a cabo para los demás, tosco, riguroso y lleno de tradiciones abruptas y de reverencia simple.

Al cabo de un rato, él siguió comiendo y yo también. Se me ocurrió que mi sensibilidad hacia la carne que había en mi tenedor era completamente falsa. No me sentía culpable, por mucho que fuera carne de yak. Mastiqué y tragué. Estaba empezando a entender que cada acto que emprendía tenía que articularse en algún nivel y tenía que ejecutarse con las palabras intactas. No podía masticar ni tragar sin pensar en *masticar* y *tragar*. ¿Podía echarles la culpa a los gemelos Stenmark? Tal vez podía echarle la culpa a la *habitación*, a mi habitación, a aquel cubículo introspectivo.

Él volvió a mirarme.

—La vida contemporánea es tan insustancial que puedo atravesarla con el dedo.

A continuación miró detrás de mí, se incorporó con el vaso en la mano y dio un último trago antes de devolver el vaso a la mesa y caminar hacia la puerta. Yo eché un vistazo por encima del hombro y vi que en la puerta había un hombre con camiseta de fútbol y pantalones de chándal. El Monje salió detrás de él y yo aparté mi mesa y los seguí.

El impulso puro permite que sea el cuerpo quien piense. El Monje era consciente de que los seguía, pero no dijo nada. Al final del segundo largo pasillo el acompañante se volvió, me vio e intercambió una serie de frases con el Monje en lo que supuse sería uno de los idiomas túrcicos de la región. Luego el acompañante me hizo una señal para que levantara el brazo hasta la cintura; sacó un instrumento pequeño y afilado de un bolsillo estrecho que tenía en los pantalones y tocó con él el disco de mi pulsera. Interpreté que me acababan de dar acceso a zonas previamente restringidas.

Entramos los tres en un recinto, y mientras se cerraba la puerta detrás de nosotros fui vagamente consciente de un movimiento posiblemente horizontal: un deslizamiento susurrante a una velocidad que no pude calcular. También el tiempo parecía rebasar mi capacidad para medirlo. Reinaba una sensación de indefinición temporal, y es posible que transcurrieran segundos o tal vez minutos antes de introducirnos en un ascensor que procedió a descender, o eso me imaginé yo, a los niveles numerados. Experimentamos una sensación de flotación libre, casi de estar fuera del cuerpo, y si los otros dos hombres hablaron, no los oí.

Se abrió una puerta con paneles y nos adentramos por un pasadizo que conducía a un espacio sombrío de grandes dimensiones y techo bajo. Parecía casi una biblioteca, con hileras de compartimentos o cubículos separados que parecían mesas individuales para el estudio en privado. El Monje se detuvo allí y se pasó una mano por el hombro para cogerse la capucha negra, la capucha de la sudadera, y ajustársela sobre la cabeza. Decidí interpretar aquello como un momento ceremonial.

Lo seguí entonces por unos escalones que bajaban hasta la hilera de cubículos individuales y vi que dentro no había estudiantes, sino pacientes: gente sentada o erguida sujeta con correas, otros tumbados boca arriba y completamente quietos, con los ojos abiertos o cerrados, y que también había cubículos vacíos, muchos. Se trataba del lugar de trabajo del Monje, el área de paliativos, y yo fui tras él por una red de pasillos con cubículos a ambos lados. Pude distinguir la textura de la pared más cercana, de grano grueso y colores neutrales, franjas de negro y gris aplicadas con rodillo y entremezcladas, así como la iluminación escasa, el techo bajo, los hombres y mujeres acurrucados allí y las dimensiones generales de la zona; no pude encontrar una referencia, algo propio de los Stenmark, que adjudicarle a aquel escenario.

Miré a los pacientes en sus butacas o camas, que no eran ni butacas ni camas. Eran una especie de taburetes acolchados o bancos blandos, y no era fácil saber qué individuos dormían, cuáles estaban sedados y cuáles bajo la influencia de la anestesia, al nivel que fuera. De vez en cuando, aquí y allá, se veía a algún individuo con aspecto de estar completa y vigorosamente consciente.

El Monje se detuvo al final del pasillo en el que estábamos y se volvió hacia mí justo cuando yo estaba volviéndome en la dirección contraria para confirmar la presencia de nuestro acompañante, que se había marchado.

—Estamos esperando —me dijo.

—Sí, entiendo.

¿Qué era lo que entendía? Pues que me estaba sintiendo constreñido, casi atrapado. Le pregunté al Monje por su estado de ánimo, por la disposición que experimentaba cuando estaba allí.

—No tengo ninguna disposición.

Le pregunté por los compartimentos, los cubículos.

—Yo los llamo cunas.

Le pregunté qué estábamos esperando.

—Aquí vienen —dijo él.

Había cinco individuos con batas oscuras, dos con la cabeza afeitada, avanzando por los pasillos en nuestra dirección. Eran asistentes sanitarios o camilleros o paramédicos o acompañantes. Se detuvieron junto a un cubículo cercano; dos de ellos comprobaron los aparatos de la cabecera y otro habló con el paciente. A continuación tres de los individuos encabezaron la marcha, en fila india, y los dos camilleros calvos empujaron el cubículo con ruedas detrás de ellos. Pensé en los demás pacientes y traté de imaginar la expectación tensa que debían de estar sintiendo, sus turnos ya próximos, al contemplar cómo aquella extraña tropa desfilaba por el pasillo y se adentraba en las sombras.

Cuando me volví hacia él, el Monje ya estaba hablando con la ocupante de otro cubículo cercano. Era una mujer, sentada, y él se dirigía a ella en voz baja y en algo que me pareció una especie de anglorruso errático, se le acercaba mucho y le sujetaba una mano entre las suyas. Le costaba encontrar las palabras, pero la mujer se puso a mecer la cabeza a modo de respuesta y supe que había llegado el momento de dejar que el Monje hiciera su trabajo.

El Monje, con su vieja capa maltrecha, su escapulario.

Deambulé un rato, esperando que alguien me detuviera. Se me ocurrió hablar con alguno de aquellos cuerpos que esperaban. No había ni rastro de personal sanitario dando masajes o controlando ritmos cardiacos, ni tampoco se oía música terapéutica. Empecé a tener la sensación de haber entrado por equivocación en un almacén de cuerpos medio vacío, donde apenas se movía un dedo ni parpadeaba un ojo.

Fui consciente de estar temblando. Era un temblor ligero, pero me hizo mirar a mi alrededor y luego de arriba abajo, como un tonto, viendo los mismos tonos neutrales en todas direcciones, variaciones del gris, modestas y sombrías, intermedias, el techo más bajo allí, la luz más apagada; tal vez fuera un refugio nuclear lo que los Stenmark habían tenido en mente.

Caminé por los pasillos echando vistazos a los escasos pacientes que había en aquel sector. Pensé que la palabra en sí era incorrecta. Pero si no eran pacientes, ¿qué eran? Luego me acordé de la expresión que Ross había usado para describir la atmósfera que imperaba allí. Respeto reverencial. ¿Era eso lo que estaba viendo? Estaba viendo ojos, manos, cabello, tono de piel, estructuras faciales. Razas y naciones. Y no pacientes, sino sujetos, sumisos e inmóviles. Tenía delante a una mujer maquillada con sombra de ojos, sedada. No estaba viendo paz, comodidad ni dignidad, solamente a unas personas bajo la autoridad de otras.

Me detuve junto a un hombre robusto sentado en su cubículo. Llevaba camisa de punto y parecía estar en un campo de golf, encajado en su carro de golf. Me planté ante él y le pregunté cómo se encontraba.

—¿Quién es usted? —me dijo.

Le dije que era un visitante ansioso por aprender. Le dije que se lo veía bastante sano. Le dije que sentía curiosidad por saber cuánto tiempo llevaba allí y cuánto tiempo más pasaría antes de que se lo llevaran a donde fuera que se lo iban a llevar.

Me dijo:

—¿Quién es usted?

Yo le dije:

—¿No siente el frío, el aire húmedo, la falta de espacio?

Él dijo:

—No pienso dirigirte la palabra.

Entonces vi al niño. Supe al instante que era el mismo niño al que había visto por uno de los pasillos en silla de ruedas motorizada, acompañado de dos escoltas vacíos por dentro. Estaba sentado dentro de un cubículo, reluciente y muy quieto, colocado casi como si fuera una escultura, en contraposto, con la cabeza y los hombros torcidos hacia un lado y las caderas y las piernas hacia el otro.

No sabía qué decir. Le dije mi nombre. Hablé con él en voz baja, con cuidado de no agobiarlo. Le pregunté qué edad tenía y de dónde era.

La cabeza se volvió a la izquierda y la mirada basculó hacia arriba y a la derecha, hasta encontrarme allí de pie. Pareció que el niño estaba asimilando mi presencia, tal vez incluso recordando nuestro fugaz encuentro previo. Por fin se puso a hablar, o a emitir algo que parecían ruidos al azar, una serie de sonidos indistintos que no eran balbuceos ni tampoco un tartamudeo, aunque estaban quebrados por alguna razón. Estaba comunicándome sus pensamientos, pero yo no fui capaz de detectar ni rastro de algún idioma conocido, ni tampoco un solo matiz de significado, y él tampoco se mostró consciente de resultar incomprensible.

El niño estaba completamente inmóvil salvo por la boca y los ojos, y yo me moví a un punto que no lo obligara a forzar el campo de visión. No volví a decir nada, sino que me limité a quedarme allí plantado y escuchar. No intenté adivinar su país de origen, ni quién lo había llevado hasta allí, ni cuándo lo iban a meter en la cámara.

Lo único que hice fue cogerle la mano y preguntarme cuánto tiempo le quedaba. Su decrepitud física, la falta de alineación de su torso con la parte inferior de su cuerpo, aquel horrible retorcimiento, me hicieron pensar en las nuevas tecnologías que algún día se aplicarían a su cuerpo y su cerebro y le permitirían regresar al mundo convertido en corredor, en saltador, en orador público.

¿Cómo podía no plantearme aquella idea, pese a mi profundo escepticismo?

No sé cuánto tiempo me quedé allí. Cuando él dejó de hablar de golpe y se quedó dormido en el acto, le solté la mano y me fui a buscar al Monje.

Me orienté por el sector y me alegré de verlo de pie y gesticulando frente a uno de los cubículos ocupados, y hasta se me ocurrió que podía ponerle nombre, igual que había hecho con los oradores de la sala de piedra. Sin embargo, un nombre, y en su caso un nombre de pila ficticio, sería un peso muerto. Era simplemente el Monje, y se estaba dirigiendo a sus sujetos, uno a uno, en sus cubículos, en sus cunas.

Pensé en el niño. Me di cuenta de que era al niño a quien tendría que haber puesto nombre. No me habría ayudado a interpretar su habla, los sonidos que salían de él, pero sí me habría permitido percibir algo al escucharlo: algún fragmento de identidad, algún minúsculo elemento que apaciguara las preguntas que giraban alrededor de él.

Me quedé cerca del Monje y traté de oír lo que les decía a aquellos a quienes se acercaba. En un momento dado le dijo en español a una anciana que era una bendición estar allí tumbada y en paz, y estar pensando en su madre, que había tenido que abrir su cuerpo con dolor para que ella naciera. Esto pude entenderlo, pero no todo lo demás que le iba diciendo a todo el mundo; por fin le oí contarle a un hombre de mediana edad, en inglés, que el lugar donde residiría, en su estado preservado, estaba en las profundidades de la Tierra: mucho más hondo todavía que aquel claustro subterráneo. Quizá incluso a salvo del fin del mundo.

El Monje con la capucha de la sudadera, con su hábito.

Caminamos juntos en dirección al pasadizo por el que habíamos entrado y le hice varias preguntas sobre los procedimientos que se llevaban a cabo allí.

—Éste es el refugio, el lugar donde se espera. Están esperando a morir. Todo el mundo aquí muere aquí —me dijo—. No hay disposiciones para importar a los muertos en contenedores de carga y luego colocarlos en la cámara. Los muertos no firman primero y luego se mueren y son enviados aquí con todos los medios de preservación intactos. Se mueren aquí. Vienen aquí a morir. Ése es su rol en el proceso.

Fue lo único que me dijo. Cuando entramos en el recinto desde el que nos transportarían a nuestro nivel, no había ni rastro de nuestro acompañante y el Monje tampoco mostró interés alguno en esperar a que apareciera. Durante nuestro suave ascenso empecé a entender qué significaba aquello, el hecho de que no hubiera nadie, al menos de momento, que pudiera devolver el disco de mi pulsera a su función restrictiva.

Yo no dije nada ni el Monje tampoco.

Cuando entré en mi habitación, miré todo lo que se podía ver y tocar allí y pronuncié el nombre de cada cosa. En el cuarto de baño minúsculo había una botella de desinfectante para manos que antes no estaba, y aquello estropeó mi inmersión en los nombres sencillos de los objetos familiares. Me miré en el espejo de encima del lavamanos y dije mi nombre en voz alta. Luego me fui en busca de mi padre.

**8**

Ross no se hallaba en el despacho que había estado usando. De hecho, allí no había nada. Habían desaparecido el escritorio y las sillas, el equipo informático, los diagramas de las paredes, la bandeja de pie con los vasos y la botella de whisky. Esto me resultó levemente inquietante aunque no demasiado extraño. Se acercaba el momento de que se llevaran abajo a Artis y de que Ross regresara al mundo que había creado.

Fui a la suite esperando ver a Artis en su sillón, con bata y pantuflas y las manos juntas sobre el regazo. ¿Qué le diría, y cómo la vería? ¿Más flaca y pálida? ¿Y acaso ella sería incapaz de hablarme o incluso de verme sentado allí delante?

Pero era mi padre quien estaba en el sillón. Tuve que hacer una pausa para recopilar la información: Ross descalzo, en camiseta y vaqueros de marca. No me miró cuando entré; se limitó a captar una figura que entraba en su campo visual, otra presencia en la sala. Me senté en el banco cercano, de cara a él, igual que antes había estado de cara a ella, aunque ahora me sentía apesadumbrado por haber perdido la oportunidad de verla por última vez.

—Pensaba que me avisarías.

—No ha pasado.

—Una vez más. Una vez más no ha pasado. ¿Dónde está?

—En el dormitorio.

—Y pasará mañana. ¿Es eso lo que me vas a decir?

Me levanté, caminé hasta la puerta del dormitorio, la abrí y me la encontré allí, en la cama, bajo las mantas, los ojos abiertos. Artis tenía las manos apoyadas sobre la manta y me acerqué a ella despacio; le cogí una mano, se la sostuve y esperé.

Ella dijo:

—Jeffrey.

—Sí, ése, Jeffrey.

—Aclárate —me susurró.

Sonreí y le dije que en su presencia tenía tendencia a ser más «ése» que Jeffrey. Pero ahí se acabó la cosa. Cerró los ojos y esperé un rato antes de soltarle la mano y salir de la habitación.

Ross estaba caminando de lado a lado de la sala, con las manos en los bolsillos, con menos pinta de estar enfrascado en sus pensamientos que de estar siguiendo la rutina tonificante de un régimen innovador de ejercicio físico.

—Sí, pasará mañana —me dijo en tono despreocupado.

—Esto no es un juego que los médicos están jugando con Artis.

—Tampoco yo lo estoy jugando contigo.

—Mañana.

—Te avisarán temprano. Preséntate aquí, en esta sala, a primera hora del día, con las primeras luces.

Él siguió caminando y yo me senté a mirarlo.

—¿De verdad ha llegado al punto en que hay que hacerlo ya? Sé que está lista, que tiene ganas de probar el futuro. Pero también piensa, habla.

—Temblores, espasmos, migrañas, lesiones en el cerebro, colapso del sistema nervioso.

—Sentido del humor intacto.

—En este nivel ya no queda nada para ella. Ella lo cree y yo también.

Seguí mirándolo. Un régimen nuevo de ejercicio físico que hacía hincapié en la eficacia de los pies descalzos y las manos en los bolsillos. Le pregunté, simplemente, cuántas veces había estado él allí, en el complejo, observando y escuchando.

—Cinco veces contando esta visita. Dos veces antes con Artis. La experiencia reforzó mi idea de mí mismo. Dejé que ciertas preocupaciones se esfumaran. Me las quité de encima. Empecé a pensar de forma más interior.

—¿Y Artis?

—Y Artis fue quien me hizo entender que el alcance y la intensidad de una empresa así pueden volverse parte de tu vida cotidiana, minuto a minuto. Allí donde yo estuviera, allí adonde fuera, o simplemente durante la comida o al intentar dormirme, esto estaba en mi mente, bajo mi piel. A la gente le gusta decir, refiriéndose a los episodios extraordinarios o a las situaciones inverosímiles... que nadie se las podría inventar. Y, sin embargo, esto se lo ha inventado alguien, todo esto, y aquí estamos.

—Tal vez tengo una visión demasiado limitada. Inadecuada a esta experiencia. Da la impresión de que lo único que estoy haciendo es relacionar lo que he visto y oído en estos últimos días con lo que ya sabía. Hay toda una cadena de asociaciones inversas. La cápsula criogénica, la cabina del peaje, la cabina telefónica, la caseta de las entradas, el cubículo de la ducha, la garita del centinela.

Él dijo:

—Te estás olvidando de la letrina.

Se sacó las manos de los bolsillos y caminó más deprisa durante unos cuantos minutos; a continuación se detuvo, se colocó contra la pared del fondo y se dedicó a respirar de forma exagerada, muy hondo y haciendo mucho ruido. Por fin regresó a la silla y se puso a hablar en voz baja.

—Te diré qué es lo inquietante.

—Te escucho.

—Se supone que los hombres hemos de morir primero. ¿No debe morir primero el hombre? ¿No tienes tú esa especie de sexto sentido? Lo sentimos dentro. Nosotros morimos y ellas siguen vivas. ¿No es ése el orden natural?

—Hay otra forma de verlo —le dije—. Las mujeres se mueren y dejan a los hombres libres para matarse entre ellos.

Pareció gustarle el comentario.

—Mujeres complacientes. Que defieren a las necesidades de sus hombres. Siempre serviciales, sacrificándose a sí mismas, dando su amor y su apoyo. Madeline. Así se llamaba, ¿verdad? Tu madre.

Esperé, incómodo.

—¿Sabías que una vez me apuñaló? No, no lo sabes. Nunca te lo contó. ¿Por qué iba a contarlo? Me apuñaló en el hombro con un cuchillo para carne. Yo estaba sentado a la mesa comiéndome un filete y ella se me acercó por detrás y me clavó el cuchillo en el hombro. No era un cuchillo para carne de restaurante de cuatro estrellas y aire belicoso, pero aun así me hizo un daño de la hostia. También me llenó una camisa nueva de sangre. Eso es todo. Nada más. No fui a urgencias. Me fui al cuarto de baño, al nuestro, y me curé la herida bastante bien. Tampoco llamé a la policía. No era más que un desacuerdo familiar, aunque no me acuerdo de dónde venía el desacuerdo. De lo que sí me acuerdo es de que tuve que tirar una camisa nuevecita. Tal vez me apuñaló porque odiaba la camisa. Tal vez se estaba vengando de la camisa a base de apuñalarme a mí. Son las cosas del matrimonio. Nadie sabe qué pasa en los matrimonios de los demás. Ya es jodido entender qué pasa en el tuyo. ¿Dónde estabas tú por entonces? No lo sé, debías de estar soñando con los angelitos, o de campamento, o paseando al perro. ¿No tuvimos un perro durante dos semanas? En cualquier caso, me aseguré de tirar aquel cuchillo para carne porque no me pareció adecuado volver a usarlo como utensilio de cocina, por mucho que nos hubiéramos reunido todos y hubiéramos ideado métodos para limpiarlo que le quitaran toda la sangre y todos los gérmenes y los recuerdos. Por mucho que hubiéramos acordado los métodos más meticulosos. Madeline, tú y yo.

Había algo en lo que no me había fijado hasta aquel momento. Ross se había afeitado la barba.

—Aquella noche dormimos en la misma cama, como

de costumbre, ella y yo, y hablamos poco o nada, también como de costumbre.

Este último comentario lo hizo en un tono de voz más suave y algo atormentado. Yo quería creer que él había alcanzado un nivel nuevo de reminiscencias, más profundo y no tan lúgubre, un nivel que sugería un elemento de pesar y de pérdida, y tal vez una parte de la culpa.

Volvió hasta la pared y echó a andar, meciendo los brazos más deprisa y más alto, cogiendo aire a bocanadas controladas. Yo no sabía qué hacer ni qué decir ni adónde ir. Aquéllas eran sus cuatro paredes, no las mías, y empecé a pensar en las horas de distracción, en los husos horarios de mi casa, en el murmullo continuo del regreso.


A los catorce años desarrollé una cojera. No me importaba que se notara que era falsa. Practicaba en casa, caminando vacilantemente de una habitación a otra, me esforzaba por no volver a caminar normal cada vez que me levantaba de una silla o salía de la cama. Era una cojera puesta entre comillas y yo no estaba seguro de si estaba destinada a hacerme visible ante los demás o solamente ante mí mismo.

Tenía la costumbre de mirar una fotografía antigua de mi madre, Madeline, con vestido plisado, a los quince años, y ponerme triste. Y, sin embargo, ella no estaba enferma ni muerta.

Cuando ella estaba en el trabajo, yo le cogía los mensajes telefónicos, los apuntaba y me aseguraba de comunicárselos cuando llegaba a casa. Luego me quedaba esperando a que devolviera la llamada. La vigilaba activamente y esperaba. Le recordaba una vez tras otra que había llamado la mujer de la tintorería, y ella me miraba con una expresión determinada, aquella que decía: te estoy mirando así porque no tiene sentido que yo malgaste palabras cuando tú puedes entender esta mirada y saber que dice lo que no hace falta decir. Me ponía nervioso, no la mirada, sino la llamada telefónica en espera de respuesta. ¿Por qué no la devolvía ya? ¿Qué estaba haciendo que fuera tan importante como para no devolver la llamada? Pasaba el tiempo, el sol se ponía, la persona estaba esperando y yo también.

Quería leer mucho, pero no lo conseguía. Quería sumergirme en la literatura europea. Allí estaba yo en nuestro humilde apartamento con jardín, en una zona anodina de Queens, sumergiéndome en la literatura europea. La palabra *sumergirse* era lo que importaba. Una vez tomada la decisión de sumergirme, ya no había necesidad de leer las obras. Lo intentaba a veces, haciendo un esfuerzo, pero no lo conseguía. Estaba técnicamente no sumergido, pero también cargado de intención, y me imaginaba a mí mismo sentado en el sillón y leyendo un libro por mucho que en realidad estuviera sentado en el sillón viendo una peli en la tele con los subtítulos en francés o alemán.

Más adelante, cuando ya vivía en otro sitio, visitaba a Madeline con bastante frecuencia y empecé a fijarme en que cuando comíamos los dos juntos ella usaba servilletas de papel y no de tela, lo cual era comprensible porque vivía sola, y aquélla era una simple comida solitaria más, o bien entre ella y yo solos, que venía a ser lo mismo; sin embargo, después de colocar un plato, un tenedor y un cuchillo al lado de la servilleta de papel, luego no usaba la servilleta, fuera o no de papel, evitando que se manchara, y en su lugar usaba un pañuelo de papel de una caja que tenía cerca, Kleenex Ultra Soft, *ultra doux*, para limpiarse la boca o los dedos, o bien caminaba hasta el rollo de papel de cocina que había en el soporte de encima del fregadero, arrancaba un pedazo y se limpiaba la boca con él y luego lo doblaba para tapar la parte que había quedado manchada y lo llevaba a la mesa para volver a usarlo, dejando la servilleta de papel intacta.

La cojera era mi fe, mi versión personal de ejercitar los músculos o de saltar vallas. Después de sus primeros días de independencia, mi cojera empezó a resultarme natural. En la escuela los chavales sobre todo soltaban risitas y me imitaban. Una niña me tiró una bola de nieve, pero yo lo interpreté como un gesto juguetón y reaccioné en consonancia, agarrándome la entrepierna y sacando la lengua. La cojera era algo a lo que aferrarse, una forma circular de reconocerme a mí mismo, paso a paso, como la persona que estaba haciendo aquello. Define *persona*, me digo. Define *humano*, define *animal*.

De vez en cuando Madeline iba al teatro con un hombre llamado Rick Linville, bajito, amigable y fornido. Yo tenía claro que entre ellos no había romanticismo alguno. Asientos de pasillo, eso era lo que había. A mi madre no le gustaba quedarse encajonada y quería sentarse siempre junto al pasillo. No se vestía para ir al teatro. Iba siempre sin arreglar, ni la cara ni las manos ni el cabello, y entretanto yo intentaba encontrar un nombre para su amigo que resultara adecuado a su altura, su peso y su personalidad. Rick Linville era un nombre flaco. Ella escuchó mis alternativas. Primero los nombres de pila. Lester, Chester, Karl-Heinz. Toby, Moby. Yo estaba leyendo de una lista que había confeccionado en la escuela. Morton, Norton, Rory, Roland. Ella se me quedó mirando y me escuchó.

Nombres. Nombres falsos. Cuando me enteré del nombre verdadero de mi padre estaba en plenas vacaciones de una universidad bastante grande del interior del país donde las camisas, jerséis, vaqueros, pantalones cortos y faldas de todos los estudiantes que desfilaban de un lado para otro tenían tendencia a fusionarse durante los sábados soleados de fútbol americano en una sola franja de intenso color violeta y dorado mientras llenábamos el estadio y brincábamos en nuestros asientos y esperábamos a que las cámaras de televisión nos enfocaran para levantarnos y agitar los brazos y gritar, y al cabo de veinte minutos de hacer eso yo ya empezaba a ver la sonrisa de plástico de mi cara como una forma de herida infligida por mí mismo.

La servilleta de papel intacta no me parecía para nada una cuestión marginal. Se trataba de la textura invisible de una vida, salvo por el hecho de que yo la estaba viendo. Se trataba de la persona que ella era. Y a medida que yo iba descubriendo quién era mi madre, viéndolo con cada visita, mi capacidad de atención se intensificó. Tenía tendencia a sobreinterpretar lo que veía, sí, pero lo veía a menudo y no podía evitar pensar que aquellos pequeños momentos eran mucho más significativos de lo que parecían, por mucho que no estuviera seguro de qué significaban: la servilleta de papel, los cubiertos en el cajón del armario, la forma en que ella sacaba la cuchara limpia del escurreplatos y se aseguraba de no dejarla en el cajón del armario encima de todas las demás cucharas limpias del mismo tamaño, sino debajo de las demás, a fin de mantener una cronología, una secuencia adecuada. Las cucharas, tenedores y cuchillos usados más recientemente debajo, y los que había que usar próximamente encima. Los cubiertos del medio avanzarían hacia arriba a medida que los de encima se fueran usando, lavando, secando y colocando al fondo.

Yo quería leer a Gombrowicz en polaco. No sabía ni una palabra de polaco. Solamente conocía el nombre del escritor y no paraba de repetirlo, en voz baja y también en alta. Witold Gombrowicz. Quería leerlo en su idioma original. La expresión me atraía. Leerlo en su idioma original. Un día estábamos cenando Madeline y yo, comiendo alguna clase de estofado turbio en cuencos de cereales. Yo tenía catorce o quince años y no paraba de repetir el nombre con voz suave, Gombrowicz, Witold Gombrowicz. Lo veía deletreado en mi mente y lo decía, nombre de pila y apellido —cómo no amarlo—, hasta que mi madre levantó la vista de su cuenco y me dirigió un susurro de acero: *Basta.*

A ella se le daba muy bien saber qué hora era. Sin reloj de pulsera y sin relojes a la vista. Yo la ponía a prueba, sin previo aviso, cuando estábamos paseando los dos, calle a calle, y ella siempre conseguía acertar la hora con un margen de tres o cuatro minutos. Así era Madeline. Miraba el canal del tráfico con sus informes meteorológicos adjuntos. Se quedaba mirando el periódico, pero no necesariamente las noticias. Un día vio aterrizar un pájaro en la barandilla del pequeño balcón que asomaba desde la sala de estar y se quedó mirándolo, inmóvil, y el pájaro también se quedó mirando lo que fuera que estuviera mirando, muy quieto, iluminado por el sol, alerta, preparado para huir. Ella odiaba las pequeñas etiquetas del precio de color naranja fluorescente que había en los envases de comida, en los frascos de medicina y en los tubos de loción corporal, una etiqueta en un melocotón, imperdonable, y yo siempre la veía meter la uña por debajo de las etiquetas para despegarlas, para no tener que verlas, pero más importante todavía: para adherirse a un principio, y a veces le costaba varios minutos despegar la etiqueta, con tranquilidad, pedazo a pedazo, y por fin la convertía en una bolita con los dedos y la tiraba al cubo de basura que había debajo del fregadero de la cocina. Ella y el pájaro y la forma en que yo estaba allí plantado observando, un gorrión, a veces un jilguero, consciente de que, si movía la mano, el pájaro se iría volando de la barandilla, y el hecho de saber esto, la posibilidad de mi intercesión, me hacía preguntarme si mi madre se daría cuenta siquiera de que el pájaro se había marchado; pero lo único que hice fue poner el cuerpo más rígido, sin que nadie me viera, y esperar a que pasara algo.

Yo cogía los mensajes telefónicos de su amigo Rick Linville y luego la avisaba de que había llamado y me quedaba esperando a que ella le devolviera la llamada. Tu amigo Rick el del teatro, le decía yo, y a continuación recitaba su número de teléfono, una vez, dos veces, tres veces, por puro despecho, y me quedaba mirando cómo ella guardaba la compra, metódicamente, al estilo de la preservación forense de unos despojos humanos destrozados por la guerra.

Ella nos cocinaba comidas frugales y casi nunca bebía vino (y que yo supiera, jamás alcohol destilado). A veces me dejaba a mí preparar la comida mientras me impartía instrucciones despreocupadas desde la mesa de la cocina, donde se sentaba a hacer el trabajo que se traía de la oficina. Éstas eran las sencillas cronologías que daban forma al día e intensificaban su presencia. Ella era mi madre mucho más de lo que mi padre era mi padre. Pero mi padre se había marchado, o sea que no había modo de compararlos.

Ella quería la servilleta de papel intacta. Sustituía la tela por papel y a continuación dictaminaba que el papel no se podía distinguir de la tela. Me dije a mí mismo que acabaría habiendo un linaje, un esquema de descendencia directa: tela, servilletas de tela, servilletas de papel, toallitas de papel, toallitas desmaquilladoras, pañuelos de papel, papel higiénico y por fin hurgar en la basura en busca de trozos de envases de plástico reutilizables tras quitarles las etiquetas fluorescentes del precio, que ella ya había despegado y arrugado.

Había otro hombre cuyo nombre no me quería decir. Solamente quedaba con él los viernes, quizá un par veces al mes, o solamente una, y nunca en mi presencia, y yo me imaginé a un hombre casado, a un hombre buscado por la ley, a un hombre con un pasado, a un extranjero que llevaba un impermeable con cinturón y trabillas en los hombros. Aquello me servía para ocultar la comezón que sentía. Dejé de hacer preguntas sobre el hombre y luego los viernes se terminaron y yo me sentí mejor y empecé a hacer preguntas otra vez. Le preguntaba si llevaba impermeable con cinturón y trabillas en los hombros. Se llama gabardina, me dijo ella, y su voz tenía un matiz inapelable, así que decidí liquidar al hombre por medio del accidente de un avión de pequeño tamaño frente a la costa de Sri Lanka, antiguamente Ceilán, del que no se recuperó su cuerpo.

Ciertas palabras parecían estar ubicadas en el aire frente a mí, al alcance de mi brazo. *Besárabe, penetralia, diáfano, falafel*. Me veía a mí mismo en aquellas palabras. Me veía a mí mismo en la cojera, en mi forma de cultivarla y perfeccionarla. Sin embargo, cada vez que mi padre aparecía para llevarme al Museo de Historia Natural yo mataba la cojera. Aquél era el territorio natural de los maridos que se habían ido de casa, de forma que allí estábamos todos, padres e hijos, deambulando por entre los dinosaurios y los huesos de los antepasados de la humanidad.

Ella me regaló un reloj de pulsera y en el camino de la escuela a casa yo me dedicaba a mirar todo el tiempo la manecilla de los minutos como si fuera un indicador geográfico, una especie de aparato de circunnavegación que señalaba ciertos lugares a los que tal vez me estuviera acercando en el hemisferio norte o sur, dependiendo de dónde estuviera al empezar a andar, tal vez de Ciudad del Cabo a la Tierra del Fuego y luego a la isla de Pascua, y por fin quizá a Tonga. No estaba seguro de si Tonga estaba en aquella ruta semicircular, pero el nombre lo hacía apto para su inclusión, junto con el nombre del capitán Cook, que era quien había avistado Tonga, o visitado Tonga, o regresado a Gran Bretaña llevando a un tongano a bordo.

Al acabarse su matrimonio, mi madre se puso a trabajar a jornada completa. La misma oficina y el mismo jefe, un abogado especializado en propiedad inmobiliaria. Había estudiado portugués en sus dos años de universidad y esto le resultaba útil porque bastantes clientes del bufete eran brasileños interesados en comprar apartamentos en Manhattan, a menudo como inversión. Con el tiempo empezó a gestionar los detalles de las transacciones entre los abogados de quienes vendían, los bancos hipotecarios y los agentes administrativos. Gente comprando, vendiendo, invirtiendo. Padre, madre, dinero.

Años más tarde entendí que las corrientes del apego se podían traducir a palabras. Mi madre era la fuente de amor, la presencia fiable, un equilibrio firme entre yo y la percepción ligeramente delictiva que yo tenía de mí mismo. Ella no me insistía para ser más sociable ni para dedicar más tiempo a mis deberes. No me prohibía ver el canal de sexo. Me dijo que ya me había llegado el momento de caminar con normalidad otra vez. Me dijo que la cojera era una perversión despiadada de la verdadera enfermedad. Me contó que esa media luna de color claro que hay en la base de la uña se llama *lúnula*, palabra esdrújula. Me contó que el surco en la piel que hay entre la nariz y el labio superior se llama *filtro*. En el antiguo arte chino de leer los rostros, el filtro representa tal y cual cosa. No se acordaba exactamente de qué.

Decidí que el hombre con el que se veía los viernes seguramente era brasileño. Me resultaba más interesante que Rick Linville, que tenía un nombre y una forma. Aun así, siempre estaba la pregunta implícita de cómo terminaban las veladas de los viernes, de qué cosas hacían y decían aquellos dos cuando estaban juntos, en inglés y en portugués, cosas que yo necesitaba mantener sin nombre y sin forma, y además estaba el hecho de que ella no me contaba nada del hombre en sí, que tal vez ni siquiera fuera un hombre. Ésa era la otra cuestión que me sorprendí afrontando: que tal vez ni siquiera fuera un hombre. Las cosas que le vienen a uno a la mente, salidas de la nada o de todas partes, quién sabe y a quién le importa, qué más da. Mi fui a dar una vuelta a la manzana y vi a los jubilados jugar al tenis en la pista de asfalto.

Por fin llegó el día y el año en que eché un vistazo a una revista que había en un quiosco de un aeropuerto y vi a Ross Lockhart en la portada del *Newsweek* en compañía de otras dos divinidades de las finanzas mundiales. Llevaba traje de raya diplomática y se había cambiado de peinado, y llamé a Madeline para mencionarle sus patillas de asesino en serie. Me cogió el teléfono su vecina, la mujer del bastón metálico, el bastón de cuatro patas, y me contó que a mi madre le había dado un derrame cerebral y que tenía que volver a casa de inmediato.

Los actores del recuerdo están en sus puestos, una composición nada realista. Yo en una silla con una revista o un libro y mi madre viendo la tele sin sonido.

Son los momentos ordinarios los que componen la vida. Esto es lo que ella sabía a ciencia cierta y esto es lo que yo aprendí, finalmente, de todos los años que pasamos juntos. Ni los saltos ni las caídas. Inhalo la llovizna de detalles del pasado y así sé quién soy. Ahora tengo más claro lo que antes no sabía, gracias al filtro del tiempo, de una experiencia que no pertenece a nadie más, ni de lejos, a nadie, jamás. La veo usar el rodillo para quitar la pelusa de su abrigo de paño. Define *abrigo*, me digo. Define *tiempo*, define *espacio*.


—Te has afeitado la barba. He tardado unos minutos en darme cuenta. Me estaba acostumbrando a la barba.

—He estado pensando en una serie de cosas.

—Vale.

—Cosas que hacía tiempo que me costaba decidir —me dijo—. Por fin me ha quedado claro. He entendido que hay algo que tengo que hacer. Es la única respuesta.

—Vale.

Ross en el sillón, Jeff en el banco con cojines, dos hombres tensos en plena conversación y Artis en el dormitorio esperando para morir.

—Me voy con ella —me dijo.

¿Entendí al instante lo que me estaba diciendo? ¿Acaso se lo leí en la cara y luego fingí que no lo entendía?

—¿Te vas con ella? —le dije.

Me hizo falta repetir aquella expresión. *Irse con ella*. En cierto modo entendía que mi rol era pensar y hablar de forma convencional.

—Quieres decir estar con ella cuando se la lleven y le hagan lo que le tienen que hacer, ¿no? Quieres supervisar el procedimiento, ¿no?

—Irme con ella, unirme a ella, compartirlo, uno al lado del otro.

Hubo una pausa larga mientras esperábamos a que uno de los dos siguiera hablando. La simplicidad de aquellas palabras, la fuerza inmensa que se estaba congregando tras ellas, poniéndome del revés.

—Entiendo lo que dices. Pero parece que no me salen las preguntas que debería hacerte.

—Llevo un tiempo pensando en esto.

—Ya lo has dicho.

—No quiero llevar la vida que he estado llevando sin ella.

—Pero ¿eso no es lo que siente todo el mundo cuando está a punto de morirse alguien cercano, alguien con quien tienes una relación muy estrecha?

—Solamente puedo ser el hombre que soy.

Aquello quedaba bien, tenía un matiz de impotencia.

Otro silencio largo; Ross miraba a la lejanía. Se va con ella. Aquello negaba todo lo que él había dicho y hecho hasta ahora. Convertía su vida, o la mía, en una tira cómica. ¿Era un intento de conseguir la redención, una especie de liberación espiritual después de todas las adquisiciones, de toda la riqueza que había conseguido para otros y que había acumulado para sí mismo, el maestro en estrategias de mercado, el propietario de colecciones de arte y de lugares de retiro en islas y de aviones de tamaño supermediano? ¿O bien mi padre estaba sufriendo un brote pasajero de locura con consecuencias a largo plazo?

¿O qué?

¿Podía ser simplemente amor? Todas aquellas palabras inapelables... ¿Acaso se había ganado el derecho a decirlas, un hombre con nombre falso, un medio marido, un padre ausente? Intenté obligarme a detener la diatriba, el remolino de agravios internos. Un hombre con sus recursos y decidía convertirse en un espécimen congelado y metido en una cápsula dentro de unas instalaciones de almacenamiento veinte años antes de que le llegara la hora.

—¿Eres el mismo hombre que me daba sermones sobre lo corta que es la vida humana? Diciéndome que nuestras vidas se miden en segundos. Y ahora acortas la tuya todavía más, y de forma voluntaria.

—Estoy poniendo fin a una versión de mi vida para acceder a otra versión mucho más permanente.

—Doy por supuesto que en la versión actual te haces chequeos médicos regulares. Claro que sí. ¿Y qué te dicen los médicos? ¿Acaso hay uno de esos médicos, un hombrecillo cojo con mal aliento, que te ha dicho que tienes algo potencialmente grave dentro del cuerpo?

Él descartó la idea con la mano.

—Te ha mandado a que te hagan pruebas y después más pruebas. Pulmones, cerebro, páncreas.

Él me miró y me dijo:

—Uno se muere y el otro ha de morir. Es algo que pasa, ¿verdad?

—Tú tienes salud.

—Sí.

—¿Y te vas con ella?

—Sí.

Yo seguía buscando motivaciones mezquinas.

—Dime una cosa. ¿Has cometido delitos?

—¿Delitos?

—Fraudes enormes. ¿No es algo que pasa continuamente en tu profesión? Estafar a los inversores. ¿Qué más? Transferir ilegalmente cantidades enormes de dinero. ¿Qué más? No lo sé. Pero son razones para desaparecer, ¿verdad?

—Deja de farfullar gilipolleces.

—Dejo de farfullar, vale. Pero una última gilipollez. ¿No se supone que tienes que morirte *antes* de que te congelen?

—Hay una unidad especial. La Cero K. Se basa en la voluntad del sujeto de realizar cierto tipo de transición al siguiente nivel.

—En otras palabras, ahí te ayudan a morir. Pero en este caso, en tu caso, el individuo ni siquiera está cerca del final.

—Uno se muere y el otro ha de morir.

Más silencio.

—Estoy teniendo una experiencia completamente irreal. Te estoy mirando y tratando de entender que eres mi padre. Es verdad, ¿no? El hombre al que estoy mirando es mi padre.

—¿Esto es irreal para ti?

—El hombre que me está diciendo estas cosas es mi padre. Es verdad, ¿no? Y me dice que se va a ir con ella. «Me voy con ella.» Es verdad, ¿no?

—Tu padre, sí. Y tú eres mi hijo.

—No, no. No estoy listo para esto. Te me estás adelantando. Estoy haciendo lo posible por reconocer el hecho de que eres mi padre. No estoy listo para ser tu hijo.

—Tal vez tendrías que pensar en ello.

—Dame tiempo. Si tengo tiempo, tal vez me lo pueda plantear.

Tenía la sensación de estar fuera de mí mismo, consciente de lo que estaba diciendo pero no tanto diciéndolo como simplemente oyéndolo.

—Hazte un favor a ti mismo —me dijo—. Escucha lo que tengo que decirte.

—Creo que te han lavado el cerebro. Eres víctima de este entorno. Eres miembro de una secta. ¿No lo ves? Simple fanatismo del de toda la vida. Una pregunta. ¿Dónde está el líder carismático?

—He hecho planes para ti.

—¿Entiendes cómo me reduce esto?

—El futuro carecerá de riesgos. Tú eliges si lo aceptas o lo rechazas. Te irás de aquí mañana sabiendo esto. Te recogerá un coche a mediodía. Ya están reservados los vuelos.

—Todo esto me avergüenza, me degrada por completo.

—Por el camino se reunirá contigo un colega mío que te proporcionará todos los detalles, todos los documentos que puedas necesitar, un archivo protegido, que te ayude a decidir lo que quieres hacer a partir de hoy.

—Yo elijo.

—Aceptar o rechazar.

Intenté reírme.

—¿Hay límite de tiempo?

—Todo el tiempo que necesites. Semanas, meses, años.

Seguía mirándome. El mismo hombre que hacía diez minutos había estado caminando descalzo, de lado a lado de la sala, meciendo los brazos. Ahora se entendía: el prisionero caminando por su celda, albergando sus últimos pensamientos, preguntándose si habría retrete en la unidad especial.

—¿Y cuánto tiempo hace que Artis sabe esto?

—Lo ha sabido al mismo tiempo que yo. Nada más estar seguro, se lo he comunicado.

—¿Y qué te ha dicho?

—Intenta entender que ella y yo compartimos una vida. La decisión que he tomado únicamente refuerza nuestro vínculo. Ella no me ha dicho nada. Se ha limitado a mirarme de una forma que no puedo describir en absoluto. Queremos estar juntos.

Yo no tenía nada que decir a aquello. Había más cuestiones que también me eludían, salvo por un detalle:

—Los que mandan aquí... cumplirán con tus deseos.

—No hace falta que entremos en eso.

—Lo harán para ti. Porque eres tú. Una simple inyección, un crimen grave.

—Déjalo correr —me dijo.

—Y a cambio, ¿qué? ¿Has preparado testamentos y fondos fiduciarios y documentos otorgándoles recursos y propiedades que van mucho más allá de lo que ya les has dado?

—¿Has terminado?

—¿Es un asesinato tal cual? ¿Es una forma horriblemente prematura de suicidio asistido? ¿O bien es un crimen metafísico que necesita ser analizado por filósofos?

Él dijo:

—Basta.

—Mueres un poco y luego vives para siempre.

Yo no sabía qué más decir, qué hacer ni adónde ir. Los tres, cuatro, cinco días, el tiempo que fuera que llevaba allí: un tiempo comprimido, un tiempo apretado, un tiempo solapado, sin días, sin noches, muchas puertas y ninguna ventana. Entendía, por supuesto, que aquel lugar estaba situado en los márgenes remotos de la verosimilitud. Él mismo lo había dicho: nadie se lo podría inventar, me había dicho. Aquél era el lugar, su idea, en tres dimensiones. Un hito literal de la inverosimilitud.

—Necesito una ventana a la que asomarme. Necesito saber que hay algo ahí fuera, más allá de esas puertas y paredes.

—Hay una ventana en el cuarto de invitados. Al lado del dormitorio.

Le dije:

—Da igual. —Y me quedé en el banco.

Solamente le había mencionado una ventana porque había dado por sentado que no habría ninguna. Quizá quería una cosa más en mi contra. Pobre de aquel que se ve atrapado.

—Creías saber quién era tu padre... ¿A eso te referías cuando has dicho que esta decisión te reducía?

—No sé a qué me refería.

Me contó que yo todavía no había hecho nada. Que todavía no había vivido. Lo único que haces es pasar el tiempo, me dijo. Mencionó mi determinación a dejarme llevar, semana a semana y año a año. Me preguntó si esto se veía amenazado por lo que me acababa de contar. Un trabajo tras otro, una ciudad tras otra.

—Te estás dando demasiada importancia —le dije.

Él me escrutaba.

La anticarrera, me dijo. La no carrera. ¿Tendrá que cambiar eso ahora? Él lo llamó mi pequeña iglesia de la falta de compromiso.

Se estaba poniendo más furioso. Daba igual lo que dijera. Eran las palabras en sí, el ímpetu de su voz, lo que estaba dando forma al momento.

—Las mujeres a las que has conocido, ¿te interesas

por ellas de acuerdo con las directrices que has introducido en tu *smartphone*? Eso no puede durar, ni durará, jamás.

Ella lo había apuñalado. Mi madre había apuñalado a aquel hombre con un cuchillo para la carne.

Ahora era mi turno.

—Si te vas con Artis, la estarás convirtiendo en un espejismo —le dije—. Estarás caminando directamente hacia una distorsión de la luz.

Él parecía a punto de saltar.

Le dije en voz baja:

—¿Serás capaz de tomar decisiones ejecutivas desde la cámara frigorífica? ¿De examinar los vínculos entre el crecimiento económico y los dividendos del capital? ¿De imponer disciplina a las franquicias? ¿Sigue China obteniendo mejores resultados que la India?

Me pegó; me golpeó con la base de la mano en todo el pecho y me hizo daño. El banco se bamboleó por el movimiento de mi peso. Me levanté, crucé la sala hasta el cuarto de invitados y fui directo a la ventana. Me quedé allí de pie y miré. Tierra yerma, piel y huesos, colinas lejanas cuya altura no podía calcular por falta de una referencia fiable. Cielo pálido y desnudo, el día ya atenuándose al oeste, si es que aquello era el oeste, si es que aquello era el cielo.

Retrocedí gradualmente y contemplé cómo las vistas se reducían dentro de los confines del marco de la ventana. Luego miré la ventana en sí, alta y estrecha, rematada en arco. Una ventana ojival, pensé, recordando el término, y aquello me devolvió a mí mismo, a una perspectiva menguada, algo firme, una palabra provista de significado.

La cama estaba sin hacer, y la ropa, desperdigada, y entendí que era allí donde mi padre dormía y donde iba a volver a dormir, una noche más, esa noche, aunque no dormiría. Artis estaba en el cuarto de al lado, y entré y me detuve y luego me acerqué a la cama. Vi que estaba despierta. No dije nada y me limité a inclinarme sobre ella. Luego esperé a que me reconociera.

Movió los labios, tres palabras en silencio.

*Ven con nosotros.*

Era una broma, una última broma cariñosa, pero en su cara no había ni rastro de sonrisa.

Ross había echado a andar de nuevo, de pared a pared, más despacio ahora. Llevaba sus gafas oscuras, lo cual quería decir que ahora era invisible, al menos para mí. Me dirigí a la puerta. Él no me recordó que me presentara allí, en aquella sala, a primera hora de la mañana y con las primeras luces.

Amor por una mujer, sí. Pero me acordé de lo que habían dicho los gemelos Stenmark en la sala de piedra, hablando directamente con los ricos benefactores. Dad el salto, les habían dicho. Vivid el mito de la inmortalidad para los multimillonarios. ¿Y por qué no hacerlo ya?, pensé. ¿Qué más le quedaba por adquirir a Ross? Dales a los futuristas su dinero manchado de sangre y ellos te permitirán vivir para siempre.

La cápsula sería su mausoleo por derecho.

## 9

Llamé a una puerta y esperé. Fui a la puerta de al lado, llamé y esperé. Luego me adentré por el pasillo llamando a las puertas pero sin esperar. Se me ocurrió que había hecho lo mismo dos o tres días antes, o tal vez fueran dos o tres años antes. Me dediqué a caminar y a llamar a las puertas y a mirar atrás de tanto en tanto para ver si se abría alguna. Me imaginé que había un teléfono sonando en una mesa situada detrás de una de las puertas, con el timbre bajo. Llamé y me dispuse a agarrar el pomo, pero me di cuenta de que no había pomo. Busqué en la puerta algún dispositivo donde se pudiera colocar el disco de mi pulsera. Me alejé por el pasillo, doblé la esquina y comprobé todas las puertas, llamando primero y luego buscando algún componente magnético. Estaban todas pintadas de distintos tonos pastel. Me apoyé en la pared de enfrente, donde no había puertas, y examiné las que me quedaban delante, diez u once. Vi que no había dos exactamente iguales. Era un arte propio del más allá. Era el arte que acompaña las últimas cosas, simple, onírico y delirante. Estás muerto, decía. Me alejé por el pasillo, doblé la esquina y llamé a la primera puerta.

Ya en mi habitación, intenté pensar en el asunto. No podía ser que Ross fuera el único dispuesto a entrar en la cámara mucho antes de que el cuerpo le fallara. ¿Estaba aquella gente trastornada o bien era la vanguardia de una nueva conciencia? Me tumbé en la cama y miré el techo. Nuestra conversación padre-hijo debería haber sido más comedida, considerando la naturaleza de la revelación. Yo había dicho cosas ridículas e indefendibles. Por la mañana hablaría con Ross y me quedaría a su lado mientras se los llevaban abajo a Artis y a él.

Dormí un rato y luego me fui a la unidad alimentaria. Vacía, inodora, sin Monje, sin comida en el hueco; era tarde para el almuerzo y temprano para la cena, pero ¿acaso se observaban allí estas convenciones?

No quería volver a mi habitación. Cama, silla, pared, etcétera, etcétera, etcétera.

*Ven con nosotros*, me había dicho ella.


Había incendios en pantalla y una flota de aviones cisterna soltando una densa niebla de productos químicos por encima de las copas calcinadas de los árboles.

Luego una figura solitaria caminando por las calles vacías de una población con las casas implosionando por el calor y las llamas y con los adornos de los jardines completamente chamuscados.

Luego una imagen de satélite de unas líneas paralelas de humo blanco serpenteando por un paisaje gris.

Ahora gente por todos lados con mascarillas, cientos de personas moviéndose a la altura de la cámara, caminando o yendo a cuestas de otros, ¿el lento avance de aquellas largas hileras de hombres y mujeres se debía a alguna enfermedad, a un virus? ¿Era algo que se contagiaba por medio de los insectos o las alimañas y flotaba en el polvo del aire? Individuos de mirada vacía, millares de ellos, caminando con andares afligidos que parecían alargarse eternamente.

Luego una mujer sentada en el techo de su coche, con las manos en la cabeza, llamas —el incendio otra vez— bajando por las colinas a media distancia.

Luego fuego bajo propagándose por la planicie y una manada de bisontes, con sus siluetas perfiladas por la luz de las llamas, galopando en paralelo a las alambradas de púas y saliendo de plano.

La imagen cambió de golpe a unas olas gigantes que se acercaban desde el océano y luego al agua rebasando unos rompeolas y a una serie de imágenes fundiéndose entre sí, muy bien montadas pero difíciles de asimilar, torres temblando, un puente hundiéndose, una vista tremenda en primer plano de ceniza y lava saliendo en erupción de una abertura en la corteza terrestre, y yo quería que aquella escena durara más, la tenía allí mismo, encima de mí: lava, magma, roca fundida, pero al cabo de unos segundos apareció el lecho seco de un lago donde se levantaba un árbol torcido y luego más incendios descontrolados en campo abierto y cerniéndose sobre la ciudad y las carreteras.

Luego unas amplias vistas de colinas arboladas y tragadas por el humo en movimiento y un equipo de bomberos con cascos y mochilas desapareciendo en un sendero de montaña y reapareciendo en un bosque de pinos astillados y tierra desnuda del color del bronce.

Luego, en primer plano, la pantalla a punto de estallar por culpa de unas llamas que saltaban por encima de un arroyo y se abalanzaban sobre la cámara y en dirección al pasillo donde yo estaba de pie mirando.

Caminé sin rumbo durante un rato, y vi a una mujer abriendo una puerta y entrando en el espacio que hubiera al otro lado. Seguí a un equipo de operarios durante unos cincuenta metros antes de desviarme por un pasillo y bajar por una larga rampa hacia una puerta con un pomo. Vacilé, con la mente en blanco; por fin giré el pomo, empujé la puerta y salí a la tierra, al aire y al cielo.

Estaba en un parque cercado, árboles, arbustos y plantas en flor. Me quedé de pie mirando. El calor era menos inclemente que el día de mi llegada. Aquello era lo que necesitaba: alejarme de las salas, los pasillos y las unidades; un lugar exterior que me permitiera pensar con calma en lo que iba a ver, oír y sentir en la escena que me esperaba, al alba, cuando se llevaran abajo a Artis y Ross. Caminé medio minuto por un sendero sinuoso de piedra antes de darme cuenta, aturdido, de que aquello no era un oasis del desierto, sino todo un jardín inglés, con sus setos recortados, sus árboles para dar sombra y sus rosas silvestres trepando por un emparrado. Y luego algo todavía más extraño: la corteza de los árboles, la hierba, las flores de diferentes clases, todo tenía un aspecto barnizado o esmaltado, cubierto de un tenue brillo. Nada de aquello era natural y la brisa que azotaba el jardín no movía ni una brizna.

Los árboles y plantas estaban etiquetados y leí algunos de sus nombres en latín, que únicamente intensificaron el misterio o la paradoja o la trampa, lo que fuera aquello. Eran los gemelos Stenmark, eso era. *Carpinus betulus fastigiata*, un árbol piramidal, follaje verde, tronco estrecho que daba una sensación de limpieza y lisura al tacto, material plástico o fibra de vidrio, de calidad museística, y seguí leyendo etiquetas, no podía parar, fragmentos en latín desplazándose de lado y mezclándose entre sí. *Helianthus decapetalus*, hojas biseladas, estrellas de pétalos de color amarillo intenso, luego un banco a la sombra de un roble alto y una figura alta allí sentada, en apariencia humana, con camisa gris holgada, pantalones grises y kipá plateada. Se volvió hacia mí y me saludó con la cabeza, dándome su permiso; yo me acerqué a él despacio. Era un hombre de edad avanzada, esbelto, de piel morena y lustrosa, cara puntiaguda, manos delgadas y unos tendones en el cuello que parecían cables de puente.

—Eres el hijo —me dijo.

—Supongo, sí.

—Me pregunto cómo te las has apañado para evitar las medidas habituales de seguridad y llegar hasta aquí.

—Creo que el disco se me ha averiado. Mi adorno de muñeca.

—Por arte de magia —me dijo—. Y esta noche sopla brisa. Mágica también.

Me invitó a compartir su banco, que parecía un banco de iglesia acortado. Se llamaba Ben-Ezra y le gustaba salir allí, dijo, y pensar en la época, dentro de muchos años, en que regresaría al jardín y se sentaría en el mismo banco, renacido, y se acordaría de la época en que se había sentado allí, habitualmente solo, y se había imaginado aquel momento.

—Los mismos árboles y la misma hiedra.

—Eso espero —dijo él.

—O bien algo completamente distinto.

—Lo que es completamente distinto es lo que hay aquí ahora. Éste es el más allá lunar del planeta. Materiales fabricados, un jardín de supervivencia. Con un vínculo especial a una vida que ya no es transitoria.

—Pero ¿no le parece también este jardín una especie de burla? ¿O es más bien una especie de nostalgia?

—Todavía no has tenido tiempo de liberarte de las convenciones que has traído aquí contigo.

—¿Y Ross? ¿Qué pasa con él?

—Ross no tardó en obtener una comprensión sólida.

—Y aquí estoy yo ahora, afrontando la muerte de una mujer que admiro y la muerte prematura y precipitada del hombre al que ella ama, que resulta que es mi padre. ¿Y qué hago? Quedarme sentado en un banco de un jardín inglés en mitad de un desierto.

—Nosotros no hemos fomentado su plan.

—Pero le están permitiendo que lo haga. Permitirán que su equipo lo haga.

—La gente que pasa un tiempo aquí termina descubriendo quién es. No a base de consultar a otros, sino por medio del examen y la revelación de sí mismos. Una parcela de tierra perdida, una acepción de la naturaleza agreste que sobrecoge. Estas salas y pasillos, la quietud, la situación de espera. ¿Acaso no estamos todos aquí esperando que pase algo? Que pase algo en otra parte que defina mejor nuestro propósito aquí. Y también algo mucho más íntimo. Esperando para entrar en la cámara, esperando para aprender lo que afrontaremos allí. Unos cuantos de quienes esperan están bastante sanos, sí, pero han elegido renunciar a lo que les queda de su vida actual para descubrir un nivel radical de renovación de sí mismos.

—Ross siempre ha sido un maestro de la esperanza de vida —le dije—. Pero aquí y ahora, en los últimos tres o cuatro días, estoy viéndolo desintegrarse.

—Otra situación de espera. Esperando a decidirse de una vez. Tiene el resto del día de hoy y una larga noche de insomnio para seguir pensándoselo. Y si necesita más tiempo, lo tendrá.

—Pero para explicarlo en términos humanos simples, el hombre cree que no puede vivir sin la mujer.

—Entonces te toca a ti decirle que lo que le queda justifica que cambie de opinión y de planes.

—¿Y qué es lo que le queda? ¿Las estrategias de inversión?

—Le queda el hijo.

—Eso no funcionará —le dije.

—El hijo y lo que el hijo pueda hacer para mantener al padre intacto en este pérfido mundo.

Su voz tenía una ligera cadencia que él acompañaba con una oscilación de los dedos índice y corazón. Planté cara al impulso de intentar adivinar los antecedentes del hombre o bien de inventármelos. El nombre Ben-Ezra era inventado, o eso decidí yo. Era un nombre que le encajaba bien; sugería una combinación de motivos bíblicos y futuristas, y allí estábamos ahora, en su jardín postapocalíptico. Yo lamentaba que me hubiera dicho su nombre, y que se lo hubiera puesto él antes de poder ponérselo yo.

Ben-Ezra no había terminado con la cuestión de los padres y los hijos:

—Concédele al hombre la dignidad de su decisión. Olvídate de su dinero. Él tiene una vida fuera de los límites de tu experiencia. Concédele el derecho a su aflicción.

—A su aflicción, sí. A su decisión, no. Ni al hecho de que esto sea permisible aquí, que sea parte del programa.

—Aquí y en otro lugar, en los años venideros, nada fuera de lo común.

Estuvimos un rato sentados sin hablar. Él llevaba unas pantuflas oscuras con unas marcas de colores vivos en el empeine. Me puse a hacerle preguntas sobre la Convergencia. No me dio respuestas directas, pero sí me comentó de paso que la comunidad todavía estaba creciendo, que había cargos que ocupar, proyectos de construcción que iniciar, bajo la superficie. La pista de aterrizaje, sin embargo, seguiría siendo un componente simple, sin expansión ni modernización.

Él dijo:

—El aislamiento no es un inconveniente para quienes entienden que el aislamiento es la meta.

Intenté imaginármelo en un entorno ordinario, en el asiento trasero de un coche que avanzaba lentamente por calles atestadas o bien sentado a la cabecera de la mesa del comedor de su casa a la hora de la cena, o en la cima de una colina que dominaba las calles atestadas, pero la idea era poco convincente. No me lo podía imaginar en otra parte que no fuera allí, en aquel banco, en el contexto del vacío inmenso extramuros del jardín. Era un indígena. El aislamiento era la meta.

—Entendemos que la idea de la prolongación de la vida generará métodos que intentarán mejorar la congelación de los cuerpos humanos. Rediseñar el proceso de envejecimiento, invertir el proceso bioquímico de las enfermedades degenerativas. Tenemos plena confianza en estar en la vanguardia de cualquier innovación genuina. Nuestros centros tecnológicos en Europa están examinando estrategias de cambio, ideas que puedan adaptarse a nuestro formato. Nos estamos adelantando. Es aquí donde queríamos estar.

¿Y un hombre así tendría familia? ¿Se cepillaría los dientes, iría al dentista cuando tuviera dolor de muelas? ¿Era yo capaz de imaginarme su vida? ¿O la vida de cualquier otro? Ni un momento. Hasta un simple momento resultaba inimaginable. Física, mental y espiritual. Ni un simple segundo. Había demasiadas cosas encajadas en su cuerpo enjuto.

Intenté imponerme calma.

Él dijo:

—Qué frágiles somos, ¿no es cierto? Todos los que estamos aquí en la Tierra.

Le escuché hablar de los cientos de millones de personas —camino de ser miles de millones— que luchaban por conseguir algo para comer, no una vez o dos al día, sino todo el día y a diario. Me habló con detalle de los sistemas alimentarios, de los sistemas climáticos, de la pérdida de los bosques, de la propagación de la sequía, de las muertes masivas de aves y de formas de vida oceánica, de los niveles de dióxido de carbono, de la escasez de agua potable, de las oleadas de virus que abarcaban geografías extensas.

Aquellos elementos de calamidad planetaria eran

un componente natural del pensamiento de aquel lugar, pero el hombre no ofrecía indicios de estar recitándolos de memoria. Él sabía de esos temas, los había estudiado, había presenciado algunos de sus aspectos, había soñado con ellos. Y hablaba en un tono apagado que transmitía una elocuencia que yo no podía evitar admirar.

Luego estaba la guerra biológica, con sus variantes de extinción masiva. Toxinas, agentes, entidades replicantes. Y refugiados por todas partes, cantidades enormes de víctimas de la guerra, viviendo en refugios improvisados, incapaces de regresar a sus pueblos y ciudades devastados, muriendo en alta mar cuando volcaban las embarcaciones de rescate.

Él me observaba, sondeándome en busca de algo.

—¿No ves y sientes estas cosas con más intensidad que antes? Los peligros y las advertencias. Algo se está amasando, da igual lo a salvo que te sientas con esa tecnología portátil. Dan igual todas las órdenes de viva voz y las hiperconexiones que te permitan no depender de tu cuerpo.

Yo le dije que lo que se estaba amasando tal vez fuera una especie de pandemia psicológica. Esa percepción temerosa que tiende a hacerse ilusiones. Algo que la gente quiere y necesita de vez en cuando, puramente atmosférico.

Eso me gustó. Puramente atmosférico.

Él me escrutó con más atención todavía, quizá considerando mi comentario demasiado estúpido para darle respuesta o bien interpretando lo que yo había dicho como un gesto orientado a la convención social y obligatorio en aquellas circunstancias.

—Atmosférico, sí. En un momento dado reina la calma. Pero enseguida hay una luz en el cielo y un estampido sónico y una onda expansiva, y una ciudad rusa entra en una realidad comprimida que resultaría desconcertante si no fuera tan abruptamente real. Es el empuje de la naturaleza, su dominio sobre nuestros esfuerzos, nuestras previsiones y todas las cosas ingeniosas que podamos invocar para protegernos. El meteorito. Cheliábinsk.

Me sonrió.

—Dilo. Adelante. Cheliábinsk —me dijo—. No muy lejos de aquí. Bastante cerca, de hecho, si algo se puede considerar cerca en esta parte del mundo. Gente corriendo de habitación en habitación, reuniendo documentos valiosos. Preparándose para ir a algún sitio donde puedan estar a salvo. Metiendo sus perros y gatos en transportines.

Se detuvo a pensar.

—Aquí le damos la vuelta al texto, leemos las noticias al revés. De la muerte a la vida —dijo—. Nuestros artefactos entran en el cuerpo dinámicamente y se convierten en las partes y accesos remodelados que necesitamos para vivir de nuevo.

—¿Es el desierto el lugar donde suceden los milagros? ¿Estamos aquí para repetir las antiguas devociones y supersticiones?

Le divirtió oír que yo no tenía intención de ceder.

—Qué respuesta tan pintoresca a unas ideas que buscan hacer frente a un futuro diezmado. Intenta entender. Todo esto está sucediendo en el futuro. En el futuro, ahora mismo. Si no eres capaz de absorber esta idea, mejor será que te vayas a tu casa.

Me pregunté si Ross le habría pedido a aquel hombre que hablara conmigo, que me iluminara, en calidad de experto, tranquilizándome. ¿Acaso me interesaba lo que tenía que decirme? Me sorprendí a mí mismo pensando en la espantosa noche que nos esperaba y en la mañana siguiente.

—Aquí compartimos una sensación, una percepción. Nos consideramos transracionales. La ubicación en sí, la estructura en sí, la ciencia que altera todas las creencias previas. La puesta a prueba de la viabilidad humana.

Hizo una pausa para sacarse un pañuelo del bolsillo de los pantalones y sonarse las narices, sin cuartel, con suplemento de frotamientos y refregones, lo cual me hizo sentir mejor. Vida real, funciones corporales. Esperé a que terminara de decir lo que estaba diciendo.

—Los que estamos aquí no pertenecemos a ningún otro sitio. Nos hemos caído de la Historia. Hemos abandonado a quienes éramos y los lugares donde estábamos para poder estar aquí.

Examinó el pañuelo y lo dobló con cuidado. Tardó un momento en encajarse el cuadradito de tela en el bolsillo.

—¿Y dónde es aquí? —continuó—. Reservas sin explotar de minerales escasos y el tronar de los beneficios del petróleo y los estados represivos y las violaciones de los derechos humanos y los funcionarios sobornables. Contacto mínimo. Distanciamiento. Desinfestación.

Yo quería interpretar las marcas que el hombre tenía grabadas en las pantuflas. Tal vez me ofrecieran alguna pista sobre su linaje cultural. Pero aquello no me llevó a ningún lado, sentí que la brisa arreciaba y volví a oír la voz del tipo.

—La ubicación es estable. No estamos en una zona con riesgo de terremotos ni de pequeñas plagas, pero en todos los detalles de la estructura hay medidas antisísmicas y todas las defensas imaginables contra los fallos del sistema. Artis estará a salvo, y Ross también, en caso de que decida acompañarla. La ubicación es estable y nosotros también.

Ben-Ezra. Yo necesitaba pensar en su nombre real, su nombre de nacimiento. Necesitaba una forma de autodefensa, una forma de infiltrarme insidiosamente en su vida. Me habría gustado darle un bastón para completar la escena, un bastón de caminar, de arce duro, sentarlo en un banco, con las dos manos apoyadas en la empuñadura curvada, la vara del bastón perpendicular al suelo y la contera roma entre los pies.

—Quienes acaben saliendo de las cápsulas serán seres humanos ahistóricos. Estarán libres de la inacción del pasado, de los minutos y horas atenuados.

—Y hablarán un idioma nuevo, según Ross.

—Un idioma aislado, exento de afiliación con otros idiomas —dijo—. Que se enseñará a algunos y a otros se les implantará, a quienes ya estén en criopreservación.

Un sistema que ofrezca significados nuevos, niveles nuevos enteros de percepción.

Que expandirá nuestra realidad e intensificará el alcance de nuestro intelecto.

Que nos reconstruirá, dijo.

Nos conoceremos a nosotros mismos como nunca nos hemos conocido, sangre, cerebro y piel.

Nos aproximaremos a la lógica y a la belleza de las matemáticas puras en el discurso cotidiano.

Nada de comparaciones, metáforas ni analogías.

Un idioma que no huya de todas esas formas de verdad objetiva que no hemos experimentado nunca.

Él habló, yo escuché y el tema empezó a aproximarse a magnitudes nuevas.

El universo, lo que era, lo que es, adónde está yendo.

El universo en expansión, en plena aceleración, en evolución infinita, tan lleno de vida, con sus mundos sobre mundos interminables, me dijo.

El universo, el multiverso, tantos infinitos cósmicos que la idea de la repetibilidad se acaba volviendo inevitable.

La idea de otros dos individuos sentados en un banco de un jardín en el desierto teniendo la misma conversación que estábamos teniendo nosotros, palabra por palabra, salvo por el hecho de que se trataba de individuos distintos, en un jardín distinto, a millones de años luz de allí: esto era un hecho ineludible.

¿Estábamos ante el caso de un anciano sobreexcitado, o bien ante el intento de su joven interlocutor de resistirse a una serie de ironías sofisticadas y relevantes?

En cualquier caso, empecé a pensar en él como en un sabio chiflado.

—Es humano querer saber más, y más, y todavía más —le dije—. Pero también es cierto que lo que no sabemos es lo que nos hace humanos. Y el no saber no tiene fin.

—Continúa.

—Y el no vivir eternamente tampoco tiene fin.

—Continúa —me dijo.

—Si algo o alguien no tiene inicio, entonces puedo creer que ese algo o alguien no tenga fin. Pero si has nacido, o has salido de un huevo o has brotado, entonces tienes los días contados.

Él lo pensó un momento.

—Es la piedra más pesada que la melancolía le puede tirar a un hombre, decirle que ha alcanzado el final de su naturaleza, que ya no se avecina ningún estado posterior.

Esperé.

—Siglo diecisiete —me dijo—. Sir Thomas Browne.

Esperé un poco más. Pero eso fue todo. Siglo XVII. Dejó en mis manos la tarea de evaluar nuestro progreso a partir de entonces.

Ahora soplaba un viento con todas las de la ley, pero el jardín seguía imperturbable, con aquella extraña quietud de las flores, la hierba y las hojas inmunes a las ráfagas perceptibles de aire. Y, sin embargo, no era una escena insulsa y estática. Había tono y color, reverberación por todas partes, el sol empezaba a ponerse, los árboles estaban iluminados por los haces del día menguante.

—Te sientas a solas en una habitación en silencio de tu casa y escuchas con atención. ¿Y qué oyes? No el tráfico de la calle, ni voces, ni la lluvia, ni una radio —dijo—. Oyes algo, pero ¿qué? No es el tono de la habitación ni tampoco un ruido ambiental. Es algo que quizá cambia a medida que escuchas con más atención, segundo a segundo, y empieza a subir de volumen: no es que suba de volumen, sino que de alguna forma se ensancha, se sostiene, se rodea a sí mismo. ¿Qué es? ¿La mente, la vida en sí, tu vida? ¿O es el mundo, ya no su masa de materia, la tierra y el mar, sino lo que habita el mundo, la marea de la existencia humana? El zumbido del mundo. ¿Lo oyes tú alguna vez?

Yo era incapaz de inventarle un nombre. No podía imaginármelo de joven. Había nacido viejo. Había vivido su vida entera en aquel banco. Era una parte permanente del banco, Ben-Ezra, pantuflas, kipá, dedos largos y arácnidos, un cuerpo en reposo en un jardín de cristal hilado.

Lo dejé allí y eché a andar más allá de los parterres, ahora por un camino de tierra, abriéndome paso por una zona de la tapia del jardín que tenía una cancela hasta llegar a arboledas más densas de árboles falsos. Luego algo me hizo parar en seco, una figura plantada en la penumbra, casi inseparable de los árboles, con la cara y el cuerpo de color marrón chamuscado, los brazos cruzados sobre el pecho, los puños cerrados, y aun cuando me di cuenta de que estaba mirando a un maniquí, seguí allí plantado, tan clavado al suelo como aquella figura.

Me daba miedo, aquella cosa sin rasgos, desnuda, sin sexo, que había dejado de ser un muñeco de tienda de ropa para convertirse en un centinela en pose amenazadora. Era distinto del maniquí que había visto en un pasillo vacío. En este encuentro de ahora había tensión, y continué caminando, con cautela, y vi varios más, medio escondidos entre los árboles. Más que mirarlos, los vigilaba, los escruté nerviosamente. Su quietud parecía deliberada. Estaban plantados con los brazos cruzados o bien caídos a los costados o bien extendidos hacia delante; a uno le faltaban los brazos, al otro, la cabeza, objetos fuertes y pasmados, colocados con precisión, pintados con manchas oscuras.

En un pequeño claro había una estructura que asomaba ladeada del suelo, un portal sobre el que se proyectaba una especie de tejado. Me adentré ocho o nueve pasos hasta un interior abovedado, una cripta, en penumbra, fría y húmeda, toda de piedra gris resquebrajada, con hornacinas en las paredes ocupadas por cuerpos, mitades de cuerpos, maniquíes como cadáveres preservados, enfundados de la cabeza a la cintura en prendas raídas con capucha, cada una en su nicho.

Me quedé allí y traté de asimilar lo que estaba viendo. Busqué el nombre adecuado para aquello. Tenía un nombre, no era *cripta* ni *gruta*; entretanto, lo único que podía hacer era mirar con atención y tratar de reunir todos los detalles. Aquellos maniquíes tenían rasgos, muy desgastados, erosionados, ojos, nariz, boca, todos tenían rasgos estropeados, de color gris ceniza y manos arrugadas, maltrechas. Había una veintena aproximada de aquellas figuras, unas cuantas con el cuerpo completo, de pie, con túnicas viejas y grises hechas jirones, y la imagen resultaba abrumadora, y el lugar en sí, el nombre en sí... El nombre era *catacumba*.

Aquellas figuras, aquellos santos del desierto, momificados, disecados en su cámara mortuoria subterránea, el poder claustrofóbico de la escena, el ligero hedor a podredumbre. Estuve un momento sin poder respirar. ¿Acaso podía interpretar aquellas figuras como la versión ancestral de los hombres y las mujeres erguidos en sus cápsulas, humanos reales al borde de la inmortalidad? Yo no quería interpretación. Quería ver y sentir lo que había allí, por mucho que no estuviera a la altura de la experiencia que se estaba desplegando a mi alrededor.

¿Cómo era posible que unos maniquíes produjeran aquel efecto, todavía más intenso que la imagen de unos seres humanos embalsamados cientos de años atrás en una iglesia o un monasterio? Yo nunca había estado en un lugar así, nunca había estado en un osario de Italia o de Francia, pero no me podía imaginar una reacción más fuerte. ¿Qué estaba viendo en aquel agujero del suelo? No era mármol esculpido, ni tampoco una tira delicada de madera de pino labrada a cincel y resaltada con pan de oro. Eran pedazos de plástico, compuestos sintéticos enfundados en capuchas y túnicas de hombres muertos, y le infundían a la escena un ligero anhelo, la ilusión de la aspiración humanoide. Pero estaba interpretando otra vez, ¿verdad? Tenía hambre y me sentía tan débil y vapuleado por los acontecimientos del día que ya me esperaba que las estatuas hablaran.

Al fondo, más allá de las dos hileras de cuerpos, flotaba una luz blanca, y al acercarme me tuve que tapar la cara con la mano para protegerme del resplandor. Había figuras sumergidas en un foso, una masa retorcida de maniquíes, desnudos, con los brazos asomando, las cabezas horriblemente retorcidas, los cráneos calvos, un enredo de formas caídas con extremidades y cuerpos articulados, humanos castrados, hombres y mujeres despojados de identidad, caras vacías salvo por una sola figura sin pigmento, albina, mirándome fijamente, los ojos rosados centelleando.

En la unidad alimentaria metí la cara casi dentro del plato y mastiqué los últimos bocados de la cena. Todas las unidades alimentarias a lo largo y ancho del complejo, cada una ocupada por una persona, amontonadas en mi mente. Fui a mi habitación, encendí la luz y me senté en la silla a pensar. Tenía la sensación de haber hecho aquello un millar de veces, en la misma habitación todas las veces, la misma persona en la silla. Me sorprendí a mí mismo escuchando. Intenté vaciar la mente y escuchar sin más. Quería oír lo que había descrito Ben-Ezra, el sonido oceánico de la gente viviendo y pensando y hablando, miles de millones de individuos, en todas partes, esperando trenes, desfilando hacia la guerra, relamiéndose la comida de los dedos. O simplemente siendo quienes eran.

El zumbido del mundo.

## 10

Necesitaba abordar aquello del modo más simple. Mi padre estaba sentado mirando la pared, en otro lugar, inalcanzable. Encerrado en sus remembranzas, viendo a Artis, o eso pensaba yo, en forma de imágenes erráticas, algo que él no podía controlar, destellos de recuerdos, apariciones, todo ello puesto en marcha por su decisión.

Había decidido no irse con ella.

Aquello lo estaba aplastando, todo aquello, la pesada losa de una vida entera, todo lo que había dicho y hecho lo conducía hasta aquel momento. Allí estaba, decaído y mustio, con el pelo engominado, la corbata desanudada y las manos entrelazadas sin aplomo en la entrepierna. Yo estaba de pie a su lado, sin saber cómo ponerme, cómo adaptarme a la situación, pero decidido a mirarlo abiertamente. En sus ojos no había súplica alguna de comprensión. Cómo cambiaban las cosas de la noche a la mañana: lo que antes había sido duro y expeditivo ahora era el débil testimonio del corazón indeciso de un hombre, y el mismo hombre que había

hablado en tono enérgico el día anterior, dando zancadas de lado a lado de la sala, ahora estaba encorvado en
su sillón, pensando en la mujer a la que había abandonado.

Me había contado su decisión con muy pocas palabras. Con una voz salida directamente de la naturaleza,
sin procesar, sin expresividad alguna. No le hizo falta
contarme que ya se habían llevado abajo a Artis. Estaba
en su voz. Quedaban solamente la sala, el sillón y el
ocupante del sillón. Quedaba la incómoda vigilancia
del hijo. Quedaban las dos acompañantes apostadas en
la puerta.

Esperé a que alguien diera el primer paso. A continuación lo di yo, cambiando ligeramente de postura
para adoptar una pose más o menos formal de luto funerario, consciente de que llevaba la misma camisa y
los mismos pantalones sucios desde mi llegada; los cal-
zoncillos y los calcetines los lavaba a mano al amane-
cer, con gel antiséptico.

Ross no tardó en levantarse del sillón y alejarse hacia la puerta, y yo lo seguí de cerca, sin que ninguno de
los dos dijera nada, y le toqué el codo con la mano, no
para guiarlo ni tampoco para que se apoyara en mí, sino
únicamente para ofrecerle el consuelo del contacto.

¿Acaso al hombre de riquezas épicas se le permite
estar devastado por el dolor?


Las acompañantes eran mujeres, una de ellas con pisto-
lera, la mayor de las dos. Nos condujeron a un espacio
que resultó ser algo abstracto, una ocurrencia teórica.
No sé de qué otra forma explicarlo. Una idea de movi-

miento que también era un cambio de posición o de lugar. No era la primera experiencia de este tipo que yo tenía allí, y esta vez éramos cuatro respetando un silencio que transmitía reverencia. Yo no estaba seguro de si se debía a las tristes circunstancias o a la naturaleza del desplazamiento, a la sensación de descenso pronunciado, de estar siendo separados de nuestros aparatos sensoriales, planeando de una forma más mental que física.

Decidí poner a prueba el escenario, decir algo, lo que fuera:

—¿Cómo se llama esta cosa donde nos encontramos?

Estaba bastante seguro de haber hablado, pero no podía esclarecer si mis palabras habían producido algún ruido. Miré a las acompañantes.

Entonces Ross dijo:

—Se llama el desvío.

—El desvío —dije yo.

Le puse una mano en el hombro y presioné hacia abajo, lo agarré con fuerza, haciéndole saber que estaba allí, que los dos estábamos allí.

—El desvío —repetí.

En aquel lugar siempre estaba repitiendo cosas, verificando, intentando afianzarlo todo. Artis se hallaba en algún lugar por debajo de nosotros, al final del desvío, contando las gotas de agua de una cortina de ducha.


Observé a través de un panel estrecho de cristal que había a la altura de los ojos. Era mi rol allí: contemplar lo que fuera que me pusieran delante. El equipo de Cero K estaba preparando a Artis para la criopreservación, médicos y personal con indumentarias diversas, algunos en movimiento, otros examinando monitores, ajustando el equipamiento.

Artis estaba en medio, cubierta por una sábana, sobre una mesa. Sólo era visible momentáneamente, en fragmentos: la parte intermedia de su cuerpo, la parte baja de las piernas, nunca una vista clara del rostro. El equipo trabajaba en ella y a su alrededor. Yo no sabía si aquella forma física en la que estaban trabajando se podía considerar «el cuerpo». Tal vez siguiera viva. Tal vez aquél fuera el momento justo, el segundo justo, en el que la estaban induciendo químicamente a expirar.

La otra cosa que yo no sabía era qué constituía el final. ¿Cuándo se convierte una persona en un cuerpo? Me pregunté si la rendición se produciría en fases distintas. El cuerpo se retira primero de una de sus funciones y luego quizá de otra, o quizá no: el corazón, el sistema nervioso, el cerebro, de las distintas partes del cerebro al mecanismo de las células individuales. Se me ocurrió que había más de una definición oficial de la muerte, ninguna de las cuales recibía una aceptación unánime. Se iban creando a medida que lo requería la situación. Médicos, abogados, teólogos, filósofos, profesores de ética, jueces y jurados.

También se me ocurrió que tal vez mi mente divagara.

Pensé que Ross podría estar en la mesa si lo decidiera, un hombre sano experimentando un colapso sistémico. Lo vi en la antesala, esperando a que llegara el momento. Yo era el único testigo voluntario, y ahora apareció la cara de ella, un vislumbre conmovedor, Artis, entre los miembros del equipo yendo y viniendo con sus gorros, mascarillas, batas de cirujano, camisolas y batas de laboratorio.

Luego el visor se puso en blanco.

Una guía con rastas nos condujo a otra ubicación, sin decir nada, dejando que asimiláramos lo que estábamos viendo.

Ross hacía preguntas de vez en cuando. Se había peinado, se había anudado la corbata y se había recolocado las solapas de la chaqueta del traje. La voz no era del todo suya, pero estaba hablando, intentando ubicarse en la situación.

Nos detuvimos en un pasillo con vistas a una galería pequeña e inclinada y contemplamos a tres figuras humanas colocadas en un espacio vacío e iluminado con tanta destreza que los márgenes exteriores se fundían con las sombras. Se trataba de individuos metidos en receptáculos transparentes, cápsulas de cuerpo entero, los tres desnudos, un hombre y dos mujeres, todos con las cabezas afeitadas.

Retablo viviente, pensé yo, con la salvedad de que los actores estaban muertos y sus atuendos eran cilindros de plástico superherméticos.

La guía nos dijo que aquellas personas eran de las que habían decidido que se las llevaran antes de tiempo. Tal vez les quedaran cinco o diez años, o veinte, o más. Les habían extirpado los órganos esenciales, que estaban siendo preservados por separado, el cerebro incluido, en unos recipientes herméticos llamados cápsulas para órganos.

—Se los ve en paz —dijo Ross.

Los cuerpos no estaban en poses formales. Tenían los ojos abiertos con expresión de asombro vidrioso, los brazos caídos a los costados, las rodillas sobresaliendo y dobladas con naturalidad y los cuerpos enteros afeitados por completo.

—Están de pie y esperando —dijo él—. Todo el tiempo del mundo.

Estaba pensando en Artis, por supuesto, preguntándose cómo se estaría sintiendo, si es que se sentía de alguna forma, y qué fase habría alcanzado del proceso de enfriamiento corporal.

Vitrificación, criopreservación, nanotecnología.

Dios bendiga el lenguaje, pensé. Que el lenguaje refleje la búsqueda de una serie de métodos cada vez más intrincados, hasta alcanzar los niveles subatómicos.

La guía hablaba con un acento que me pareció ruso. Llevaba unos vaqueros ajustados y una camisa larga de flecos, y traté de convencerme de que estaba en la misma pose que los cuerpos. No era cierto, pero tardé un rato en abandonar la idea.

Ross seguía mirando. Eran vidas en suspenso. O las carcasas vacías de unas vidas ya irrecuperables. Y el hombre en sí, mi padre. Me pregunté cómo afectaría su cambio de opinión a su estatus honorario allí, a la potencia de su mandato ejecutivo. Yo era consciente de mis sentimientos: una compasión descolorida por la decepción. El hombre se había echado atrás.

Ahora habló con la guía, sin apartar la vista de las figuras que teníamos de pie delante.

—¿Cómo los llamáis?

—Nos han dicho que los llamemos heraldos.

—Tiene sentido —dijo él.

—Señalan la dirección, abren el camino.

—Van primero, antes de tiempo —dijo él.

—No esperan.

—Lo hacen antes de estar obligados.

—Heraldos —dijo ella.

—Se los ve serenos.

Pensando en Artis, viéndola, decidido a ir con ella. Pero se había echado atrás. La idea de unirse a ella se la había dictado un acceso demente de amor. Pero después de jurar que lo haría, tenía que ser fiel a su juramento. Todo el ímpetu de su vida y su carrera, un hombre situado en el centro del campo magnético del dinero. De acuerdo, yo estaba dando demasiada importancia a su reputación y a su patrimonio. Pero es un componente de la vida sobredimensionada. El exceso engendra exceso.

Tomó asiento en la última fila y al cabo de un rato me uní a él. Luego miré los cuerpos.

Estaba la cuestión de quiénes eran, de todo lo que había pasado hasta entonces, de aquella experiencia inefablemente densa que era la vida en la Tierra de un hombre o una mujer. Allí eran simples formas de vida de laboratorio, afeitadas y desnudas en sus cápsulas y reunidas en una sola unidad, fueran cuales fueran los medios de envasado y conservación. Y estaban situadas en un espacio anónimo, sin dónde ni cuándo, una táctica que encajaba con todos los aspectos de mi experiencia allí.

La guía explicó el significado del término *Cero K*. Nos ofreció un recitado aprendido de memoria, cuyas paradas y reanudaciones formaban parte del discurso; trataba de una unidad de temperatura llamada cero absoluto, que equivale a menos doscientos setenta y tres coma quince grados centígrados. Se mencionaba a cierto físico llamado Kelvin, de quien venía la K del término. Lo más interesante que nos contó fue que la temperatura empleada en el crioalmacenamiento no se acercaba realmente al cero K.

El término, por tanto, era puro teatro, otro residuo de los gemelos Stenmark.

—Nos marcharemos juntos. Haremos las maletas y nos marcharemos —dijo Ross.

—Tengo la maleta preparada desde que llegué.

—Bien.

—No hay nada que preparar.

—Bien. Nos marcharemos juntos —repitió.

Eran las palabras estándar, los sonidos que él necesitaba producir para restablecer la sensación de funcionamiento. Me dio la impresión de que se avecinaban más cosas, quizá no tan reconfortantes para ninguno de los dos.

—Me he dicho a mí mismo por fin, en plena noche, que tenía la responsabilidad de seguir vivo. Sufrir la pérdida, vivir y sufrir, y confiar en que se haga más llevadero, o quizá no más llevadero pero sí que quede clavada tan adentro, la pérdida, la ausencia, que pueda soportarla. Irme con ella habría sido una rendición incorrecta. No tenía derecho. Era un abuso de mi privilegio. ¿Qué me dijiste cuando lo discutimos?

—No lo sé.

—Me dijiste que si me iba con ella, eso te reduciría. Mi exceso de dominio, eso de lo que no puedes escapar. El mero hecho de quererla demasiado, de elegir morir antes de tiempo. Habría sido la clase de rendición en la cual gano control en vez de renunciar a él.

Examiné el color de los cuerpos. Mujer, hombre, mujer. El espectro era corto, pero ¿acaso es posible hablar con precisión del color de la piel en cualquier situación? Amarillo moreno negro blanco, todos incorrectos salvo a modo de etiquetas convenientes. ¿Quería yo recurrir a los matices tonales, al ámbar, el ocre oscuro, el color lunar? A los catorce años me habría dejado las uñas intentándolo.

—¿Y qué hice al final? Pues intenté afrontarlo —me dijo—. Y esto significaba que tenía que decírselo. Me senté al lado de la cama en la penumbra de la habitación. ¿Entendió lo que le estaba diciendo? ¿Pudo oírme? No me quedé convencido. ¿Y me perdonó? Yo no paraba de pedirle que me perdonara. Luego me puse a divagar, más y más. ¿Me hacía falta respuesta? ¿Tenía miedo de su respuesta? *Perdóname. Espérame. Estaré contigo pronto.* Más y más, susurrando. Pensé que tal vez me oiría si se lo susurraba.

—Puede que estuviera viva, pero ya del todo inaccesible.

—Luego me quedé allí sentado hasta que vinieron a llevársela.

Cierta flaccidez aquí y allí, completamente normal, en los pechos, senos y barrigas. Si las mirabas durante el tiempo suficiente, hasta las cabezas afeitadas de las mujeres empezaban a parecer consecuentes con el frío primigenio de la naturaleza. Se trataba de una función de las cápsulas, pensé, el rigor detallado del método científico, humanos despojados de todo adorno, recompuestos de vuelta a su condición de fetos.

La guía dijo que había algo más que tal vez nos interesara ver.

¿Cuántos días llevábamos ya, cuántas cosas interesantes habíamos visto? Las pantallas, las catacumbas, la calavera de la pared de la sala de piedra. Me estaban saturando de últimas cosas. Pensé en aquellas dos palabras. Era escatología, ¿no? No solamente el eco amortiguado de una vida que se escapa, sino unas palabras de impacto global, más allá de toda apelación a la razón. *Últimas cosas*. Me ordené a mí mismo parar.

Ross agachó la cabeza y cerró los ojos.

Pensando en Artis. Me lo imaginé en su casa, sentado en su estudio con un whisky en la mano, oyéndose a sí mismo respirar. Aquella vez que él la había visitado en una excavación situada en el margen del desierto, en las afueras de una aldea de beduinos. Intenté ver lo que él estaba viendo, pero solamente me la pude imaginar en otro desierto, en este de ahora, suspendida de cuerpo entero, los ojos cerrados, la cabeza afeitada, con un fragmento de su mente todavía intacto. Él tenía que creer en aquello: en los recuerdos arraigados en el tejido cerebral.

Se acercaba la hora de la partida. Coche blindado esperando, ventanillas tintadas, conductor con pistola. Una atmósfera de protección que me hacía sentir pequeño, débil y amenazado.

Pero ¿de veras era simplemente el amor lo que hacía que él quisiera unirse a ella? Quizá yo prefería pensar que lo movía un anhelo oscuro, una necesidad de verse despojado de lo que era y lo que poseía, despojado de todo, vaciado, con los órganos almacenados y el cuerpo apuntalado con los demás en la colonia de cápsulas. La misma corriente soterrada de repudio de sí mismo que le había hecho cambiarse de nombre, pero

166

ahora más profunda y fuerte. «Un anhelo oscuro»: me gustaba la expresión. Pero ¿adónde quería ir a parar? ¿Por qué quería imaginarme algo así de mi padre? Porque aquel lugar me estaba empapando de mala sangre. Y porque aquélla era la versión larga y alambicada de lo que les pasaba a los hombres hechos a sí mismos. Que se deshacían a sí mismos.

Cuando él se uniera a ella, dentro de tres años o de trece, ¿los nanotecnólogos reducirían sus edades y, al revivirlos —fuera esto lo que fuera—, Artis iniciaría su otra vida terrenal con veinticinco o veintisiete años y Ross con treinta o treinta y dos? Imagínese el emocionado reencuentro. Tengamos un bebé. ¿Y dónde estaría yo? ¿Cómo de viejo, gruñón y sucio de meados estaría? ¿Cuánto miedo me daría abrazar a mi joven y animoso padre y a mi medio hermano recién nacido, que me agarraría el dedo arrugado con su manita minúscula y temblorosa?

*Nanobots*: una palabra infantil.

Yo seguía mirando al frente, mirando y pensando. El hecho de que aquellos individuos, aquellos heraldos, hubieran elegido que les quitaran la vida antes de tiempo. El hecho de que a sus cuerpos les hubieran extirpado los órganos indispensables. El hecho del almacenamiento, del alineamiento, de los cuerpos colocados en sus posiciones asignadas. Mujer hombre mujer. Se me ocurrió que eran humanos haciendo de maniquíes. Me permití pensar en ellos como objetos sin cerebro que representaban una inversión del espectáculo que me había encontrado antes: los maniquíes encogidos en su cámara funeraria, con capuchas y túnicas. Y ahora aquel fotograma congelado de humanos desnudos en cápsulas.

La guía nos volvió a decir que había otra zona de posible interés.

Yo quería ver belleza en aquellas figuras inmóviles, un diseño imposible ya no de cuerpos mecánicos, sino de la simple estructura humana y sus extensiones, hacia dentro y hacia fuera, cada individuo implacablemente único al tacto, al sabor y al espíritu. Allí estaban, no intentando decirnos nada, sino sugiriendo pese a todo los asombros mezclados de nuestras vidas, aquí, en la Tierra.

Me pregunté si estaba mirando el futuro controlado, hombres y mujeres subordinados, de forma voluntaria o no, a alguna forma de mandato centralizado. Vidas convertidas en maniquíes. ¿Era una idea simplista? Pensé en cuestiones propias del lugar, en el disco de mi muñeca que les indicaba en teoría dónde estaba yo en todo momento. Pensé en mi habitación, pequeña y estrecha pero que encarnaba una extraña totalidad. El resto de las cosas de aquel sitio, los pasillos, los desvíos, el jardín artificial, las unidades alimentarias, la comida no identificable o los momentos en que lo utilitario se volvía totalitario.

¿Había un vacío en estas ideas? Tal vez no fueran más que un indicativo de mi ansiedad por regresar a casa. ¿Me acordaba de dónde vivía? ¿Seguía teniendo trabajo? ¿Todavía podía pedirle prestado un cigarrillo a una novia al salir del cine?

La guía nos había hablado de la conservación de los cerebros en recipientes herméticos. Ahora añadió que a veces las cabezas, las cabezas enteras con los cerebros intactos, se separaban de los cuerpos y se almacenaban por separado. Y un día, en décadas venideras, la cabeza se injertaría en un nanocuerpo sano.

Y ¿las vidas revivificadas serían idénticas, modeladas por el proceso en sí? Mueres humano y renaces convertido en dron isométrico.

Le di un codazo suave a mi padre y le dije en voz baja:

—¿Alguna vez tienen erecciones, los muertos de las cápsulas? Desencadenadas por algún error de funcionamiento, algún cambio de los niveles de temperatura que genera una especie de descarga que recorre el cuerpo y provoca que se les levante la polla a todos los hombres a la vez, en todas las cápsulas.

—Pregúntale a la guía —me dijo él.

Le di un golpecito con el revés de la mano en el brazo y los dos nos levantamos y seguimos a la mujer por un pasillo que se estrechó tanto que al final tuvimos que proseguir en fila india. El sonido empezó a menguar, nuestros pasos se amortiguaron, el roce como de cepillo de nuestros cuerpos contra las paredes que nos constreñían.

Hay una cosa más, algo interesante, nos había dicho la guía.

Nos detuvimos en la entrada de una sala grande y blanca. Las paredes no tenían la misma superficie áspera que había visto en otras zonas. Allí la roca era dura y lisa, y Ross puso la mano en la pared y señaló que era de mármol blanco de grano fino. Esto lo sabía él, yo no. La sala era fría como la piedra y al principio idéntica en todas direcciones, nada más que paredes. Extendí los brazos en gesto teatral absurdo para calcular el tamaño de aquel espacio grandioso, pero me contuve de hacer estimaciones de longitud, anchura y altura.

Avancé un poco y Ross me siguió. Miré más allá de

él, hacia la guía, esperando que nos dijera algo, que nos diera alguna pista de la naturaleza de aquel lugar. ¿Era un lugar o solamente una idea para un lugar? Mi padre y yo examinamos la sala juntos. Intenté imaginarme lo que estaba viendo por mucho que estuviera viéndolo. ¿Por qué aquella experiencia resultaba tan evasiva? Una sala grande, un par de hombres de pie, mirando. Una mujer en la entrada, quieta como una estatua. Una galería de arte, pensé, sin nada dentro. La galería es el arte, el espacio en sí, las paredes y el suelo. O bien una tumba enorme de mármol, una fosa monumental vaciada de cuerpos o bien esperando a los cuerpos. Sin cornisas ni frisos decorativos: solamente paredes lisas de mármol blanco y reluciente.

Observé a Ross, que estaba mirando fijamente más allá de mí, en dirección a una esquina remota de la sala. Tardé un momento en ver algo; todo lo que había allí me tomaba un momento. Por fin vi lo que él estaba viendo: una figura sentada en el suelo, cerca de la confluencia de las dos paredes. Una figura humana menuda, inmóvil, filtrándose gradualmente en mi nivel de conciencia. Tuve que recordarme a mí mismo que no estaba en otra parte, intentando visualizar lo mismo que estaba viendo, en ese instante, en forma sólida.

Mi padre echó a andar en aquella dirección, vacilando, y yo lo seguí, caminando y deteniéndome. La figura sentada era una chica, descalza, con las piernas cruzadas. Llevaba unos pantalones blancos holgados y una blusa blanca que le llegaba hasta las rodillas. Tenía un brazo levantado y doblado hacia el cuerpo a la altura del cuello. El otro brazo estaba doblado en el mismo ángulo, pero a la altura de la cintura.

Dejamos de andar, Ross y yo. Todavía estábamos a cierta distancia de la figura, pero acercarse más parecía una intrusión, una violación. El pelo muy corto y con peinado masculino, la cabeza ligeramente inclinada, los pies colocados con las plantas hacia arriba.

¿Cómo sabía yo que no era un chico?

La joven tenía los ojos cerrados. Yo sabía que los tenía cerrados aunque no resultaba evidente desde donde estábamos. Su juventud no era necesariamente evidente, pero me tomé la libertad de creer que sí era joven. Tenía que serlo. Y no tenía nacionalidad. No podía tenerla.

Un silencio blanco y gélido llenaba la sala. ¿Me abracé para reprimir mi reacción a la belleza de aquella escena, o simplemente porque tenía frío?

Retrocedimos un poco entonces, los dos al mismo tiempo. Aunque yo hubiera conocido la razón de la presencia de la chica y de su pose, ésta seguiría desafiando todo significado. El significado se agotaba en la figura en sí, en la imagen en sí.

—Artis sabría interpretar esto —dijo Ross.

—Y yo le preguntaría si es un chico o una chica.

—Y ella te contestaría que cuál es la diferencia.

El hecho de la vida, de que hubiera un cuerpo menudo con el corazón latiendo en aquel mausoleo elevado, y de que seguiría allí mucho después de que nosotros nos marcháramos, día y noche; yo sabía todo esto, un espacio concebido y diseñado para una figura inmóvil.

Antes de salir del recinto, me volví para echar un último vistazo y sí, ella seguía allí, interpretando el vacío, una forma artística viva y coleando, chico o chica, sentada con una prenda parecida a un pijama, sin ofrecerme nada más que pensar ni imaginar. La guía nos condujo por un largo pasillo sin puertas y Ross empezó a hablarme, con voz lejana, próxima al umbral del temblor.

—La gente al envejecer les va cogiendo cariño a los objetos. Creo que no me equivoco. A las cosas concretas. Un libro encuadernado en cuero, un mueble, una fotografía, una pintura, el marco que sostiene la pintura. Cosas que hacen que el pasado parezca permanente. Una pelota de béisbol firmada por un jugador famoso, muerto mucho tiempo atrás. Cosas en las que confiamos. Que cuentan una historia importante. La vida de alguien, todos los que entraron y salieron, tiene profundidad, tiene riqueza. Antes nos sentábamos en cierta sala, a menudo, la sala de las pinturas monocromas. Ella y yo. La sala de la casa donde estaban aquellas cinco pinturas y las entradas que conservábamos enmarcadas, como si fuéramos una pareja de turistas adolescentes, dos entradas para una corrida de toros en Madrid. Ella ya estaba enferma. Apenas hablábamos. Nos limitábamos a sentarnos allí y recordar.

Iba haciendo pausas largas entre las frases, y su tono se acercaba a un murmullo o a un jadeo; yo escuché con atención y esperé.

Después le dije:

—¿Cuál es el objeto al que le tienes cariño tú?

—Todavía no lo sé. Quizá no lo sabré nunca.

—¿No son las pinturas?

—Demasiadas. Demasiado.

—Las entradas. Dos papelitos.

—Sol y sombra. Plaza de toros de Las Ventas —me dijo—. Nos sentamos en una zona que a veces queda al sol y a veces a la sombra. Una zona a la intemperie. Sol y sombra.

No había acabado, seguía lanzado a sus reflexiones obsesivas. Él habló y yo escuché: su voz era más entrecortada y el tema más recóndito. ¿Quería yo mirar fijamente a la guía y tratar de imaginarnos a los dos juntos en una habitación, en mi habitación, ella y yo, la guía, la acompañante, o simplemente visualizarla a ella sola, en ninguna parte, una mujer quitándose los zapatos? Sentí una nostalgia erótica, pero no pude darle forma.

Nos plantamos en el desvío y salimos discretamente de Cero K y de los niveles numerados. Pensé en números primos. Pensé: define *número primo*. El desvío era un entorno, pensé, sometido a un pensamiento riguroso. Siempre se me habían dado bien las matemáticas. Me sentía seguro de mí mismo cuando trataba con números. Los números eran el lenguaje de la ciencia. Y ahora necesitaba encontrar las palabras exactas y perpetuas y más o menos obligatorias que constituían la definición de un número primo. Pero ¿por qué necesitaba hacerlo? La guía estaba allí, con los ojos cerrados, pensando en ruso. Mi padre se encontraba en pleno estado consciente de lapsus mental, escapándose de su dolor. Pensé: número primo. Número íntegro positivo y no divisible. Pero ¿cómo seguía aquello? ¿Qué más tenían los números primos? ¿Y los números enteros?

Recorrí los pasillos hacia la habitación, ansioso por agarrar mi bolsa, reunirme con mi padre y poner rumbo a casa. Era la única energía que quedaba en mí, la expectativa del regreso. Aceras, calles, luz verde, luz roja, segundos cronometrados para llegar vivo al otro lado.

Sin embargo, tuve que hacer una pausa y detenerme a mirar, porque la pantalla del techo empezó a bajar y una serie de imágenes llenaron el pasillo por completo.

Gente corriendo, multitudes de hombres y mujeres corriendo, apelotonados y dando muestras de desesperación, primero docenas y luego centenares, pantalones de trabajo, camisetas, sudaderas, empujándose entre ellos, dándose codazos, mirando al frente, la cámara colocada un poco por encima, en picado, sin cortes, inclinaciones ni panorámicas. Me aparté instintivamente. No había banda sonora, pero casi se oía el latir enorme de las respiraciones y de los pasos agitados. Corrían por una superficie apenas visible por debajo de la muchedumbre de cuerpos. Vi zapatillas deportivas, botas hasta los tobillos, sandalias, vi a una mujer descalza y a un hombre con los cordones desatados colgando.

Siguieron corriendo, intentando escapar de algún espectáculo espantoso o amenaza retumbante. Miré con atención y traté de introducirme con el pensamiento en la acción de la pantalla, en su uniformidad, en el ordenado despliegue y en el ritmo constante que subyacían a la urgencia de la escena. Empecé a pensar que tal vez estuviera viendo al mismo grupo de corredores todo el tiempo, filmados una y otra vez, dos docenas de corredores que alguien intentaba hacer pasar por varios centenares, un truco infalible de montaje.

Aquí llegaban, las bocas abiertas, agitando los brazos, cintas para el pelo, viseras, gorras de camuflaje, sin reducción aparente de la velocidad, y de pronto me vino otra cosa a la cabeza: ¿era posible que aquello no fuera documentación factual mostrada de forma selectiva, sino algo radicalmente distinto? Un tejido digital, todos sus fragmentos manipulados y realzados, todo diseñado, editado y rediseñado. ¿Por qué no se me había ocurrido antes viendo los vídeos anteriores, los monzones y los tornados? Eran ficciones visuales, todos aquellos incendios descontrolados y monjes en llamas: bits digitales, código digital, todo generado por ordenador y en absoluto real.

Me dediqué a mirar hasta que las imágenes desaparecieron y la pantalla empezó a elevarse sin hacer ruido, y solamente me había alejado un poco por el pasillo cuando me llegó un ruido difícil de identificar y cada vez más fuerte. Caminé unos pasos más y tuve que detenerme, ya tenía el ruido casi encima, y de pronto apareció doblando de golpe la esquina, cargando en mi dirección: un ejército de hombres y mujeres a la carrera, las imágenes encarnadas, escapadas de la pantalla. Corrí hasta el único lugar seguro que había, la pared más cercana, y pegué la espalda a ella, los brazos extendidos, los corredores echándoseme encima, en fila de a nueve o diez, pasando a mi lado en tromba, con la mirada enloquecida. Pude ver su sudor y oler su hedor y ellos continuaron pasando a mi lado, todos mirando al frente.

Tranquilo. Asómate a ver qué hay. Piensa con claridad.

Un ritual local, un maratón de temor sagrado, una tradición poco conocida que llevaba cien años siguiéndose. No tuve más tiempo para elaborar teorías. Se acercaron y pasaron a mi lado y yo miré sus caras y luego los cuerpos y vi al tipo de los cordones desatados y traté de localizar a la mujer descalza. ¿Cuántos corredores había, quiénes eran, por qué los estaban filmando y acaso todavía los estaban filmando? Los vi venir y marcharse y por fin, entre sus filas cada vez menos pobladas, al aproximarse los últimos corredores, alcancé a ver a un par de hombres altos y más bien rubios. Me incliné hacia delante para verlos mejor al pasar, codo con codo, y resultaron ser los gemelos Stenmark, sin lugar a dudas, Lars y Nils, o Jan y Sven.

Me estaban saturando, rebasándome, aquellos días, aquella subvida extrema. ¿Qué era aquello más que una lección concentrada de perplejidad?

Era el juego de esos dos, su multitud enardecida, y ellos formaban parte sudorosa y jadeante de ella. Los Stenmark. Me quedé pegado a la pared y los vi pasar a toda pastilla y alejarse corriendo por el largo pasillo. Tras marcharse los corredores, permanecí un momento más donde estaba, en la pared. ¿Me sorprendía constatar que yo era el único testigo de lo que acababa de ver?

Un pasillo vacío.

La verdad era que no había esperado ver a nadie más. No se me había ocurrido que pudiera haber nadie más en el pasillo. En mi experiencia resultaba muy poco común que hubiera más gente allí, con contadas y breves excepciones. Por fin me aparté de la pared, con el cuerpo y la mente alborotados y el pasillo todavía temblando bajo el ímpetu distante de los corredores.

De regreso a mi habitación me di cuenta de que cojeaba.

# ARTIS MARTINEAU

Pero ¿soy quien era?

Creo que soy alguien. Hay alguien aquí y siento a ese alguien en mí o conmigo.

Pero ¿dónde es aquí, y cuánto tiempo llevo aquí, y soy solamente lo que hay aquí?

*Ella conoce estas palabras. Es toda palabras, pero no sabe cómo salir de las palabras para ser alguien, ser la persona que conoce las palabras.*

Tiempo. Lo siento en mí, por todas partes. Pero no sé qué es.

El único tiempo que conozco es el que siento. Y es todo ahora. Pero no sé qué quiere decir esto.

Oigo palabras que me dicen cosas, una y otra vez. Las mismas palabras todo el tiempo, yéndose y volviendo.

Pero ¿soy quien era?

*Ella está intentando entender lo que le ha pasado y dónde está y lo que significa ser quien es.*

¿Qué es lo que estoy esperando?

¿Estoy solamente aquí y ahora? ¿Qué le pasó a la yo que hizo esto?

*Ella es la primera persona y también la tercera.*

El único aquí es donde estoy. Pero ¿dónde es aquí? ¿Y por qué solamente aquí y no en otra parte?

Lo que no conozco está aquí mismo, conmigo, pero ¿cómo me obligo a mí misma a conocerlo?

¿Soy alguien, o son solamente las palabras las que me hacen creer que soy alguien?

¿Por qué no puedo saber más? ¿Por qué solamente esto y nada más? ¿O es que necesito esperar?

*Es capaz de decir lo que siente y también es la persona que hay fuera de esos sentimientos.*

¿Acaso las palabras son lo único que hay? ¿Acaso yo no soy más que las palabras?

Ésta es la sensación que tengo, que las palabras me quieren contar cosas pero yo no sé cómo escuchar.

Escucho lo que oigo.

Solamente oigo lo que es yo. Estoy hecha de palabras.

¿Y esto va a ser siempre así?

¿Dónde estoy? ¿Qué es un lugar? Conozco la sensación de algún sitio, pero no sé de dónde.

Lo que entiendo no viene de ninguna parte. No sé qué es lo que entiendo hasta que lo digo.

Estoy intentando convertirme en alguien.

*Las involuciones, la deriva mental.*

Casi sé algunas cosas. Pienso que voy a saber cosas, pero luego no sucede.

Siento algo fuera de mí que me pertenece.

¿Dónde está mi cuerpo? ¿Acaso sé qué es eso? Solamente conozco la palabra, y no la conozco de ninguna parte.

Sé que estoy dentro de algo. Soy alguien dentro de esta cosa en la que estoy.

¿Es éste mi cuerpo?

¿Es esto lo que me convierte en lo que sea que conozco y en lo que sea que soy?

No estoy en ninguna parte que pueda conocer ni sentir.

Intentaré esperar.

Todo lo que no conozco está aquí mismo, conmigo, pero ¿cómo me obligo a mí misma a conocerlo?

¿Soy alguien, o son solamente las palabras en sí las que me hacen creer que soy alguien?

¿Por qué no puedo saber más? ¿Por qué solamente esto y nada más? ¿O es que necesito esperar?

*Está viviendo dentro de los severos límites del yo.*

¿Las palabras en sí son lo único que hay? ¿No soy más que las palabras?

¿Dejaré alguna vez de pensar? Necesito saber más, pero también necesito dejar de pensar.

Intento saber quién soy.

Pero ¿soy quien era? ¿Y sé qué quiere decir eso?

*Ella es la primera persona y la tercera persona sin modo de unir a ambas.*

Lo que necesito hacer es detener esta voz.

Pero ¿qué pasará entonces? ¿Y cuánto tiempo llevo

aquí? ¿Y esto es todo el tiempo o solamente el mínimo tiempo posible?

¿Está todo el tiempo aún por venir?

¿No puedo dejar de ser quien soy y ser nadie?

*Es el residuo, lo único que queda de una identidad.*

Escucho lo que oigo. Sólo puedo oír lo que es yo.

Puedo sentir el tiempo. Soy todo tiempo. Pero no sé qué significa eso.

Solamente soy lo que hay aquí y ahora.

¿Cuánto tiempo llevo aquí? ¿Dónde es aquí?

Creo que puedo ver lo que estoy diciendo.

Pero ¿soy quien era? ¿Y qué quiere decir eso? ¿Y me ha hecho alguien algo?

*¿Es ésta la pesadilla de un yo tan constreñido que ella se ve atrapada para siempre?*

Intento saber quién soy.

Pero lo único que soy es lo que estoy diciendo, y eso no es casi nada.

*No es capaz de verse a sí misma, de ponerse nombre, de calcular el tiempo que ha pasado desde que empezó a pensar lo que está pensando.*

Creo que soy alguien. Pero solamente estoy diciendo palabras.

Las palabras nunca se marchan.

*Minutos, horas, días y años. ¿O todo lo que ella sabe está contenido en un solo instante atemporal?*

Esto es todo muy pequeño. Creo que apenas estoy aquí.

Solamente cuando digo algo sé que estoy aquí.

¿Necesito esperar?

Aquí y ahora. Esto es quien soy, pero solamente esto.

*Intenta ver palabras. No las letras de las palabras, sino las palabras en sí.*

¿Qué significa tocar? Casi puedo tocar lo que hay aquí conmigo.

¿Es esto mi cuerpo?

Creo que soy alguien. ¿Qué quiere decir ser quien soy?

*Todos los yos que posee un individuo. ¿Qué le queda a ella más que los despojos últimos de una voz?*

Intento ver las palabras. Las mismas palabras todo el tiempo.

*Las palabras pasan flotando.*

¿Soy únicamente las palabras? Sé que hay más.

*¿Necesita la tercera persona? Que viva en los ecos de su propio interior. Que no le haga preguntas a nadie más que a sí misma.*

Pero ¿soy quien era?

*Y más y más. Ojos cerrados. Cuerpo de mujer en una cápsula.*

# SEGUNDA PARTE

# EN TIEMPOS
# DE KONSTANTINOVKA

# 1

El despacho pertenecía a un hombre llamado Silverstone. Era uno de los antiguos despachos de mi padre, y en la pared seguía habiendo dos pinturas de su propiedad, ambas oscuras y con rayos polvorientos de sol. Tuve que obligarme a mirar a Silverstone, sentado detrás del escritorio barnizado, mientras él me largaba con voz monótona un resumen global que abarcaba desde Hungría hasta Sudáfrica, del forinto al rand.

Ross había llamado por teléfono de mi parte, pero incluso allí sentado intenté sentir aquella separación, aquel distanciamiento persistente que siempre había definido el tiempo que yo pasaba en los despachos, un hombre con un trabajo, con una posición: no exactamente una ocupación, sino un rango, un rol, un título.

Aquel trabajo me convertiría en el Hijo. Correría la voz de la entrevista y todo el personal me conocería como tal. El puesto no era un regalo incondicional. Tendría que ganarme el derecho a conservarlo, pero el nombre de mi padre rondaría hasta el último paso que diera, hasta la última palabra que dijera.

Aun así, yo ya sabía que rechazaría la oferta, cualquier oferta, fuera cual fuera el rango o el rol.

Silverstone era un hombre ancho y bastante calvo cuyas manos formaban parte activa del monólogo que estaba recitando, y yo me sorprendí a mí mismo imitando sus gestos de manera abreviada, a modo de alternativa a asentir con la cabeza o a murmurar microdecibelios de asentimiento. Podríamos haber sido un profesor y su alumno en plena explicación del alfabeto manual.

Al forinto le correspondía una rotación del dedo y al rand un puño.

Las dos pinturas eran los residuos espectrales de la presencia de mi padre. Me acordé de mi última visita a aquel despacho y de Ross plantado junto a la ventana, de noche, con gafas de sol. Había sido antes del viaje que él había emprendido con su mujer y del trayecto de regreso a casa en compañía de su hijo, después de lo cual había venido un periodo de abotargamiento, al menos para mí, dos años enteros, lentos y dispersos.

Silverstone me habló más en concreto y me dijo que yo formaría parte de un grupo dedicado a la infraestructura del agua. No había oído nunca aquel término. Me habló del estrés hídrico y de los conflictos del agua. Se refirió a unos mapas de riesgo hídrico que guiaban a los inversores. Había diagramas, me contó, que detallaban la intersección del capital con la tecnología del agua.

Las pinturas de la pared no eran acuarelas, pero decidí no hacer ninguna observación al respecto. No hacía falta desvelar las zonas más superficiales de mi temperamento.

Él hablaría con mi padre y con otras personas y

después me haría su oferta. Yo esperaría varios días, recordándome a mí mismo que necesitaba con urgencia un trabajo, y luego rechazaría la oferta, cortésmente y sin más comentarios.

Me dediqué a escuchar al hombre y a hablar de vez en cuando. Le dije cosas inteligentes. Me causé a mí mismo una impresión de inteligencia. Pero ¿por qué estaba allí? ¿Acaso necesitaba mentir, en tres dimensiones y durante cierto periodo de tiempo, por medio de gestos de las manos? ¿Estaba desafiando un impulso persistente de someterme a las presiones de la realidad? Solamente sabía una cosa con seguridad. Iba a actuar como iba a actuar porque me hacía más interesante. ¿Parece una locura? Actuar así me enseñaba quién era yo en una serie de sentidos que no intentaba entender.

No tenía en mente a Ross en aquellos momentos. Ambos estábamos decididos a no incurrir en el rencor mutuo, y ninguna de mis maniobras estaba dirigida a él. Lo más seguro era que se sintiera aliviado cuando rechazara la oferta.

Durante toda la entrevista con Silverstone me vi a mí mismo allí sentado y escuchándolo hablar del agua. ¿Quién era más absurdo, él o yo?

Por la noche se lo describiría a Emma y le repetiría lo que me había dicho. Era algo que se me daba bien, a veces palabra por palabra, y además tenía ganas de cenar a última hora en un modesto restaurante de una calle flanqueada por árboles entre el bullicio del tráfico de las avenidas, con el ánimo placenteramente marcado por la infraestructura hídrica.

Cuando regresamos de la Convergencia, le anuncié a Ross que habíamos vuelto a la Historia. Los días tienen nombre y número, una disposición discernible, y hay un añadido de acontecimientos pasados, tanto inmediatos como remotos, que podemos intentar comprender. Ciertas cosas resultan predecibles, incluso dentro del despliegue de todo lo que se escapaba del orden habitual. Los ascensores no se mueven de costado, sino que suben y bajan. Podemos ver a la gente que nos sirve la comida en los establecimientos públicos. Caminamos por superficies pavimentadas y nos detenemos en las esquinas para parar taxis. Los taxis son amarillos, los camiones de bomberos, rojos, la mayoría de las bicicletas, azules. Yo puedo regresar a mis aparatos, a mi itinerancia de datos, instante a instante, en los éxtasis anestésicos de la red.

Pero resultó que a mi padre no le interesaba la Historia, ni la tecnología, ni parar taxis. Se dejó el pelo largo y descuidado e iba a pie casi a todas partes adonde quería ir, o sea, básicamente a ninguna. Se movía despacio y un poco encorvado, y cuando yo le hablaba de ejercicio físico, dietas y responsabilidades para con uno mismo, los dos entendíamos que se trataba de un inventario más de sonidos huecos.

A veces le temblaban las manos. Él miraba sus manos, yo le miraba la cara y solamente veía una indiferencia árida. Una vez le cogí las manos para detener el temblor y él se limitó a cerrar los ojos.

La oferta laboral me llegaría. Y yo la rechazaría.

Cuando estamos en su casa, él siempre acaba bajando la escalera para sentarse en la sala de las pinturas monocromas. Esto quiere decir que se ha acabado mi visita, pero a veces yo lo sigo y me quedo un rato de pie en la puerta, observando cómo él mira fijamente algo que no está en la sala. Está recordando, o bien imaginando, y yo no estoy seguro de si él es consciente de mi presencia, aunque sí sé que su mente está abriendo un túnel de regreso a las tierras muertas donde los cuerpos se almacenan y esperan.

# 2

Iba en un taxi con Emma y su hijo, Stak, los tres cuerpos encajonados en el asiento de atrás, y el niño miró la identificación del conductor y de inmediato se puso a hablarle en un idioma irreconocible.

Yo me puse a conversar en voz baja con Emma, que me dijo que el chico estaba estudiando pastún, de manera autodidacta, en su tiempo libre. Afgano, me dijo, para más información.

Murmuré algo sobre el urdu, en tono reflexivo, en defensa propia, porque fue la única palabra que se me ocurrió en aquellas circunstancias.

Estábamos apoyados el uno en el otro, ella y yo, y ella exageraba los términos de nuestra complicidad, hablando por la comisura de la boca con intención cómica y contándome que Stak se dedicaba a caminar en círculos por su habitación y a vocalizar palabras en pastún en conformidad con las instrucciones del aparato que llevaba sujeto al cinturón.

El chico iba sentado directamente detrás del conductor, hablándole a través de la mampara de plexiglás, sin dejarse disuadir por los ruidos del tráfico ni por las obras de la calle. Tenía catorce años, había nacido en el extranjero, una torre inclinada, metro noventa y cinco y creciendo, la voz densa y atropellada. El conductor no parecía sorprendido de encontrarse intercambiando palabras y frases en su idioma nativo con un chico blanco. Aquello era Nueva York. Hasta el último genotipo viviente entraba en su taxi en un momento u otro, de día o de noche. Y aunque fuera una idea cansina, Nueva York también era aquello.

En la pantalla de televisión que teníamos delante había dos personas hablando remotamente sobre el tráfico en los túneles y puentes.

Emma me preguntó cuándo iba a empezar el nuevo trabajo. Dentro de dos semanas. En qué grupo, en qué departamento, en qué parte de la ciudad. Yo le conté algunas cosas que ya me había contado a mí mismo.

—Traje y corbata.

—Sí.

—Bien afeitado, zapatos embetunados.

—Sí.

—Y tienes ganas.

—Pues sí.

—¿Te transformará?

—Me recordará que éste es el hombre que soy.

—En el fondo —dijo ella.

—En lo que haya de fondo.

El conductor se metió en el carril para autobuses, obteniendo transitoriamente ventaja, posición, dominio, e hizo un gesto en dirección al chico que tenía detrás mientras hablaba, tres luces verdes por delante —pastún, urdu y afgano—, y yo le dije a Emma que íbamos en un taxi que se metía ilegalmente en el carril del autobús, y que el taxista conducía a velocidades desquiciadas con una mano sobre el volante mientras miraba a medias por encima del hombro para conversar con un pasajero en un idioma remoto. ¿Qué significa esto?

—¿Me estás diciendo que solamente conduce así cuando habla ese idioma?

—Significa que hoy es un día más, simplemente.

Ella contempló las opciones que había debajo de la pantalla y acercó el dedo al botón de dos centímetros por dos que decía APAGAR. No pasó nada. Volvíamos a estar en plena arteria de tráfico, bajando lentamente por Broadway, y yo le dije a Emma, sin venir a cuento de nada, que quería dejar de usar mi tarjeta de crédito. Quería pagar en metálico, vivir una vida en la que fuera posible pagar en metálico, sin importar las circunstancias. Vivir una vida, repetí, examinando la expresión. Luego me incliné hacia la pantalla y pulsé el botón APAGAR. No pasó nada. Escuchamos a Stak hablar con el conductor en la medida en que se lo permitían sus conocimientos de pastún, con intensidad. Emma se concentró en las imágenes de la pantalla. Esperé a que ella pulsara el botón APAGAR.

Emma y su exmarido, cuyo nombre ella no pronunciaba nunca en voz alta, habían ido a Ucrania y se habían encontrado a Stak en un centro para niños abandonados. Tenía cinco o seis años, y se arriesgaron e hicieron el papeleo y se lo llevaron en avión hasta Denver, que más adelante se alternaría con Nueva York cuando los padres se divorciaron y Emma se fue al este.

Éstos eran solamente los contornos más básicos,

claro; ella se tomó su tiempo para ir detallándome la historia, varias semanas, pero mientras su voz se iba cargando de pesar, yo me fui quedando absorto en otra clase de hogar, en el que resultaba más inmediato, el contacto, las palabras a medias, las sábanas azules, el nombre de Emma como balbuceos infantiles a las dos de la madrugada.

Las bocinas sonaban esporádicamente y Stak seguía hablando con el conductor a través de la mampara cerrada. Hablando, gritando, escuchando, haciendo pausas para encontrar la palabra o la frase adecuada. Me puse a hablar con Emma de mi dinero. El dinero me viene a la mente, me pongo a hablar de él, de los números evanescentes, de las pequeñas discrepancias que aparecen en los recibos de retiradas de efectivo que me escupen los cajeros automáticos. Me voy a casa y miro el registro de cheques y hago unas cuentas sencillas y me encuentro con una aberración de un dólar y doce centavos.

—Equivocación del banco, no tuya.

—Tal vez no sea una equivocación del banco, sino algo en la estructura misma. Más allá de los ordenadores y las redes y los algoritmos digitales y las agencias de inteligencia. Es en la raíz, en el origen, te lo digo casi en serio, donde las cosas encajan o se desarman. Tres dólares y sesenta y siete centavos.

El tráfico estaba completamente parado y yo le di al botón de la ventanilla y escuché el bramido de las bocinas, que se acercaba al volumen máximo. Estábamos atrapados en nuestro propio clamor obsesivo.

—Estoy hablando de cuestiones mínimas que nos definen.

Cerré la ventanilla y pensé en qué podía decir a continuación. De la pantalla situada frente a las rodillas de Emma venía un ruido débil de noticias y partes meteorológicos.

—Esas eternidades aturdidas de los aeropuertos. Llegar, esperar, hacer largas colas sin zapatos. Piensa en ello. Nos quitamos los zapatos y nos despojamos de los objetos metálicos y entramos en un cubículo y levantamos los brazos y nos escanean el cuerpo y nos rocían con radiación y nos reducen a la desnudez en una pantalla y luego volvemos a quedar totalmente indefensos mientras esperamos sobre la pista, con el cinturón puesto, y nuestro avión es el decimoctavo de la cola, y todo es normal y corriente, todo es rutinario, nos obligamos a olvidarlo. Ahí está la cosa.

Ella dijo:

—¿Qué cosa?

—Qué cosa. Todas. Son las cosas que olvidamos las que nos dicen quiénes somos.

—¿Eso es una declaración filosófica?

—Los atascos son una declaración filosófica. Quiero cogerte la mano y metérmela entre las piernas. Eso es una declaración filosófica.

Stak se apartó de la mampara. Se sentó inmóvil, con la espalda recta, mirando un espacio indefinido.

Esperamos.

—El hombre, el conductor. Es un exmiembro de los talibanes.

Lo dijo con serenidad, evitando mirar a ninguna parte. Nosotros nos quedamos pensando, Emma y yo, y por fin ella dijo:

—¿De verdad?

—Lo ha dicho, lo he oído. Talibán. Involucrado en escaramuzas, en enfrentamientos, en toda clase de operaciones.

—¿De qué más habéis hablado?

—De su familia, de mi familia.

A ella no le gustó esto. El tono ligero que habíamos alcanzado dio paso al silencio. Me imaginé un pub al que podríamos ir después de dejar al chico, cuerpos apretujados en la barra, parejas en tres o cuatro mesas, charla animada, mujeres riendo. Talibanes. ¿Por qué tanta gente terminaba aquí, gente que huía del terror y gente que lo infligía, todos conduciendo taxis?

Estábamos en un taxi porque Stak se negaba a ir en metro. El calor bárbaro y el hedor de los andenes. La espera, de pie. Los vagones abarrotados, las voces de megafonía, los cuerpos tocándose. ¿Acaso era una de aquellas personas que se negaban a todo lo que se suponía que teníamos que tolerar a fin de seguir manteniendo precariamente el orden común?

Estuvimos un rato en silencio y pulsé el botón APAGAR y luego lo pulsó Emma y luego otra vez yo. Las bocinas se acallaron, pero el tráfico no se movía y pronto el ruido volvió a arreciar, unos cuantos conductores perversos increpando a otros y luego a otros, y el ruido amplificado convirtiéndose en una fuerza independiente, el ruido como fin en sí mismo, imponiéndose sobre los detalles del tiempo y el lugar.

Atasco, centro de la ciudad, domingo, absurdo.

Stak dijo:

—Si cierras los ojos, el ruido se convierte en un sonido más o menos normal. No se marcha, simplemente se convierte en algo que oyes porque tienes los ojos cerrados. Se convierte en tu sonido.

—¿Y qué pasa cuando abres los ojos? —le dijo su madre.

—Que el sonido vuelve a ser ruido.

Por qué adoptar a un niño de aquella edad, cinco años o seis o siete, alguien a quien ves por primera vez en un pueblo del que no has oído hablar nunca, a muchos kilómetros de la capital, en un país que ya de por sí es un niño adoptado, pasado de un amo a otro a lo largo de los siglos. Emma me había contado que su marido tenía raíces ucranianas, pero en el caso de ella, yo sabía que había tenido que ser algo en la cara del niño, en sus ojos, una necesidad, una súplica, lo que había provocado que la compasión la venciera. Había visto una vida despojada de expectativas y había asumido la responsabilidad de recogerla y salvarla, de otorgarle sentido. Pero ¿no había sido también una especie de decisión del momento, una apuesta en forma de carne y hueso, hagámoslo sin más, y una enérgica indiferencia a todas las cosas que podían salir mal? ¿Y era posible que aquel desconocido que habían metido en casa trajera consigo la larga racha de suerte que podía salvar su matrimonio?

Ella me dijo que Stak contaba las palomas del tejado de la casa de enfrente y que siempre informaba de la cifra. Diecisiete, veintitrés, doce nada más.

Luego, de pie en la acera, no un vagabundo de cara fláccida y letrero escrito con ceras, sino una mujer en pose meditativa, cuerpo erguido, falda larga y blusa holgada, los brazos doblados por encima de la cabeza y los dedos sin tocarse del todo. Tenía los ojos cerrados y estaba completamente quieta, con naturalidad, con un niño al lado. Yo había visto antes a aquella mujer, o bien a varias mujeres distintas, aquí y allá, con los brazos caídos a los costados o bien cruzados sobre el pecho, los ojos siempre cerrados, y ahora con niño, por primera vez, pantalones con raya, camisa blanca, corbata azul, con un poco de cara de miedo, pero hasta ahora no me había preguntado nunca el porqué, ni tampoco la razón de que no hubiera letreros, ni folletos ni panfletos, solamente una mujer, completamente quieta, el punto fijo en medio del enjambre en movimiento constante. Me la quedé mirando, sabiendo que no me podía inventar ni un solo detalle de la vida que le latía detrás de aquellos ojos.

El tráfico empezó a moverse y Stak se puso a hablar otra vez con el conductor, con la frente pegada al plexiglás.

—A veces le digo que se calle y se coma sus espinacas —me dijo ella—. Tardó un tiempo en entender que era una broma.

El chico venía a pasar un fin de semana largo de vez en cuando y diez días cuando se acababa el curso escolar. Y nada más. Emma no me había contado nunca por qué se había separado de su marido, y debía de haber alguna razón para que yo no se lo hubiera preguntado nunca. Honrar la reticencia de ella, quizá, o quizá se debía más esencialmente a que éramos dos individuos explorando una afinidad, decididos a mantener las distancias con el pasado, a desafiar todo impulso de recitar nuestras historias. No estábamos casados y tampoco vivíamos juntos, pero estábamos estrechamente entretejidos, cada uno formaba parte del otro. Así lo veía yo. Un vínculo intuitivo, recíproco, un número relacionado con otro de tal forma que cuando se multiplicaban entre sí, de día o de noche, el producto siempre era uno.

—Él no entiende las bromas, y eso es algo que me resulta interesante, porque su padre solía decir lo mismo de mí.

Emma era psicóloga en una escuela que abría todo el año para niños con dificultades de aprendizaje o problemas de desarrollo. Emma Breslow. Me gustaba decir su nombre. Me gustaba decirme a mí mismo que yo le habría adivinado el nombre, o me lo habría inventado, si ella no me lo hubiera dicho en la boda de unos amigos comunes celebrada en una granja de caballos de Connecticut, donde nos habíamos conocido. ¿Acaso esto se convertiría en un tema nostálgico que regresaría en los años venideros? Carreteras rurales, pastos de espiguilla, novio y novia con botas de cabalgar. La idea de los años venideros resultaba demasiado amplia y abierta para que la exploráramos.

Las torres fueron creciendo en altura y el conductor se limitó a conducir, dejando que Stak practicara su pastún. Dos mujeres jóvenes cruzaron una calle, las dos con las cabezas afeitadas, mientras el hombre y la mujer de la pantalla hablaban en tono distante de una nueva ola de deshielos antárticos; nosotros nos quedamos esperando alguna clase de imágenes, vídeos de aficionados o bien grabaciones de los helicópteros de las cadenas de televisión, pero la pareja de la pantalla cambió de tema y yo pulsé el botón APAGAR y la pareja siguió allí y luego lo apretó Emma y luego otra vez yo, con calma, y por fin nos resignamos al ronroneo letal y sedante de las imágenes y los sonidos.

Entonces ella dijo:

—No para de hablar del clima. No solamente del tiempo que hace hoy, sino del fenómeno general tal como se concreta en ciertos lugares. ¿Por qué siempre hace más calor en Phoenix que en Tucson, si Tucson está más al sur? Y no me dice la respuesta. No son cosas que yo sepa, son cosas que sabe él, pero no tiene intención de compartir su conocimiento. Le gusta recitar las temperaturas. Los números le hablan. Tucson ciento tres grados Fahrenheit. Siempre especifica Fahrenheit o Celsius. Le encantan las dos palabras. Phoenix ciento siete grados Fahrenheit. Bagdad. ¿A cuánto están hoy en Bagdad?

—Le interesa el clima.

—Le interesan los números. Altos, medios y bajos. Topónimos y números. Shanghái, te dice. Cero coma cero una pulgadas de precipitación. Bombay, te dice. Le encanta decir Bombay. Bombay. Ayer, noventa y dos grados Fahrenheit. Luego te la da en Celsius. Luego comprueba uno de sus aparatos. Luego da la de hoy. Luego la de mañana. Riad, dice. Le decepciona que Riad pierda ante otra ciudad. Para él es un golpe emocional.

—Estás exagerando.

—Bagdad, dice. Ciento trece grados Fahrenheit. Riad. Ciento nueve grados Fahrenheit. Me está haciendo desaparecer. Su envergadura, su presencia en una sala, deja pequeño nuestro apartamento, no se puede quedar quieto, deambula y habla, recita de memoria, y sus exigencias, sus ultimátums, la voz con que los emite tiene un eco propio. Estoy exagerando un poco.

El taxi avanzaba lentamente por las calles congestionadas del centro de la ciudad y Stak no daba señal alguna de estar escuchando lo que decía su madre. Ahora estaba hablando en inglés, intentando guiar al taxista por los entresijos del tablero de calles de sentido único y sin salida.

—No sé quién es, no sé quiénes son sus amigos, no sé quiénes fueron sus padres.

—No tenía padres, lo que tenía era un padre y una madre biológicos.

—Odio la expresión *madre biológica*. Es como de ciencia ficción. Él lee ciencia ficción, cantidades letales de ella. Eso sí que lo sé.

—¿Y cuándo se marcha?

—Mañana.

—¿Y qué sentirás tú cuando se marche?

—Lo echaré de menos. En cuanto salga por la puerta.

Le concedí al comentario un momento para que se asentara.

—Entonces ¿por qué no pides pasar más tiempo con él?

—No podría soportarlo —me dijo ella—. Ni él tampoco.

El taxi se detuvo en una calle casi vacía situada justo al sur del foso de las finanzas. Stak inclinó el cuerpo para salir por la portezuela y meneó la mano hacia atrás a modo de despedida irónica. Lo miramos entrar en un edificio de lofts, donde se pasaría las dos horas siguientes en una sala polvorienta y apestosa, aprendiendo los principios del *jiu-jitsu*, un refinado método de defensa propia históricamente anterior a la actual práctica del judo.

El conductor abrió el panel central de la mampara y Emma le pagó. Caminamos un rato, sin rumbo, por unas calles que producían sensación de abandono, una boca de riego que dejaba caer un chorro tenue de agua herrumbrosa.

Al cabo de un rato me dijo:

—La historia del talibán se la ha inventado.

Otra idea que yo necesitaba asimilar.

—¿Lo sabes seguro?

—De vez en cuando improvisa, infla algo o lo expande, lleva una historia hasta el límite de una forma que puede o no poner a prueba tus criterios para creerte las cosas. Lo de los talibanes era mentira.

—Lo has notado de inmediato.

—Más que eso. Lo he sabido —dijo ella.

—A mí me ha engañado.

—No estoy segura de sus motivaciones. No creo que las haya. Es como un experimento recurrente. Se pone a prueba a sí mismo y a mí y a ti y a todo el mundo. O bien es puro instinto. Piensa en algo, y luego dilo. Lo que él se imagina se vuelve real. En realidad no es tan extraño. Aunque a veces me gustaría golpearle con una sartén.

—¿Y lo de su *jiu-jitsu*?

—Eso es verdad, va en serio, una vez me permitieron observarlo. Su cuerpo está dispuesto a seguir una disciplina estricta siempre y cuando respete la tradición. Y la tradición es el combate samurái. Guerreros feudales.

—Tiene catorce años.

—Catorce.

—Olvídate de los trece o los quince. Los catorce son la eclosión final —le dije.

—¿Tú eclosionaste?

—Todavía estoy esperando para eclosionar.

Nos sumimos en una serie de silencios largos, adentrándonos, paso a paso, y la llovizna no nos suscitó una sola palabra ni tampoco hizo que nos pusiéramos a cubierto. Caminamos hacia el norte en dirección a las barricadas antiterroristas de Broad Street, donde un guía turístico aleccionaba a su grupo de gente con paraguas sobre las cicatrices que había dejado en la pared la bomba de un anarquista cien años atrás. Caminamos por calles vacías y nuestros pasos acompasados empezaron a parecer los latidos de un corazón y pronto se convirtieron en un juego, en un desafío tácito, de ritmo acelerado. El sol reapareció segundos antes de que dejara de llover y pasamos frente a un carro de *shish kebab* sin el vendedor y vimos a alguien que pasaba a toda velocidad en monopatín por el final de la calle, visto y no visto; a continuación nos acercamos a una mujer con velo árabe, blanca, con blusa blanca y falda azul tintada, que hablaba sola y caminaba de un lado a otro, descalza, cinco pasos al este y cinco al oeste, por una acera surcada por una red de andamios. Luego el Museo del Dinero, el Museo de la Policía, los edificios antiguos de piedra de Pine Street, y volvimos a apretar el paso, sin coches ni gente alrededor, solamente bolardos de hierro, los cortos postes de seguridad desplegados por la calle, y me di cuenta de que ella iba a dejarme atrás, manteniendo un ritmo constante, caminando firme y decidida hacia un buzón con una postal en la mano. Sonó a nuestro alrededor un ruido que no pudimos identificar, que nos hizo detenernos a escuchar, el tono, el timbre, un zumbido continuo, apagado y grave, inaudible hasta que lo oías y de pronto estaba en todas partes, procedente de los edificios vacíos de ambos lados de la calle, y nos detuvimos frente a las puertas giratorias cerradas con llave del Deutsche Bank a escuchar sus sistemas internos, las redes de componentes interactuando. La cogí del brazo y me la llevé a la entrada de un almacén con puertas y ventanas cegadas y allí nos agarramos y nos apretamos y estuvimos muy cerca de follar.

Luego nos miramos el uno al otro, todavía en silencio, con una de esas miradas que dicen: pero ¿quién carajo eres tú en realidad? Así era la mirada de ella. Las mujeres son las propietarias de esa mirada. ¿Qué estoy haciendo aquí y con quién estoy, quién es este idiota salido de repente de la nada? Todavía estábamos en la primera fase de nuestra relación, y por mucho que perdurara el romanticismo, seguiría pareciendo esa primera fase. No necesitábamos descubrir nada más, lo cual no es la fría apreciación contractual que parece. Era simplemente nuestra realidad y nuestra forma de hablar y de sentirnos. Seguimos caminando, ahora despreocupadamente, y vimos a un anciano con el pecho descubierto y los pantalones del pijama remangados que tomaba el sol sobre una tumbona mojada en la salida de incendios de un bloque de pisos. Esto era todo. Entendimos que la textura de nuestra conciencia compartida, su diseño, su factura, se quedaría igual de grabada que durante los primeros días y noches.

Deambulamos lentamente de vuelta a la calle donde habíamos empezado nuestro paseo y me di cuenta de que estábamos entrando en una especie de disposición anímica, la de Emma, un estado apagado que derivaba de la presencia inminente de su hijo. Llegamos al edificio de lofts, y cuando el chico apareció vimos que llevaba su uniforme en un hatillo, que se llevaría con él a Denver. Caminamos hacia el norte y hacia el oeste, y me descubrí a mí mismo imaginando que el conductor del taxi que paráramos tendría nombre y acento ucranianos, y que estaría encantado de hablar en su idioma con Stak, dándole al chico otra oportunidad para convertir la exigua vida de un desconocido en brillante ficción.

# 3

Compruebo una y otra vez los fogones de la cocina después de apagarlos. Por las noches me aseguro de que la puerta esté cerrada con llave y luego vuelvo a mis actividades, pero al final siempre acabo regresando a hurtadillas a la puerta, inspeccionando la cerradura, girando la manecilla para verificar, confirmar, poner a prueba la realidad, antes de irme a la cama. ¿Cuándo empezó esto? Me alejo por la calle comprobando que llevo la billetera y después las llaves. Billetera en el bolsillo trasero izquierdo, llaves en el delantero derecho. Me palpo y me tanteo la billetera por fuera del bolsillo y a veces meto el pulgar dentro para tocarla. Con las llaves no hago esto. Me basta con establecer contacto por fuera del bolsillo, con agarrar el llavero a través de la tela doble del bolsillo de los pantalones y del pañuelo. No me resulta necesario envolver las llaves con el pañuelo. Las llaves están debajo del pañuelo. Me digo que es una estrategia más higiénica que llevarlas envueltas en el pañuelo, por si se da el caso de que me suene la nariz.

Visité a Ross en su sala de las pinturas monocromas, donde él se sentaba a pensar y yo me sentaba a escribir. Me había pedido que fuera porque quería hacerme una propuesta. Se me ocurrió que aquélla era su celda de aislamiento, la ubicación formal de todos sus recuerdos consagrados. Cerró los ojos, dejó caer la cabeza hacia delante y por fin, como si estuviera siguiendo un guion prescrito, miró cómo le empezaba a temblar la mano.

Cuando se le pasó, se volvió hacia mí.

—Ayer después de lavarme la cara me miré al espejo, miré seria y deliberadamente. Y empecé a desorientarme —me dijo—, porque en el espejo la izquierda es la derecha y la derecha es la izquierda. Pero ayer no era el caso. La que supuestamente era mi oreja derecha falsa era mi oreja derecha de verdad.

—Eso te pareció.

—Eso era así.

—Tendría que haber una disciplina llamada *física de la ilusión*.

—La hay, pero la llaman de otra manera.

—Eso fue ayer. ¿Qué ha pasado hoy? —le dije.

No supo qué responderme.

Por fin me dijo:

—Tuvimos un gato durante una temporada. Creo que no lo sabías. El gato venía aquí y se acurrucaba en la alfombra, y Artis solía decir que el gato traía a la sala una sensación de quietud, una gracia especial. El gato se volvió inseparable de las pinturas, el gato pertenecía al arte. Cuando estaba aquí, hablábamos en voz baja y tratábamos de no hacer movimientos bruscos ni innecesarios. Sería una traición al gato. Creo que nos lo tomábamos bastante en serio. Sería una traición al gato, decía Artis, y me dedicaba esa sonrisa que ponía cuando se comportaba como un personaje de película inglesa antigua. Sería una traición al gato.

La barba le caía en cascada, más libre y más blanca que la de los modelos arquitectónicos del pasado. Mi padre pasaba gran parte de su tiempo en aquella sala, envejeciendo. Creo que iba allí para envejecer. Me contó que estaba en pleno proceso de donar una parte de su colección de arte a una serie de instituciones, y que también estaba regalando unas cuantas piezas menores a amigos suyos. Por eso me había pedido que fuera. Sabía que yo admiraba el arte de aquellas paredes, aquellos cuadros distintos pero todos igualmente discretos, óleo sobre lienzo, los cinco. Sucedía además que la propia austeridad de la sala transmitía una intención tan explícita que uno podía sentir que el mero hecho de estar allí ya suponía una violación. Yo no era tan sensible.

Comentamos las pinturas. Él había aprendido el lenguaje y yo no, pero resultó que nuestra forma de verlas no era tan distinta. Luz, equilibrio, color, rigor. Quería regalarme un cuadro. Elige uno y es tuyo, o hasta más de uno, me dijo; y aparte, está el tema de dónde vas a querer vivir en el futuro.

Dejé que aquel último comentario flotara en el aire. Me sorprendió que Ross creyera que yo podía querer vivir allí en un futuro sin concretar. A continuación me habló de aquella posibilidad en términos prácticos, como un asunto familiar, sin plantearse el valor en dólares de la casa. Oí en su voz un matiz vacilante, un indicio de curiosidad inocente. Podría haber estado preguntándome perfectamente quién era yo.

Ross estaba inclinado hacia delante y yo reclinado en el respaldo de mi asiento.

Le dije que no sabría cómo vivir allí. Era una elegante casa de ladrillo rojo con la puerta de entrada de roble labrado y un interior con revestimiento de madera y mobiliario plácido. Mi comentario no tenía una intención puramente efectista. Allí sería un turista, atado a una disposición transitoria. Era Artis quien había sacado a mi padre de su ático dúplex de suntuosa decoración, jardines bañados por el sol y espectaculares vistas de puestas de sol atómicas. Eran las cosas que satisfacían su ego global en aquellos tiempos. Tienes dos balcones majestuosos, le había dicho ella, uno más que el papa. Aquí había una parte de su arte, su biblioteca entera y todo lo que fuera que había conseguido aprender, amar y adquirir.

Yo sabía vivir donde estaba viviendo actualmente, en un viejo edificio del Upper West Side con su pequeño y triste patio interior donde nunca daba el sol, un vestíbulo antaño de categoría, un cuarto para las lavadoras que necesitaba seguro contra inundaciones; el apartamento en sí tenía equipamiento de época, techos altos y vecinos silenciosos; saludar a las caras familiares en el ascensor, plantarse con Emma en la superficie embreada y caliente de la azotea, junto a la cornisa occidental, para ver cómo una tormenta cruzaba el río tronando y se acercaba en nuestra dirección.

Esto es lo que le dije. Pero ¿acaso no era más complicado? Había un matiz de castigo en aquellos comentarios, un rechazo mezquino traído a rastras del pasado. Todos aquellos niveles, aquellas ligaduras espirales de implicación, tan consustanciales a la condición que compartíamos.

Le dije que estaba conmovido y le sugerí que los dos nos lo pensáramos un poco más. Pero ni estaba conmovido ni tenía intención de pensármelo más. Le dije que la sala era impresionante con gato o sin él. Lo que no le conté fue que en mi apartamento había varias fotografías de Madeline. De colegiala, de joven, de madre con hijo adolescente. ¿Cómo iba a poder desplegar aquellas fotos en el entorno hostil de la casa de mi padre?


Emma había estudiado danza durante una época, hacía años, y tenía un aire esbelto y grácil, de cara y de cuerpo, en los andares, en su manera de caminar, hasta en la simplicidad de sus frases. Había veces en que me imaginaba que ella sometía los momentos más ordinarios a un plan detallado. Eran las especulaciones ociosas de un hombre cuyos días y noches carentes de plan habían empezado a definir la forma que el mundo adoptaba a su alrededor.

Pero ella me libraba de la desafección total. Era mi amante. La simple idea bastaba para consolarme, la palabra misma, *amante*, su hermosa nota musical, la pequeña suspensión de la *n*. Cómo caía yo en ensoñaciones bobaliconas, examinando aquella palabra, percibiéndola con forma de mujer, sintiéndome como un adolescente que aguardaba el día en que pudiera decirse a sí mismo que tenía una amante.

Fuimos a casa de ella, un modesto apartamento en

un edificio de antes de la guerra, en el East Side, y allí me enseñó la habitación de Stak, que yo solamente había visto de pasada en visitas anteriores. Un par de palos de esquí apoyados en una esquina, un catre con una manta del ejército, un mapa enorme de la Unión Soviética en la pared. Me sentí atraído por el mapa y me puse a examinar su extensa superficie en busca de topónimos que conociera y también de los muchos que no me había encontrado nunca. Era la pared de los recuerdos del chico, me contó Emma: un gran arco de conflictos históricos que abarcaba desde Rumanía hasta Alaska. En cada visita llegaba un momento en el que él simplemente se plantaba allí y se quedaba mirando el mapa, emparejando los intensos recuerdos personales de su abandono con la memoria colectiva de los crímenes de antaño, las hambrunas planeadas por Stalin que habían matado a millones de ucranianos.

Con su padre habla de los acontecimientos recientes, me dijo ella. A mí no tiene gran cosa que decirme. Putin, Putin, Putin. Eso es lo que dice.

Me quedé ante el mapa y me puse a recitar topónimos en voz alta. No sabía por qué estaba haciendo aquello. Arcángel y Semipalatinsk y Sverdlovsk. ¿Era poesía, Historia o bien un divagar infantil por una superficie desconocida? Imaginé a Emma uniéndose a mi recitado, haciendo hincapié en cada sílaba, los dos, con su cuerpo pegado al mío, Kirensk y Svobodni, y luego nos imaginé a los dos en su dormitorio, imaginé que nos quitábamos los zapatos y nos tumbábamos en la cama, recitando cara a cara ciudades, ríos, repúblicas, quitándonos una prenda de ropa por cada sitio que nombrábamos, mi chaqueta por Gorki, sus vaqueros por Kamchatka, avanzando lentamente hacia Járkov, Sarátov, Omsk, Tomsk, y llegado aquel punto empecé a sentirme estúpido, pero aun así continué un momento más, recitando interiormente torrentes de galimatías, nombres con forma de gemidos, la enorme masa continental conformando un misterio con el que envolver nuestra noche de amor.

Pero estábamos en la habitación de Stak, no en nuestro dormitorio, y yo ya había dejado de recitar y había dejado de imaginarme cosas, pero todavía no estaba listo para abandonar el mapa. Había tanto que ver y sentir y sobre lo cual ser un ignorante, tantas cosas que no saber, y también estaba Cheliábinsk, allí mismo, donde había impactado el meteorito, y la Convergencia, sepultada en algún punto del mapa de la vieja URSS, encajada entre China, Irán, Afganistán y demás. Era posible que yo hubiera estado allí, en medio de aquellas narraciones tan profundas y enormes, y en todo caso allí estaba todo, décadas enteras de agitación aplanadas en forma de topónimos.

Aquél era el mapa de Stak, no el mío, y me di cuenta de que su madre ya no estaba de pie a mi lado, sino que había salido de la habitación y había regresado al horario y al lugar locales.


La ciudad parece achatada, todo está cerca del nivel de la calle, los andamios de la construcción, las reparaciones, las sirenas. Miro las caras de la gente, emprendo un estudio instantáneo, en silencio, de la persona que hay dentro de la cara y luego me acuerdo de levantar la vista hacia las geometrías sólidas de las estructuras altas, las líneas, los ángulos y las superficies. Me he convertido en estudioso de los semáforos. Me gusta cruzar la calle a toda velocidad cuando el indicador del semáforo ha bajado hasta el 3 o el 4. Siempre hay un segundo y una fracción añadidos entre el momento en que se pone roja la luz para los peatones y el momento en que se pone verde la luz para el tráfico. Es mi margen de seguridad, y yo agradezco esa oportunidad y cruzo anchas avenidas con zancadas decididas, a veces con un trotecillo refinado. Saber que el riesgo innecesario forma parte del código de las patologías urbanas me hace sentir fiel al sistema.

Era el día en que los padres podían visitar la escuela donde daba clases Emma y ella me invitó a ir. Los niños tenían discapacidades que iban desde los desórdenes del habla hasta los problemas emocionales. Afrontaban obstáculos diversos para el aprendizaje cotidiano: cómo obtener modalidades básicas de conocimiento, cómo comprender, cómo colocar las palabras en el orden correcto, cómo adquirir experiencia, cómo estar alerta, cómo informarse, cómo averiguar cosas.

Me quedé apoyado en la pared de una sala llena de niños y niñas sentados a una mesa alargada con libros para colorear, juegos y juguetes. Los padres pululaban por la sala, sonriendo y charlando, y había razones para sonreír. Los niños se mostraban animados y participativos, escribían historias y dibujaban animales, los que eran capaces de hacer aquellas cosas, y yo me dediqué a mirar y a escuchar, intentando hacerme una idea de las vidas que estaban desarrollándose en medio de aquel tumulto despreocupado de vocecillas entremezcladas y de cuerpos adultos que las rondaban.

Emma se me acercó, se me puso al lado y me señaló a una niña que estaba sentada en cuclillas frente a un puzle, una niña a la que le daba miedo dar un solo paso, de aquí a allí, minuto a minuto, y que necesitaba palabras de apoyo y a menudo hasta un toquecito para animarla. Hay días mejores que otros, me dijo Emma, y aquélla fue la frase que recordaría. Todos aquellos desórdenes tenían sus siglas respectivas, pero ella me contó que no las usaba. Había un niño al final de la mesa que no podía producir los movimientos motrices específicos que le permitieran emitir palabras comprensibles para los demás. No existe nada natural. Los fonemas, las sílabas, el tono muscular, las acciones de la lengua, los labios, la mandíbula, el paladar. El acrónimo era AHI, me dijo, pero no me tradujo el término. Parecía ser un síntoma de la discapacidad en sí.

Emma no tardó en regresar con los niños y su autoridad quedó clara, su seguridad, incluso en toda su gentileza, cada vez que hablaba, susurraba, movía una pieza de un tablero de juego o simplemente miraba a un niño o hablaba con un padre. La sala entera era una escena feliz y llena de actividad, pero yo me sentía paralizado contra la pared. Intenté imaginarme a alguna criatura, ésta o aquélla, esa que no podía reconocer patrones y formas o la que no podía mantener la concentración ni seguir las instrucciones orales más básicas. Mira al niño del libro ilustrado del abecedario y trata de imaginártelo al final de la jornada, en el autobús de la escuela, hablando con los demás niños o bien asomado a la ventanilla, e imagina qué ve y de qué forma eso es distinto de lo que ven el conductor o los demás niños, o cómo lo recogen en la esquina de esta calle con aquella avenida su madre o su padre o su hermano o hermana mayores o la enfermera de la familia o la doncella. Nada de todo esto me llevaba a su vida como tal.

Pero ¿por qué iba a llevarme? ¿Cómo podía llevarme?

Había más niños y niñas en otras salas y también unos cuantos a los que había visto antes deambulando por los pasillos, donde algún padre o madre o profesor los recogía y los conducía a alguna de las salas. Los adultos. ¿Acaso algunos de aquellos niños serían capaces de aventurarse en la edad adulta, de alcanzar visión y actitud de adultos, de comprarse una gorra o de cruzar una calle? Miré a la niña que era incapaz de dar un paso sin percibir algún peligro predeterminado. Aquella niña no era ninguna metáfora. Pelo castaño claro, iluminado ahora por el sol, manitas diminutas, le eché seis años de edad, Annie, pensé, o quizá Katie, y decidí marcharme antes de que terminara de jugar a lo que estaba jugando, de que acabara la visita de los padres y los niños fueran libres de pasar a la siguiente actividad.

Jugar a un juego, hacer una lista, dibujar un perro, contar una historia, dar un paso.

Hay días mejores que otros.

# 4

Por fin había llegado la hora, así que llamé a Silverstone y rechacé el trabajo. Él me dijo que lo entendía. Me dieron ganas de decirle: No, no lo entiendes, no del todo, no la parte que me hace interesante.

Yo había estado siguiendo los indicios prometedores desde el principio y ahora ya no me quedaba más remedio que mantener el rumbo, preguntándome de vez en cuando si me habría quedado obsoleto. En la calle, en un autobús, dentro de la tormenta de la pantalla táctil, me veía a mí mismo avanzando de forma maquinal hacia la mediana edad, un hombre involuntario, guiado por las acciones de su sistema nervioso.

Le mencioné algo del trabajo a Emma. No era lo que yo quería, no satisfacía mis necesidades. Ella me dijo todavía menos a modo de respuesta. No me sorprendió. Emma aceptaba las cosas tal como llegaban, no con pasividad ni con indiferencia, sino con ánimo de intermediaria. Él y ella, de aquí a allá. Esto no se aplicaba a Stak. Su hijo era el tema de nuestra conversación durante uno de nuestros ratos en la azotea, un día nublado, en nuestro puesto habitual de la cornisa occidental, contemplando cómo remolcaban una barcaza río abajo, palmo a palmo y de forma discontinua porque unas cuantas estructuras altas fragmentaban nuestra perspectiva.

—A eso se dedica ahora. Páginas web de apuestas online. Apuesta dinero a accidentes aéreos, accidentes de verdad, con probabilidades variables dependiendo de la línea aérea, del país, del marco temporal y de otros factores. Hace apuestas sobre ataques de drones. Dónde, cuándo y cuántos muertos.

—¿Y te lo ha contado?

—Ataques terroristas. Visita la web, examina las condiciones e introduce su apuesta. Qué país, qué facción, cuántos muertos. Siempre el marco temporal. Tiene que suceder dentro de un número determinado de días, semanas, meses y otras variables.

—¿Y te lo ha contado?

—Me lo ha contado su padre. Su padre le ha ordenado que lo deje. Asesinatos de figuras públicas, desde jefes de Estado hasta líderes insurgentes y otras categorías. Las probabilidades dependen del rango y del país de cada individuo. Y hay más apuestas disponibles, bastantes. Al parecer es una web muy popular.

—No sé cómo de popular. Esas cosas no pasan a menudo.

—Sí que pasan. La gente que hace las apuestas confía en que pasen, espera que pasen.

—La apuesta hace que el suceso se vuelva más probable. Eso lo entiendo. Gente normal sentada en sus casas.

—Una fuerza que cambia la Historia —dijo ella.

—Es lo que he dicho —dije.

¿Estábamos empezando a disfrutar de aquello? Eché un vistazo hacia la otra punta del tejado y vi a una mujer en sandalias, pantalones cortos y top de tirantes que arrastraba una manta hasta un punto donde esperaba que diera el sol. Miré el cielo completamente encapotado y luego volví a mirar a la mujer.

—¿Hablas a menudo con su padre?

—Hablamos cuando es necesario. El chico lo hace necesario de vez en cuando. Tiene otros hábitos, otras cosas que hace.

—Hablar con los taxistas.

—Eso no merece una llamada telefónica a Denver.

—¿Qué más?

—Altera su voz durante varios días seguidos. A veces pone una especie de voz hueca. No la puedo imitar. Una voz sumergida, un ruido digital, unidades de sonido armonizadas. Y el tema del pastún. Se dirige en pastún a personas por la calle con pinta de hablantes nativos. Casi nunca lo son. A un empleado del supermercado, o al auxiliar de cabina de un vuelo. Y el auxiliar de cabina lo interpreta como la fase inicial de un secuestro aéreo. Yo lo he presenciado una vez y su padre, dos.

Descubrí que me inquietaba que hablara con el padre del chico. Por supuesto que hablaban, tenían que hablar por toda una serie de razones. Me imaginé a un hombre fornido y de tez más bien oscura, de pie en una habitación con fotos en la pared, padre e hijo con indumentaria de caza. El chico y él mirando juntos el telediario de un canal ignoto por cable, programación de Europa del Este. Yo necesitaba un nombre para el padre de Stak, el ex de Emma, en Denver, a una milla de altura.

—¿Ha dejado de hacer apuestas sobre coches bomba?

—Su padre no está convencido del todo. Hace redadas subrepticias en los dispositivos de Stak.

La mujer de la manta estaba inmóvil, supremamente supina, las piernas abiertas, las palmas hacia arriba, la cara alzada, los ojos cerrados. Tal vez tenía noticias de que el sol iba a aparecer, o tal vez hacía lo mismo todos los días a la misma hora, una cesión, una disciplina, una religión.

—Volverá dentro de un par de semanas. Tiene que asistir a su academia de *jiu-jitsu*. A su *dojo* —me dijo ella—. Un evento especial.

O tal vez la mujer solamente quisiera salir de su apartamento, tal vez vivía en el edificio pero yo no la conocía: una mujer de mediana edad, escapando durante unas horas de la vida cúbica, igual que nosotros, igual que los centenares de personas que veíamos cuando cruzábamos el parque para ir a casa de Emma, los corredores, la gente ociosa, la que jugaba a *softball*, los padres y madres que empujaban cochecitos de bebé, el alivio palpable de pasar un rato en un espacio no calibrado, una multitud dispersa a salvo en nuestra misma dispersión, individuos libres de mirarnos los unos a los otros, de fijarnos, de admirar, de envidiar y de maravillarnos.

Piénsalo, estuve a punto de decir. Tantos lugares por todo el mundo, tantas multitudes reunidas, miles de personas gritando, entonando cánticos, sometiéndose a una carga policial con porras y escudos antidisturbios. Mi mente adentrándose en las cosas, impotente, gente muerta y muriendo, con las manos atadas a la espalda y las cabezas abiertas.

Echamos a andar más deprisa porque ella quería llegar a casa a tiempo para ver un partido de tenis en Wimbledon que disputaba su jugadora favorita, la lituana que gemía eróticamente con cada feroz devolución.

Si no hubiera conocido nunca a Emma, ¿qué vería cuando camino por las calles en dirección a ningún lugar en particular, a la oficina de correos o al banco? Vería lo que hay, ¿no es cierto? O lo que pudiera recopilar yo de lo que hay. Ahora, en cambio, la cosa es distinta. Veo calles y gente, con Emma en las calles y entre la gente. No es una aparición, sino únicamente un sentimiento, una sensación. No estoy viendo lo que pienso que estaría viendo ella. Es mi percepción, pero Emma está presente en su seno o bien extendida por ella. La noto, la siento, sé que ocupa algo dentro de mí que permite que tengan lugar estos momentos, de forma discontinua, calles y gente.

Los billetes de veinte dólares emergieron de la ranura del cajero automático y yo me quedé allí de pie, en el cubículo, contando el dinero y dando la vuelta a algunos billetes de arriba abajo y a otros de adelante hacia atrás para uniformizar el fajo. Argumenté en tono razonable para mí mismo que tendrían que haber llevado a cabo aquel procedimiento en el banco. El banco debería entregar el dinero, mi dinero, en un formato ordenado, diez billetes de veinte dólares cada uno, con todos los billetes boca arriba, enseñando la cara, dinero sin manchas, dinero higiénico. Volví a contarlo, cabizbajo y con los hombros encogidos, separado por mamparas de la gente que ocupaba las cabinas de ambos lados, aislado pero consciente, sintiendo la presencia de aquella gente a derecha e izquierda, sosteniendo el dinero cerca del pecho. No me parecía ser yo. Me parecía ser otra persona, un recluso que había deambulado hasta quedar parcialmente al descubierto, allí de pie y contando.

Toqué la pantalla para pedir primero el recibo y a continuación una notificación de actividad en la cuenta y el balance final; envolví los billetes con aquellos finos papelitos tóxicos y salí de la cabina, del cubículo, con los recibos y el dinero agarrados en la mano. No miré a la gente que estaba en la cola. En la zona del cajero automático nadie mira nunca a nadie. También intenté no pensar en las cámaras de seguridad, aunque ya estaba dentro del aparato de vigilancia de mi propia mente, con el cuerpo agarrotado mientras sacaba el dinero de la ranura, lo contaba, lo ordenaba y por fin lo volvía a contar.

Pero ¿tan introspectivo y tan anormalmente cauteloso era aquello en realidad? El manejo de los billetes, la conciencia intensificada... ¿No eran cosas que la gente hacía normalmente? Comprobar la billetera, comprobar las llaves, un simple nivel más de actividad común.

Me senté en casa con los registros de transacciones, los recibos de retirada de efectivo, los registros de detalles de la cuenta, mi *smartphone* anticuado, mi extracto de la tarjeta de crédito, el balance nuevo, el pago con retraso, los costes adicionales desplegados delante de mí sobre el viejo escritorio de nogal de Madeline, y traté de determinar el origen de lo que parecían ser varios errores pequeños y persistentes, desviaciones de la lógica del concepto numérico, del puro ímpetu de esos números fiables que determinan la riqueza de uno, por mucho que las cantidades totales disminuyan semana tras semana.

Le conté los detalles de varias entrevistas de trabajo a Emma, a quien le gustaba que le contara el procedimiento: imitaciones de voces, a veces textuales, de los comentarios de los entrevistadores. Ella entendía que yo no estaba ridiculizando a aquellos hombres y mujeres. Se trataba de un enfoque documental de cierta modalidad especial de diálogo, y los dos sabíamos que el tema de la pieza era su mismo actor, todavía desempleado.

Hacía sol y pensé en la mujer despatarrada en mi azotea. Había mujeres en todas partes: Emma en una silla de director de cine, lo bastante cerca como para cogerle la mano, y la mujer lituana y su oponente en la pantalla de la tele, sudando, gimiendo y aporreando una pelota de tenis de acuerdo con unos patrones que podrían ser sometidos a estudio avanzado por parte de científicos conductistas.

Llevábamos una hora más o menos sin tener una discusión seria. En aquellas ocasiones, yo defería ante Emma. Ella tenía un hijo adoptado, un matrimonio fracasado y un trabajo con niños discapacitados. ¿Y qué tenía yo? Acceso a una azotea con brisa y vistas al río.

Ella dijo:

—Creo que te gusta ir a las entrevistas de trabajo. Afeitarte, sacar brillo a los zapatos.

—Ya solamente me queda un par de zapatos decentes. No es negligencia contumaz, sino una especie de falta de cuidado en el día a día.

—¿Sientes una especie de afecto por esos zapatos decentes?

—Los zapatos son como la gente. Se adaptan a las situaciones.

Vimos el tenis y bebimos cerveza en vasos altos que ella guardaba de costado en el congelador de su pequeña nevera. Vasos esmerilados, lager oscura, punto, set y partido, una mujer cortando el aire con su raqueta, la otra mujer saliendo de plano, la primera mujer dejándose caer de espaldas sobre la pista de hierba en gesto de abandono feliz, con los brazos extendidos a los lados, igual que la mujer de mi tejado, fuera quien fuera.

—Define una raqueta de tenis. Es algo que me habría dicho a mí mismo cuando aún era un preadolescente.

—Y lo hacías —me dijo ella.

—O lo intentaba.

—Raqueta de tenis.

—Preadolescente.

Le conté que me quedaba de pie en una habitación a oscuras, con los ojos cerrados, la mente inmersa en la situación. Le conté que lo seguía haciendo, aunque en contadas ocasiones, y que nunca era consciente de estar a punto de hacerlo. Plantado a oscuras. La lámpara está encima de la cajonera, al lado de la cama. Ahí estoy, con los ojos cerrados. Un poco al estilo Stak.

Ella dijo:

—Parece una especie de meditación formal.

—No lo sé.

—Tal vez intentas vaciar la mente.

—¿Tú no lo has hecho nunca?

—¿Quién, yo? No.

—Cierro los ojos en plena oscuridad.

—Y te preguntas quién eres.

—Tal vez de forma automática, si eso es posible.

—¿Qué diferencia hay entre cerrar los ojos en una habitación con luz y cerrarlos en una habitación a oscuras?

—Toda la diferencia del mundo.

—Estoy intentando no decir nada gracioso.

Lo dijo en tono sereno y con cara seria.

Conocer el momento, sentir el deslizarse de la mano, reunir todos los fragmentos olvidables: toallas limpias en los toalleros, pastilla de jabón nuevecita, sábanas limpias en la cama, en la cama de ella, nuestras sábanas azules. Era todo lo que yo necesitaba para vivir el día a día, y trataba de pensar en aquellos días y noches como la revocación silenciada, por nuestra parte, de la creencia extendida de que el futuro, el de todo el mundo, será peor que el pasado.


Llamó uno de los empleados de mi padre para darme los detalles. La hora, el lugar y el tipo de indumentaria.

Era un almuerzo, pero ¿por qué? Yo no necesitaba almorzar en un templo del arte culinario del Midtown donde era obligatorio llevar americana y del que se decía que la comida y los arreglos florales eran exquisitos y el personal más competente que los portadores del féretro de un funeral de Estado. Era fin de semana y mis camisas de vestir estaban en la tintorería, siendo preparadas para la siguiente ola de entrevistas. Tuve que ponerme una camisa usada y reusada, y escupirme primero en el dedo para limpiar la parte interior del cuello.

Siempre soy el primero en llegar, el que se presenta antes. Decidí esperar sentado a la mesa, y cuando apareció Ross me quedé pasmado. El traje gris con chaleco y la corbata de color vivo le realzaban la barba de hombre salvaje y los pasos entrecortados, y no me quedó claro si parecía un despojo impresionante o un famoso actor de teatro viviendo por fin el rol que definiría su larga carrera.

Se sentó poco a poco en nuestra banqueta de terciopelo.

—No has querido el trabajo. Lo has rechazado.

—No era adecuado. Estoy hablando con una persona importante de un grupo de estrategias de inversión. Es una posibilidad muy real.

—La gente sin trabajo y a ti te han ofrecido un empleo en una empresa potente.

—En un grupo de empresas. Pero no me lo tomé a la ligera. Consideré todos los aspectos.

—A nadie le importa que seas mi hijo. Hay hijos e hijas en todas partes, en puestos importantes, realizando trabajo productivo.

—Ya veo.

—Le das demasiada importancia. Padre e hijo. Te habrías hecho un nombre en cuestión de días.

—Ya veo.

—La gente sin trabajo —repitió en tono razonable.

Hablamos y pedimos la comida y yo me dediqué a mirarlo a la cara, pensando en cierta palabra. A veces pienso en palabras que me llevan a realidades densas, aclarándome una situación o una circunstancia, al menos en teoría. Ahora tenía delante a Ross, la mirada cansada y los hombros encorvados, la mano derecha temblándole un poco, y la palabra era *obsolescencia*. Se trataba de una palabra provista de una elegancia acorde con el entorno. Pero ¿qué quería decir? Pérdida de operatividad, pensé, tal vez pérdida de energía. Estaba mirando a Ross Lockhart, vestido con elegancia pero desprovisto de la habilidad y la firmeza que le habían dado forma.

—La última vez que estuve aquí, hace unos cinco años, había convencido a Artis para que viniera. Su salud todavía no había empezado a deteriorarse drásticamente. No recuerdo gran cosa. Pero sí que hubo un punto, un intervalo. Muy claramente. Un momento en concreto. Ella miró a una mujer que pasó a nuestro lado y a la que acompañaban a una mesa cercana. Esperó a que sentaran a la mujer y la observó un rato. Luego me dijo: «Si llevara un poco más de maquillaje, explotaría».

Yo me reí y advertí que el recuerdo seguía vivo en su mirada. Estaba viendo a Artis sentada al otro lado de la mesa, a través de los años, una especie de onda, apenas discernible. Llegó el vino y él se las apañó para mirar la etiqueta y después agitarlo ceremonialmente en la copa y probarlo, pero no había olido el corcho y tampoco indicó que el vino le pareciera bien. Seguía rememorando. El camarero tardó un momento largo en decidir que era admisible servirlo. Yo contemplé todo aquello, con inocencia, igual que haría un adolescente.

—Se llaman Selected Assets Inc. —le dije.

—¿Quiénes?

—La gente con la que estoy hablando.

—Cómprate otra camisa. Puede que eso te ayude a decidirte.

¿Cuándo se convierte uno en su padre? Yo no estaba cerca ni mucho menos de que me pasara, pero se me ocurrió que me podía pasar algún día mientras estuviera sentado mirando la pared, con todas mis defensas concentradas en el momento correspondiente.

Llegó la comida y él empezó a comérsela de inmediato mientras yo miraba y pensaba. Luego le conté una historia que le hizo detenerse.

Le conté que su mujer, la primera, mi madre, había muerto, en casa, en su cama, incapaz de hablar ni de escuchar ni de verme allí sentado. Nunca le había contado esto y tampoco sabía por qué se lo estaba contando en ese momento, las horas que me había pasado junto a su cama, la de Madeline, con la vecina en la puerta apoyada en su bastón. Me sorprendí a mí mismo entrando en detalles, recordando todo lo que podía, hablando en voz baja, describiendo la escena. La vecina, el bastón, la cama, la colcha. Describí la colcha, mencioné la vieja cajonera de roble con alas talladas en vez de tiradores. Él se acordaba. Creo que yo quería que se sintiera conmovido. Quería que viera aquellas últimas horas tal y como habían sucedido. No había motivación oscura por mi parte. Quería que estuviéramos juntos en aquello. Y qué curioso resultaba estar hablando del tema allí, en medio de los camareros de puntillas y de los tallos de las amarilis blancas esparcidas por las paredes, funerariamente, y de la orquídea blanca solitaria que ocupaba el centro de nuestra mesa. Mis comentarios carecían de elemento alguno de amargura. La escena en sí de la habitación de Madeline no lo habría permitido. La mesa, la lámpara, la mujer de la cama, el bastón con las patas desplegadas.

Nos quedamos pensando y al cabo de un rato uno de nosotros comió un bocado de comida y dio un sorbo de vino y luego el otro hizo lo mismo. La sala entera estaba recorrida por corrientes vibrantes de conversaciones, algo en lo que no me había fijado hasta entonces.

—¿Dónde estaba yo cuando pasó?

—Estabas en la portada del *Newsweek*.

Lo vi intentar asimilar aquello y luego le expliqué que había visto la revista con mi padre en portada justo antes de enterarme de que mi madre se encontraba en estado crítico.

Él se inclinó más hacia la mesa, con la barbilla apoyada en el dorso de la mano.

—¿Sabes por qué estamos aquí?

—Me has dicho que la última vez estuviste aquí con Artis.

—Y ella es parte eterna de lo que hemos venido a discutir.

—Parece demasiado pronto.

—No pienso en otra cosa —me dijo.

No pensaba en otra cosa. Artis en la cámara. Yo también pensaba en ella, de vez en cuando, afeitada y desnuda, de pie y esperando. ¿Sabía ella que estaba esperando? ¿Estaba en lista de espera? ¿O simplemente estaba del todo muerta, incapaz incluso del más ligero espasmo de conciencia de sí misma?

—Es hora de volver —me dijo—. Y quiero que vengas conmigo.

—Quieres un testigo.

—Quiero un compañero.

—Lo entiendo.

—Solamente una persona. Y nadie más —me dijo—. Estoy en pleno proceso de hacer los preparativos.

Durante el largo trayecto en avión vaciaría sus años. Me lo imaginé perdiendo toda su condición de Lockhart, convirtiéndose en Nicholas Satterswaite. Cómo una vida agotada se retrae a sus orígenes. Los miles de millas aéreas, todas aquellas horas amorfas de enajenamiento del día y la noche. ¿Éramos los Satterswaite, él y yo? *Obsolescencia*. Se me ocurrió que ahora mismo la palabra se podría aplicar con más exactitud al hijo que al padre. Abandono, desuso. El tiempo perdido como meta de la vida.

—Sigues creyendo en la idea.

—De todo corazón —me dijo.

—Pero ¿es una idea que ya no transmite la misma convicción interior que antaño?

—La idea continúa cobrando fuerza en el único lugar que importa.

—De vuelta a los niveles numerados —le dije.

—Ya hemos hablado de esto.

—Hace mucho tiempo. ¿No te da esa sensación? Dos años. Parece media vida.

—Estoy haciendo los preparativos.

—Lo acabas de decir. El puto confín de la civilización. Iremos, por qué no, tú y yo. Haz los preparativos.

Esperé a ver qué decía a continuación.

—Y tú ve pensando en todo lo demás.

—No quiero ningún cuadro. No quiero lo que se supone que quiere la gente. No es que haya renunciado a las cosas materiales. No soy un asceta. Vivo bastante cómodamente. Pero quiero una vida pequeña.

Él dijo:

—Necesito dejar instrucciones claras.

—No voy detrás del dinero. El dinero me parece algo para contar. Es algo que meto en la billetera y saco de ella. El dinero son números. Dices que necesitas dejar instrucciones claras. Esa expresión me intimida. A mí me gusta ir encontrándome con las cosas.

Se habían llevado los platos y los cubiertos y ahora estábamos bebiendo un Madeira añejo. Tal vez todos los vinos de Madeira sean añejos. El restaurante se estaba vaciando y a mí me gustaba ver a toda aquella gente regresando decidida y con paso firme a sus situaciones y tareas. Ellos tenían que volver a complejos de oficinas y salas de conferencias y yo no. Aquello me daba una sensación soberana de estar fuera del rumbo establecido de la rutina ejecutiva, aunque la realidad era que no tenía trabajo.

Guardamos silencio. El camarero estaba en la otra punta de la sala, una figura quieta y enmarcada por cestas colgantes de flores apiñadas, esperando a que lo llamáramos para pedirle la cuenta. Yo tenía ganas de que estuviera lloviendo y de que pudiéramos salir del restaurante bajo la lluvia. Entretanto, pensamos en el viaje que nos esperaba y nos bebimos aquel vino generoso.

## 5

Miro a Emma, de pie frente al espejo de cuerpo entero. Está comprobando que todo esté en su sitio antes de irse a la escuela, con su clase de niños ansiosos o sombríos o intratables. Camisa y chaleco, pantalones a medida, zapatos informales. Me meto en el reflejo sin pensarlo y me quedo de pie junto a ella. Nos miramos durante unos cuantos segundos, los dos, sin comentar nada y sin cohibirnos ni dar señal alguna de estar divirtiéndonos, y yo entiendo que es un momento significativo.

Aquí estamos, la mujer inteligente y decidida, no exactamente distante, sino calibrando todas las situaciones, incluyendo la presente, con el pelo castaño peinado hacia atrás, una cara a la que no le interesa ser guapa, lo cual le confiere una cualidad que no consigo nombrar, una especie de falta de división. Nos estamos viendo el uno al otro como no nos hemos visto nunca, dos pares de ojos, el hombre disperso, más alto, de pelo tupido, cara estrecha, mentón ligeramente huidizo, vaqueros descoloridos y demás.

Es un hombre que hace cola para recoger las entradas de un ballet que una mujer quiere ver y dispuesto a esperar varias horas mientras ella atiende a los niños de su escuela. Ella es la mujer, rígida en su asiento, contemplando cómo una bailarina corta el aire y se toca las puntas de los pies con las yemas de los dedos.

Aquí estamos, todo esto y más, cosas que normalmente se escapan de la mirada inquisitiva, una sola mirada de interrogación, tanto por ver, cada uno de nosotros mirándonos a los dos, y luego nos lo sacudimos todo de encima y bajamos cuatro tramos de escalera hasta el barullo de la calle, que nos indica que hemos vuelto entre los demás, a un espacio implacable.


Pasó casi una semana antes de que volviéramos a hablar, por teléfono.

—Pasado mañana.

—Si quieres que vaya...

—Se lo mencionaré. Ya veremos. Las cosas se han puesto tensas —me dijo ella.

—¿Qué ha pasado?

—Que no quiere volver a la escuela. Las clases empiezan otra vez en agosto. Dice que es una pérdida de tiempo. Que es todo tiempo muerto. Que allí no le pueden decir nada que signifique algo para él.

Me quedé junto a la ventana, con el teléfono en la mano y mirándome los zapatos, a los que acababa de sacar brillo.

—¿Y tiene alguna alternativa?

—Se lo he preguntado varias veces. Pero no se moja. Da la impresión de que su padre no puede hacer nada.

Me alegró un poco oír que su padre no podía hacer nada. Aun así, me resultaba terrible saber que Emma estaba igual.

—Pues ahora mismo no sé cómo puedo ayudar. Pero pensaré en ello. Pensaré en mí a esa edad. Y si a él le parece bien, quizá podamos repetir el trayecto en taxi hasta el *dojo*.

—No quiere ir al *dojo*. Está harto del *jiu-jitsu*. Ha aceptado venir solamente porque le he insistido.

Me imaginé a Emma insistiendo en tono amargo, con la espalda muy recta, hablando deprisa, agarrando con fuerza el móvil. Me dijo que hablaría con él y que ya me llamaría.

Me perturbó oír aquello, lo de que ya me llamaría. Era lo que me decían siempre al final de las entrevistas de trabajo. Yo tenía una cita en menos de una hora y me había sacado brillo a los zapatos con el betún tradicional, el cepillo de crin de caballo y el paño de franela, rechazando la idea de sacarles brillo instantáneo con la esponja polivalente. Luego me miré la cara en el espejo del cuarto de baño y comprobé la eficacia de mi afeitado al ras de veinte minutos atrás. Me acordé de lo que me había dicho Ross de que su oreja derecha en el espejo era la derecha de verdad y no la izquierda reflejada. Tuve que concentrarme bastante para convencerme de que no era mi caso.


Las cosas que hace la gente habitualmente, esas cosas olvidables, esas cosas que respiran justo por debajo de la superficie de lo que reconocemos que tenemos en común. Quiero que esos gestos y esos momentos tengan significado, comprobar que llevas la billetera y que llevas las llaves, algo que nos une a todos, implícitamente, cerrar con llave una y otra vez la puerta de casa, inspeccionar los fogones en busca de llamitas azules débiles o escapes de gas.

Los elementos soporíferos de la normalidad, mis días de deriva mediocre.

Volví a verla una mañana, a la mujer de la pose estilizada, esta vez sola, sin niño al lado. Estaba de pie en una esquina cerca del Lincoln Center, y no me cupo duda de que era la misma mujer, con los ojos cerrados igual que antes, los brazos esta vez a los costados pero apartados del cuerpo en posición de alarma repentina. Estaba petrificada. Pero tal vez no fuera así. Tal vez simplemente se había comprometido a alcanzar cierta profundidad mental, de cara a la acera y a la gente que pasaba a toda prisa. Una adolescente se detuvo el tiempo justo para apuntarla con su dispositivo y sacarle una foto. A nuestro alrededor se estaba amasando alguna inclemencia meteorológica, el aire espeso y oscuro, el cielo listo para descargar, y me pregunté si la mujer tampoco se movería cuando empezara a llover.

Volví a fijarme en que no había indicio alguno de su causa, de su misión. Estaba simplemente plantada en un espacio abierto, una presencia sin explicación. Yo quería ver una mesilla con folletos o un póster en algún idioma extranjero. Quería un idioma con alfabeto no romano. Algo a lo que pudiera acogerme. Había algo en sus rasgos, cierto matiz, cierta tonalidad, que sugería que la mujer pertenecía a otra cultura. Yo quería ver algún letrero en mandarín, en griego, en árabe, en cirílico, la súplica de una mujer perteneciente a un grupo o facción bajo la amenaza de fuerzas de aquí o del extranjero.

Extranjera, sí, aunque di por sentado que hablaba inglés. Me dije a mí mismo que se lo veía en la cara, una especie de porte transnacional, una adaptación.

Si fuera un hombre, pensé, ¿también me pararía a mirarlo?

No podía dejar de mirarla. Otra gente se paró a echarle un vistazo, dos chavales le hicieron fotos, a su lado pasó un tipo con delantal, con paso ligero de transeúnte acelerado por la amenaza de lluvia.

Me aproximé, con cuidado de no ponerme demasiado cerca.

Le dije:

—Quería hacerle una pregunta...

No hubo respuesta, la misma cara, los brazos rígidos, militares.

Le dije:

—De momento, no he intentado adivinar cuál es su propósito, su causa. Y si hubiera un póster, no puedo evitar pensar que transmitiría un mensaje de protesta.

Di un paso atrás, teatralmente, aunque ella no podía verme. Creo que no esperaba respuesta. La idea de que pudiera abrir los ojos y mirarme. La posibilidad de unas cuantas palabras. Entonces caí en la cuenta de que había empezado diciéndole que quería hacerle una pregunta pero no se la había hecho.

Le dije:

—¿Y el niño de la camisa blanca y la corbata azul?

La última vez, por el centro de Manhattan, había un niño con usted. ¿Dónde está?

No nos movimos. La gente maniobraba para posicionarse, el tradicional pánico para encontrar taxi, y ni siquiera estaba lloviendo todavía. Un letrero en mandarín, en cantonés, unas cuantas palabras en hindi. Yo necesitaba un desafío específico que me ayudara a contrarrestar la naturaleza arbitraria del encuentro. Una mujer. ¿Tenía que ser una mujer? ¿Acaso alguien se detendría a mirar si fuera un hombre el que estuviera allí plantado en postura idéntica? Intenté imaginarme a un hombre con un letrero en fenicio, alrededor del año mil antes de Cristo. ¿Por qué me estaba haciendo aquello a mí mismo? Pues porque la mente seguía trabajando, incontrolablemente. Me volví a acercar y me planté directamente delante de ella, más que nada para disuadir a quienes querían fotografiarla. El hombre del delantal volvió a venir en nuestra dirección, empujando un pequeño convoy de carritos de la compra, cuatro carritos, vacíos. La mujer, sin abrir los ojos en absoluto, congeló los elementos de la escena, detuvo el tráfico para mí y me permitió ver con claridad lo que había allí.

¿Había cometido una equivocación al decirle aquello? Había sido entrometido y estúpido. Había traicionado una parte de mi expediente de conducta cautelosa y había violado la voluntad de la mujer, empujándola a un silencio decidido.

Me quedé allí veinte minutos, esperando a ver cómo reaccionaba la mujer a la lluvia. Quería quedarme más, me habría quedado más, me sentía culpable por marcharme, pero la lluvia no llegaba y tuve que partir a mi siguiente cita.

¿No me había dicho una vez Artis que hablaba mandarín?

Encontramos un restaurante casi vacío no muy lejos de la galería de arte. Stak pidió brócoli sin acompañamiento. Dijo que era bueno para los huesos. Tenía la cara larga y el pelo de punta y llevaba un chándal de hacer *footing* con la cremallera en la espalda.

Emma le pidió que acabara de contarnos la historia que nos había empezado a contar en el taxi.

—Muy bien, entonces empecé a preguntarme dónde estaba Oaxaca. Supuse que estaría en Uruguay o en Paraguay, sobre todo en Paraguay, aunque estaba un noventa por ciento seguro de que estaba en México, por los toltecas y los aztecas.

—¿Qué quieres decir con eso?

—Antes necesitaba saber las cosas de inmediato. Ahora pienso en ellas. Oaxaca. ¿Qué sabemos? Pues que hay una «o-a», después una «x-a» y después una «c-a». Wa-já-ca. Me impedí averiguar la población de Oaxaca o su composición étnica o incluso la certeza de qué idioma hablaban; podía ser español o algún idioma indio mezclado con el español. Y situé el lugar en una zona que no le correspondía.

Yo le había hablado a Emma de la galería de arte y del objeto solitario que se exhibía allí; ella se lo había dicho a Stak y él había aceptado echarle un vistazo. Lo cual ya era un logro en sí mismo.

Estaba claro que yo era el mediador, reclutado para aliviar la tensión entre ellos, y, en cambio, me sorprendí lanzándome de cabeza al tema más delicado.

—Estás harto de la escuela.

—Estamos hartos el uno del otro. Ya no nos necesitamos. Cada día que pasa es un día desperdiciado.

—Tal vez conozco el sentimiento, o lo recuerdo. Profesores, asignaturas, compañeros de clase.

—Absurdo.

—Absurdo —dije yo—. Pero otras clases de escuelas, menos formales, con investigación independiente y tiempo para explorar una cuestión exhaustivamente... Sé que ya has pasado por todo eso.

—Ya he pasado por todo eso. No es más que un montón de caras. Yo prescindo de las caras.

—¿Cómo lo haces?

—Aprendemos a ver las diferencias entre los diez millones de caras que pasan todos los años por nuestro campo de visión. ¿Verdad? Pues yo lo desaprendí hace mucho tiempo, de niño, en el orfanato, a modo de defensa. Dejar que las caras crucen el recuadro de la visión y salgan por la nuca. Verlas todas como si fueran una sola cosa grande y borrosa.

—Con unas cuantas excepciones.

—Muy pocas —me dijo.

No quiso añadir nada a eso.

Yo lo miré fijamente y le dije con la voz más decidida que pude:

—«Las rocas son, pero no existen.»

Hice una pausa y añadí:

—Me encontré con esta afirmación cuando iba a la universidad y después la olvidé hasta hace muy poco. «El hombre es el único que existe. Las rocas son, pero no existen. Los árboles son, pero no existen. Los caballos son, pero no existen.»

Me estaba escuchando, la cabeza ladeada, los ojos entornados. Los hombros se le menearon un poco para acomodarse a la idea. *Las rocas son.* Habíamos venido a ver una roca. El objeto en exposición tenía la designación oficial de roca escultórica de interior. Era una roca de gran tamaño, una sola. Le expliqué a Stak que era aquello lo que había traído la afirmación de los confines más remotos de mi época de estudiante universitario.

—«Dios es, pero no existe.»

Lo que no le dije era que aquellas ideas pertenecían a Martin Heidegger. Yo me había enterado bastante recientemente de que era un filósofo que había mantenido una firme afinidad con los principios e ideologías nazis. Historia por todas partes, escrita en cuadernos negros, y hasta las palabras más inocentes, *árbol, caballo, roca*, se habían oscurecido durante el proceso. Stak también tenía una historia en la que pensar, las hambrunas masivas de sus ancestros. Que se imaginara una roca incorrupta.

La exposición se había instalado hacía un par de décadas y todavía se podía visitar, estaba siempre allí, la misma roca, yo había ido tres veces en los últimos años y siempre había sido el único espectador sin contar a la empleada, la vigilante, una mujer madura sentada en la otra punta de la galería con un sombrero negro de india navaja con pluma en la cinta.

Stak dijo:

—Yo antes tiraba piedras a las vallas. No había otro sitio donde tirarlas, más que a la gente, y tuve que dejar de tirárselas a la gente para evitar que me pusieran bajo arresto y me dieran de comer fertilizante dos veces al día.

Había fortaleza en su voz, esa aprobación de sí mismo típica de los chicos de catorce años, y nadie lo podía culpar por ello. Nos llevábamos bastante bien, él y yo. Tal vez fuera por el brócoli. Su madre estaba sentada a su lado, sin decir nada, sin mirar nada, escuchándonos, sí, con cautela, sin saber qué era lo próximo que iba a decir su hijo.

Insistí en pagar el almuerzo y Emma me lo permitió, aceptando mi rol de líder de la tropa. La galería ocupaba toda la tercera planta de un viejo edificio de lofts. Ascendimos la escalera en fila india y el espacio angosto, la iluminación tenue, la escalera en sí y las paredes en sí me produjeron la sensación de que nos habían transformado en seres en blanco y negro, de que nos habían despojado de los pigmentos de la piel y de los valores cromáticos de nuestra ropa.

La sala era alargada y ancha, tenía el suelo de tablones de madera y las paredes descascarilladas y llenas de muescas. La vieja bicicleta de la empleada estaba apoyada contra la pared del fondo, al lado de su silla plegable, aunque no había ni rastro de la mujer. Pero allí estaba la roca, sujeta a una sólida plancha de metal de unos diez centímetros de altura. En el suelo había unas tiras de cinta adhesiva blanca que marcaban los límites para los visitantes. Acercaos pero no toquéis. Emma y yo nos detuvimos a media sala de distancia y situamos la roca en una perspectiva noble. Stak no perdió ni un momento; se fue dando zancadas directamente hasta el objeto, que era más alto que él, y encontró todo lo que necesitaba mirar, todas las irregularidades de la superficie, las protuberancias y muescas propias de una roca, enorme en aquel caso, de forma general más o menos redondeada, de dos metros escasos de diámetro en su parte más ancha.

Nos acercamos despacio, ella y yo, sin hacer ruido, aunque no sé si por respeto eclesiástico a la escultura de roca, aquella obra de arte de la naturaleza, o simplemente porque estábamos observando la forma conjunta del objeto y su observador, aquel chico evasivo que casi nunca se acercaba a nada sólido. Por supuesto, él traspasó con la mano el límite marcado con cinta adhesiva y se las apañó para tocar la roca, apenas, y yo sentí que su madre atendía a una pausa interior, a un momento de cautela, como esperando que empezara a sonar una alarma. Pero la roca simplemente permaneció igual.

Nos pusimos a ambos lados del chico y yo me concedí un par de minutos con la roca.

Entonces le dije:

—Muy bien, adelante.

—¿Qué?

—Define *roca*.

Yo estaba pensando en mí mismo a su edad, decidido a encontrar el significado aproximado de una palabra, a extraer otras palabras de la palabra designada, a fin de identificar su núcleo. Siempre resultaba difícil, y en el caso presente no lo era menos, un pedazo de material perteneciente a la naturaleza, moldeado por fuerzas como la erosión, las corrientes de agua, las ráfagas de arena y la lluvia.

La definición necesitaba ser concisa y autoritaria.

Stak soltó un bostezo extraordinario y luego se apartó de la roca, valorándola, midiéndola desde cierta distancia, sus parámetros físicos, su superficie sólida, sus salientes, sus protuberancias, sus espolones y sus hoyos; por fin echó a andar a su alrededor, captando toda su extensión sin pulir.

—Es dura, es dura como la roca, está petrificada, tiene una mayor parte de materia mineral o bien es toda mineral con restos muertos hace mucho tiempo de plantas y animales fosilizados dentro.

Dijo unas cuantas cosas más, llevándose los brazos al pecho, mezclando con las manos los fragmentos de sus comentarios, frase a frase. Estaba a solas con la roca, con una cosa que necesitaba una única sílaba que le diera contorno y forma.

—Oficialmente, digamos que una roca es una masa dura de sustancia mineral que descansa en el suelo o bien está incrustada en él.

Yo estaba impresionando. La seguimos mirando, los tres, mientras el tráfico bramaba en el exterior.

Stak habló con la roca. Le dijo que la estábamos mirando. Se refirió a nosotros como tres miembros de la especie *Homo sapiens*. Comentó que la roca nos sobreviviría a todos y seguramente sobreviviría a la especie entera. Siguió hablando un rato y luego, sin dirigirse a nadie en particular, dijo que había tres clases de rocas. Las nombró demasiado deprisa para que yo pudiera plantearme recordar sus nombres y a continuación habló de la petrología y de la geología y del mármol y de la calcita; su madre y yo nos dedicamos a escuchar mientras el chico aumentaba de estatura. En aquel momento entró la empleada. Yo prefería considerarla la conservadora, la misma mujer, el mismo sombrero con pluma, camiseta y sandalias, vaqueros holgados y sujetos con aros de ciclista. Llevaba una bolsita de papel y no dijo una palabra; se fue a su silla y sacó un bocadillo de la bolsita.

La miramos abiertamente y en silencio. La enorme galería, casi vacía, y el único objeto prominente en exposición le conferían un significado hasta al movimiento más simple, fuera de hombre o de mujer, de perro o de gato. Después de una pausa le pregunté a Stak por otro tipo de naturaleza, el clima, y él me dijo que ya no tenía trato alguno con el clima. Me contó que el clima había desaparecido hacía mucho. Me dijo que había cosas que se acababan desnecesitando.

Entonces habló su madre, por fin, con un susurro tenso:

—Pues claro que tienes trato. La temperatura, en Celsius y en Fahrenheit, y las ciudades, ciento cuatro grados, ciento ocho grados. La India, China, Arabia Saudí. ¿Cómo es que ahora te da por decir que no tienes trato con esas cosas? Claro que lo tienes. ¿Qué ha pasado con todo eso?

Su voz sonaba perdida, y aquel día todo lo relacionado con ella sugería un tiempo ya perdido. Su hijo estaba a punto de regresar con su padre, ¿y qué pasaría entonces? ¿Dónde estaba el futuro si no volvía a la escuela? ¿Qué le esperaba? Una hija o un hijo descarriado debe de parecer un castigo para el padre o la madre, pero ¿cuál es el crimen?

Me recordé a mí mismo que necesitaba un nombre para el padre de Stak.

Antes de irnos, el chico llamó a la conservadora desde la otra punta de la sala y le preguntó cómo habían metido la roca en el edificio. La mujer estaba en pleno proceso de levantar el borde curvado de una de sus rebanadas de pan para examinar el interior del bocadillo; al final le contó que habían abierto un agujero en la pared y habían izado la roca con una grúa desde la plataforma de carga de un camión. A mí se me había ocurrido hacer aquella misma pregunta durante mi primera visita, pero había decidido que sería interesante imaginarse que la roca siempre había estado allí, sin documentar.

*Las rocas son, pero no existen.*

Mientras bajábamos por la escalera en penumbra cité de nuevo el comentario y Stak y yo intentamos averiguar qué significaba. La cuestión se encajaba muy bien con nuestro descenso en blanco y negro.


Escucho música clásica por la radio. Leo las mismas novelas difíciles, a menudo europeas, a veces con narrador sin nombre, siempre traducidas, que intentaba leer de adolescente. La música y los libros, simplemente presentes, las paredes, el suelo, el mobiliario, la ligera inclinación de dos cuadros colgados de la pared de la sala de estar. Dejo los objetos como están. Los miro y los dejo estar. Estudio hasta la última minucia física.


Dos días después Emma se presentó sin avisar, algo que no había pasado nunca, y tampoco se había mostrado nunca tan torpe y alborotada; más que quitarse los pantalones, luchó para salir de ellos, necesitada despojarse de aquellas tensiones furiosas que acompañaban cualquier cuestión relacionada con su hijo.

—Me ha abrazado y se ha marchado. No sé qué me

ha dado más miedo, la partida o el abrazo. Es la primera y única vez que da un abrazo voluntariamente.

Pareció que se estaba desvistiendo solamente por desvestirse. Me planté a los pies de la cama, con la camisa puesta, los pantalones, los zapatos y los calcetines puestos, y ella siguió desvistiéndose y hablando.

—¿Quién es ese chico? ¿Lo he visto alguna vez antes? Primero viene y luego se va. Me ha abrazado y se ha ido. Pero ¿adónde se ha ido? No es mi hijo, nunca lo ha sido.

—Lo era antes y lo sigue siendo. Es sin duda alguna el niño al que sacaste del orfanato. Aquellos años perdidos. Sus años —le dije—. En el momento mismo de verlo ya supiste que llevaba dentro algo que nunca tendrías derecho a reclamar, salvo legalmente.

—Orfanato. Parece una palabra salida del siglo dieciséis. El huérfano se convierte en príncipe.

—Príncipe regente.

—Reyezuelo —dijo ella.

Yo me reí y ella no. Toda la autoridad que Emma había mostrado con los niños del aula, allí y en otras partes, la mujer del espejo que sabía quién era y lo que quería, todo había quedado socavado por la breve visita del niño, y allí radicaba la urgencia de su necesidad de liberarse, de agitar brazos y piernas en mi cama deshecha.

Después de aquel día empecé a verla menos, la llamaba y me quedaba esperando a que me devolviera la llamada, empezó a trabajar más horas, y a mostrarse más callada, cenaba temprano y luego se iba a casa, sola, sin decir casi nunca nada sobre su hijo, sólo que había dejado de estudiar pastún, había dejado de aprender y había dejado de hablar salvo cuando había alguna cuestión práctica que resolver. Ella emitía aquellos comentarios en tono neutro, desde una distancia segura.

Decidí salir a correr. Me ponía sudadera, vaqueros y zapatillas deportivas y me iba a correr por el parque, alrededor del embalse, lloviera o hiciera sol. Hay un *smartphone* que tiene una aplicación que cuenta los pasos que da una persona. Hice mi propio recuento, día a día y paso a paso, hasta llegar a las decenas de miles.

## 6

La mujer hizo girar su silla para apartar la vista de la pantalla de su ordenador de mesa y me miró por primera vez. Era encargada de la selección de personal, y el puesto para el que me estaba entrevistando se anunciaba como director de normativa y ética de una universidad en el oeste de Connecticut. Me dediqué a repetirme mentalmente el término de forma periódica mientras hablábamos, omitiendo lo del oeste de Connecticut, que era una entidad tridimensional. Colinas, árboles, lagos, gente.

Ella me explicó que mi responsabilidad sería interpretar los estatutos de la universidad para determinar los requerimientos en materia de regulación dentro del contexto de las leyes estatales y federales. Yo le dije que vale. Ella mencionó la supervisión, la coordinación y la vigilancia. Yo le dije que vale. Ella esperó por si yo tenía alguna pregunta, pero yo no tenía ninguna. Ella dejó caer la expresión «mandato bilateral» y yo le dije que se parecía a una actriz cuyo nombre no recordaba, alguien que actuaba en un nuevo montaje de una obra de teatro que no había visto. Pero había leído sobre él, le dije, y había visto las fotografías. La encargada de la selección de personal esbozó una sonrisa y su cara se volvió real en la compañía amplificada de la actriz. Ella entendía que mi comentario no era un intento de caer bien. Simplemente me estaba distrayendo con mis cosas.

Hablamos de forma amigable sobre teatro y quedó claro a partir de ese punto que quería disuadirme de intentar conseguir aquel trabajo, no porque yo no estuviera cualificado ni demasiado ansioso por tenerlo, sino porque aquél no era mi lugar, no era mi entorno. Director de normativa y ética. Ella no se había dado cuenta de que todo lo que me había explicado del puesto, con la terminología autorizada de las ofertas laborales, se adecuaba a mis preferencias y coincidía plenamente con mi experiencia pasada.

Gente aquí y allá, mendigando, hombre de pie con vaso de cartón, mujer agachada junto a su vómito de colores mareantes, mujer sentada sobre manta, cuerpo meciéndose, voz entonando cánticos: es lo que veo todo el tiempo y siempre me detengo a darles algo, y mi sensación es que no sé cómo imaginarme las vidas que hay detrás del contacto momentáneo, del contacto del dólar, y lo único que me digo es que estoy obligado a mirarlos.

Taxis, camiones y autobuses. El ruido persiste incluso cuando el tráfico está parado. Lo oigo desde mi azotea, bajo el calor que me aporrea la cabeza. Es el ruido que flota en el aire, sin cesar, sea cual sea la hora del día o de la noche, si sabes escucharlo.

Llevo ocho días seguidos sin usar la tarjeta de crédito. Qué sentido tiene, qué mensaje manda. El dinero en metálico no deja rastro, o eso dicen.

Suena el teléfono: es el mensaje grabado de una agencia estatal para avisar de interrupciones masivas de los servicios. La voz no dice *masivas*, pero así es como yo interpreto el mensaje.

Compruebo que los fogones de la cocina estén bien apagados y luego me aseguro de que la puerta esté cerrada con llave a base de abrirla y luego cerrarla con llave otra vez.

Miro las farolas por la ventana y espero a que pase alguien andando, proyectando una sombra alargada de película antigua.

Siento el desafío de estar a la altura de lo que se avecina. Ross y su necesidad de hacer frente al futuro. Emma y las revisiones dolorosas de nuestro amor.

Suena otra vez el teléfono, el mismo mensaje grabado. Paso un par de segundos preguntándome qué clase de servicios se van a ver interrumpidos. Luego intento pensar en todos los teléfonos de todas las clases que estarán transmitiendo este mismo mensaje, a millones de personas, aunque nadie se acordará de mencionárselo a nadie porque no vale la pena compartir lo que todos sabemos ya.


Breslow era el apellido de Emma, no el de su marido. Yo lo sabía y más o menos me había decantado por un nombre de pila para el marido. Volodymyr. Había nacido en Estados Unidos, pero decidí que no tenía sentido ponerle nombre si no era en ucraniano. Luego me di cuenta del desperdicio de aquello, pensar de aquella forma, en aquel momento, un pensamiento ineficiente, banal, cruel, inapropiado.

Los nombres inventados pertenecen al paisaje devastado del desierto, salvo el de mi padre y el mío.

Deambulé por la casa de mi padre hasta encontrarlo, sentado a la mesa de la cocina, comiéndose un bocadillo de queso fundido. Había alguien cerca pasando el aspirador. Él levantó la mano a modo de saludo y yo le pregunté cómo le iba.

—Ya no voy a cagar por las mañanas después del desayuno, un clásico en mí. Todo es más lento y estúpido.

—¿Hago las maletas?

—No lleves muchas cosas. Yo no llevo muchas —dijo.

Ross no estaba intentando ser gracioso.

—¿Hay fecha? Me interesa saberlo porque tengo una oferta de trabajo pendiente.

—¿Quieres comer algo? ¿Qué clase de oferta?

—Director de normativa y ética. Cuatro días por semana.

—¿Cómo has dicho?

—Tendré fines de semana largos y sin trabajo —le dije.

Ross se había convertido en un hombre de tela vaquera. Llevaba los mismos pantalones todos los días, una camisa azul informal y zapatillas de correr grises sin calcetines. Me comí un bocadillo y me bebí una cerveza y el ruido del aspirador se redujo gradualmente y me imaginé cómo serían los días y las noches de mi padre sin su mujer. Todos sus privilegios y comodidades habían quedado despojados de significado. El dinero. ¿Había sido el dinero, el dinero de mi padre, el que había determinado mi forma de pensar y de vivir? ¿Era esto lo que se imponía sobre todo lo demás, sin importar que yo aceptara lo que él me estaba ofreciendo o lo rechazara?

—¿Cuándo lo sabré?

—En cuestión de días. Se te notificará —me dijo.

—¿Cómo?

—Pues como se hagan esas cosas. Yo simplemente me marcho. Ya llevo un tiempo sin estar profesionalmente activo y ahora simplemente me marcho.

—Pero hay gente que conoce el propósito de tu viaje. Socios de confianza.

—Saben algunas cosas. Saben que tengo un hijo —me dijo—. Y saben que me marcho.

Volvimos a quedarnos más o menos callados y yo esperé a que le empezaran a temblar las manos, pero él se quedó sentado detrás de su barba y me contó una larga historia sobre la época en la que había explorado los niveles altos de la Sala Este de la Morgan Library, después del horario de visitas, memorizando los títulos de los lomos de los volúmenes de valor incalculable que quedaban justo debajo de los suntuosos murales del techo, y yo decidí no recordarle que yo había estado con él allí.


Había una mujer en el andén del metro, al otro lado de las vías. Estaba plantada junto a la pared, con pantalones anchos y jersey fino, los ojos cerrados, ¿y quién hace algo así, en un andén del metro, con la gente pululando y los trenes yendo y viniendo? Me la quedé mirando y cuando llegó mi tren no me subí a él, sino que esperé a que se despejaran otra vez las vías y la volví a mirar: parecía estar retrayéndose cada vez más a su interior, o eso decidí creer. Yo quería que fuera la misma mujer que había visto antes, dos veces, de pie en una acera, inmóvil y con los ojos cerrados. El andén se empezó a llenar de gente y tuve que cambiar de posición para verla. Me pregunté si estaría involucrada en alguna clase de guerra Tong cultural, si sería parte de alguna facción en el exilio enfrascada en la interpretación de su rol y su misión. Ésa sería la función del letrero, si lo hubiera: mandar un mensaje a las demás facciones, a los partisanos de otras teorías y convicciones.

Me gustaba esta idea, tenía todo el sentido del mundo, y me imaginé a mí mismo abandonando el andén, subiendo la escalera a toda prisa y cruzando el torno para ir al andén de enfrente y preguntarle por esto, por su grupo y su secta.

Pero era una mujer distinta y no tenía letrero. Por supuesto, yo ya lo sabía desde el principio. No me quedaba nada que hacer más que esperar a que llegara su tren a la estación, gente marchándose, gente subiendo al tren. Quería asegurarme de que no se quedara allí, de que no se quedara atrás, con las manos juntas a la altura de la cintura, los ojos cerrados, en un andén vacío.


Llamé y dejé mensajes y me encontré un día de pie en la acera de enfrente de su edificio, del de Emma. Pasó un hombre con botas polvorientas y un manojo de llaves colgando del cinturón. Me aseguré de que llevaba mis llaves. Luego crucé la calle, entré en el vestíbulo y llamé a su timbre. La puerta estaba cerrada con llave, por supuesto. Esperé y volví a llamar. Se me ocurrió caminar hasta la escuela donde trabajaba y preguntar a alguien si podía ver a Emma Breslow. Pronuncié su nombre completo para mis adentros.

Su teléfono móvil ya no funcionaba. Aquello era una zambullida en la prehistoria. ¿Qué era lo primero que le diría cuando por fin habláramos?

Director de normativa y ética.

¿Y luego qué?

Una universidad del oeste de Connecticut. Cerca de la granja de caballos donde nos habíamos conocido. Vendrás a visitarme. Montaremos a caballo.

No fui a su escuela. Di un paseo largo por las calles atestadas y vi a cuatro mujeres jóvenes con las cabezas afeitadas. Eran un grupo, eran amigas, no andaban contoneándose como modelos de pasarela vestidas para el colapso hastiado de todo. Turistas, pensé, del norte de Europa, e hice un intento poco entusiasta de leer un significado en su aspecto. Pero a veces la calle se me venía encima, demasiadas cosas que absorber, y tuve que dejar de pensar y seguir andando.

Llamé a la escuela y alguien me dijo que Emma se había tomado unas breves vacaciones.

Todo estaba listo para ocupar mi nuevo cargo, empezaba en dos semanas, mucho antes del inicio del curso escolar, con tiempo para acompañar a Ross y regresar, para adaptarme, y yo no sabía qué sensación me producía volver allí, a la Convergencia, a aquella grieta en la tierra. En la ciudad, en pleno cómputo establecido de los días y las noches, no había argumentos que presentar, no había alternativas que proponer. Yo había aceptado la situación, la de mi padre. Pero necesitaba hablar antes con Emma, contárselo todo, por fin, lo del padre, la madre, la madrastra, el cambio de nombre, los niveles numerados, todos los datos de mi familia de sangre que me acompañaban a la cama por las noches.

Me llamó aquella noche, ya tarde, y me habló con una voz que era todo urgencia, presión tremenda cerniéndose sobre ella, palabra a palabra. Stak había desaparecido. Había sucedido cinco días atrás. Ella estaba en Denver con el padre del chico. Llevaba allí desde el segundo día. La policía había tramitado la denuncia por desaparición. Había una unidad de búsqueda trabajando en el caso. Habían confiscado el ordenador del chico y otros dispositivos. Los padres estaban en contacto con un detective privado.

Los dos, la madre y el padre, la angustia compartida, el misterio de un hijo que decide desaparecer. Su padre estaba seguro de que no lo habían secuestrado ni lo estaba reteniendo nadie. Había indicios de cierta actividad detrás de la habitual conducta descarriada de Stak. Eso era todo. ¿Qué otra cosa podía haber? Emma estaba agotada. Hablé brevemente, diciéndole lo que tenía que decirle, y le pregunté cómo podía ponerme en contacto con ella. Ella me dijo que me llamaría otra vez y colgó.

Me quedé de pie en el dormitorio y me sentí derrotado. Era una sensación mezquina y egoísta, una amargura anímica. La lluvia golpeaba la ventana y la abrí y dejé que entrara el aire frío. Luego miré el espejo de encima de la cajonera y simulé un suicidio por disparo en la cabeza. Lo hice tres veces más, ensayando caras distintas.

# 7

Había una tormenta de arena yendo y viniendo por el paisaje y la pista de aterrizaje era temporalmente inaccesible. Nuestro pequeño avión voló en círculos alrededor del complejo mientras esperábamos la oportunidad de aterrizar. Desde nuestra altura, la estructura del complejo era un modelo de forma y contorno, una visión del desierto, todo líneas y ángulos y alas sobresaliendo, emplazada a salvo en medio de ninguna parte.

Ross estaba en el asiento de delante del mío, hablando en francés con una mujer sentada al otro lado del estrecho pasillo. El avión tenía cinco asientos y nosotros éramos los únicos pasajeros. Llevábamos tantas horas viajando que ya se habían convertido en días; habíamos pasado la noche en una embajada o consulado de alguna parte, y me daba la sensación de que él estaba alargando las cosas, no retrasando su llegada a fin de vivir un día más, sino únicamente para poner las cosas en perspectiva.

Pero ¿qué cosas?

La mente y la memoria, supongo. Su decisión. Nuestro encuentro de padre e hijo, más de tres décadas, todo cuestas y virajes bruscos.

Para eso sirven los viajes largos. Para ver lo que has dejado atrás, para ampliar la perspectiva, para encontrar los puntos de referencia, para conocer a la gente, para plantearte el significado de un asunto u otro y luego maldecirte a ti mismo, o bendecirte a ti mismo, o bien, en el caso de mi padre, decirte a ti mismo que tendrás oportunidad de hacerlo todo otra vez, con variaciones.

Llevaba chaqueta de safari y vaqueros.

La mujer ya estaba en su asiento cuando Ross y yo nos habíamos subido a aquel último avión. Ella iba a ser su guía, la que lo guiaría durante las últimas horas. Yo me dediqué a escucharlos a ratos, captando alguna frase suelta, todas relacionadas con procedimientos y horarios, los detalles de un día cualquiera en la oficina. La mujer debía de rondar los treinta y cinco años y llevaba una versión de esa indumentaria verde de dos piezas que uno asocia con el personal hospitalario; se llamaba Dahlia.

El avión empezó a trazar círculos más bajos y el complejo pareció elevarse flotando de la tierra. A su alrededor, el inmenso ardor febril de la ceniza y la roca. La tormenta de arena estaba allí, más visible ahora, el polvo ascendía en forma de enormes oleadas oscuras e infladas, estrictamente verticales, olas que rompían hacia arriba, de una milla de alto, de dos millas, yo no tenía ni idea, intenté traducir las millas a kilómetros y luego intenté pensar en la palabra en árabe que se refiere a esos fenómenos. Era mi estrategia habitual para defenderme de ciertos espectáculos de la naturaleza: pensar en una palabra.

*Haboob*, pensé.

Cuando el bramido de la tormenta nos alcanzó y el viento empezó a zarandear violentamente el avión, sentimos un peligro tangible. La mujer dijo algo y yo le pedí a Ross que me hiciera de intérprete.

—Las complicaciones del pavor —me dijo.

Me sonó a francés incluso en inglés, y repetí la expresión y luego la repitió él también y el avión se ladeó para alejarse de la pista cada vez más cercana y yo empecé a preguntarme si aquello no sería una vista previa en temblorosa profundidad de la típica imagen que podría encontrarme en alguna de las pantallas de alguno de los pasillos vacíos por los que pronto estaría caminando.


No me quedó claro si mi habitación era la misma de la otra vez. Quizá simplemente tuviera el mismo aspecto. Pero estar en ella me hacía sentir distinto. Ahora no era más que una habitación. No me hacía falta estudiar la habitación ni analizar el simple hecho de mi presencia dentro de ella. Dejé mi bolsa de viaje sobre la cama, hice unos ejercicios de estiramiento y unas sentadillas con salto en un intento de sacudirme el largo viaje de la memoria del cuerpo. La habitación ya no era una ocasión para probar mis teorías o abstracciones. No me identificaba con la habitación.


Puede que Dahlia fuera de aquella zona, pero yo entendía que los orígenes no eran lo importante allí, y que en general no había que concretar las categorías y ni siquiera ponerles nombre.

Nos llevó por un pasillo ancho donde había un objeto sujeto a una base de granito. Era una figura humana, masculina, desnuda, no colocada dentro de una cápsula ni tampoco hecha de bronce ni de mármol ni de terracota. Intenté discernir el material: un cuerpo en pose natural, ni un dios fluvial griego ni un auriga romano. Un solo hombre, acéfalo: no tenía cabeza.

Ella se volvió para mirarnos y echó a andar hacia atrás, hablando un francés por segmentos, que Ross me iba traduciendo, cansinamente.

—No se trata de una réplica en silicona y fibra de vidrio. Es carne real, tejido humano, ser humano. Cuerpo preservado durante un tiempo limitado por medio de crioprotectores aplicados a la piel.

Le dije:

—No tiene cabeza.

Ella dijo:

—¿Qué?

Mi padre no dijo nada.

Había varias figuras más, algunas femeninas, cuerpos claramente en exposición, como en un pasillo de museo, todos sin cabeza. Di por sentado que los cerebros estaban en cámaras frigoríficas y que el motivo de la acefalia era una referencia a las estatuas preclásicas que se desenterraban en las ruinas.

Pensé en los Stenmark. No había olvidado a los gemelos. Aquélla era su idea de una decoración *post mortem*, y se me ocurrió que aquella exhibición tenía implícita una predicción. Cuerpos humanos, saturados de sofisticados conservantes, sirviendo como puntales de los mercados de arte del futuro. Monolitos raquíticos de carne antaño viva, desplegados en salones de exposición de casas de subastas o bien en los escaparates de un anticuario exclusivo del tramo más elegante de la avenida Madison. O bien un hombre y una mujer sin cabeza ocupando la esquina de una gran suite del ático londinense de un oligarca ruso.

La cápsula de mi padre, contigua a la de Artis, ya estaba lista. Intenté no pensar en los maniquíes que había visto en mi visita anterior. Quería estar libre de referencias y asociaciones. La imagen de los cuerpos confirmaba que estábamos de vuelta, Ross y yo, y con aquello me bastaba.

Dahlia nos condujo por un pasillo vacío que tenía las puertas y las paredes de colores a juego. Cuando doblamos la esquina, nos llevamos una sorpresa: una sala con la puerta entreabierta, y me acerqué para mirar dentro. Una silla sencilla, una mesa con varios instrumentos esparcidos a intervalos regulares y un hombre bajito con bata blanca sentado en una banqueta junto a la pared de enfrente.

A mí me resultó ominosa, aquella sala en miniatura: paredes desnudas, techo bajo, banqueta y silla, pero no era más que un escenario de cortes de pelo y afeitados. El barbero sentó a Ross en la silla y se puso a trabajar deprisa, usando unas tijeras de esculpir y una máquina de cortar el pelo que no hacía ruido. La guía y él intercambiaron una serie de comentarios escuetos en un idioma que no pude identificar. Y allí estaba la cara de mi padre, emergiendo del pelo tupido. El pelo hacía de nido de la cara. La cara afeitada quedó convertida en una triste estampa: mirada inexpresiva, carne hundida bajo los adustos pómulos, mandíbula deshecha. ¿Estaba viendo yo demasiado? El espacio comprimido se prestaba a la exageración. Pelos caídos por todas partes, una cabeza que mostraba pequeñas abolladuras y lesiones. Luego las cejas desaparecieron tan deprisa que me perdí el momento.

Tuvimos que hacer una pausa, los que estábamos junto a la silla, cuando a mi padre le empezaron a temblar las manos. Nos quedamos allí mirándolo. No nos movimos. Mantuvimos un silencio extrañamente reverente.

Cuando se detuvo el temblor, la guía y el barbero volvieron a decir algo incomprensible, y se me ocurrió entonces que aquél debía de ser el idioma que me habían mencionado primero Ross y después el hombre del jardín artificial, Ben-Ezra, que me había hablado de un sistema lingüístico en desarrollo mucho más expresivo y preciso que ninguna de las formas discursivas existentes.

El barbero usó navaja y espuma tradicionales para terminar de rasurar las hendiduras que rodeaban la boca y el mentón de mi padre, y yo escuché a Dahlia hablar en una serie de unidades entrecortadas que parecían sílabas, intercaladas ocasionalmente con episodios largos, y sin pausas ni para respirar, de habla plana y monótona. Inclinó un poco la mitad superior del cuerpo. Hizo algo con la mano izquierda.

En inglés vacilante, el barbero me contó que el vello corporal se eliminaría cuando faltara menos para el momento. Por fin ayudaron a Ross a levantarse de la silla y vimos que parecía estar listo. Era una idea terrible, pero esto fue lo que vi: un hombre al que no le quedaba nada más que la ropa que llevaba.

Caminé por los pasillos, una revisitación, cada recodo que doblaba me traía algún indicio de recuerdo. Puertas y paredes. Un lago pasillo pintado de cielo, con tenues estelas de vapor de color gris difuso trazadas por la parte superior de la pared y el borde del techo. Me detuve un momento a pensar en algo. ¿Cuándo me había detenido yo a pensar? El tiempo pareció suspendido hasta que me pasó alguien al lado. ¿Qué clase de alguien? Estaba pensando en los comentarios que me había hecho una vez mi padre sobre la duración de la vida humana, sobre el tiempo que pasamos vivos, literalmente minuto a minuto, del nacimiento a la muerte. Un periodo tan breve, me dijo, que podríamos medirlo en segundos. Y eso era justamente lo que yo quería hacer: computar su vida en el contexto del intervalo conocido como un segundo, la sexagésima parte de un minuto. ¿Qué me diría aquello? Pues sería un marcador, el último número de una secuencia ordenada que colocar junto a la corriente imparable de sus días y sus noches, de la persona que era y de las cosas que había dicho, hecho y deshecho. Una forma de emblema memorial, tal vez, algo que susurrarle durante el centelleo final de su conciencia. Además, estaba el hecho de que yo no sabía qué edad tenía, cuántos años, meses y días podía convertir en una cantidad imponente de segundos.

Decidí no dejar que aquello me preocupara. Él se había marchado de casa, repudiando a su mujer y a su hijo mientras el niño estaba haciendo los deberes. *Seno coseno tangente.* Las palabras místicas que yo asociaría para siempre con el episodio. El momento me liberó de toda responsabilidad para con las cifras concretas de mi padre, fecha de nacimiento incluida.

Eché a andar otra vez por los pasillos. Solamente estaba allí de forma provisional, paso a paso, asumiendo las obligaciones del hombre: mi edad y mi forma y las personas que me habían precedido allí. En aquel momento divisé la pantalla, el borde inferior, una franja bastante amplia, de pared a pared, visible bajo el nicho del techo. Me alegré de verla. La fuerza secuencial de las imágenes se impondría a mi sensación de estar flotando en el tiempo. Necesitaba el mundo exterior, fuera cual fuera su impacto.

Caminé hasta un punto situado a menos de cinco metros del lugar donde la pantalla bajaba hasta el suelo. Me quedé allí esperando y me pregunté qué clase de acontecimiento se me echaría encima. Acontecimiento, fenómeno, revelación. No pasó nada. Conté en silencio hasta cien, pero la pantalla no se movió. Volví a contar, diciendo los números en voz baja, haciendo una pausa después de cada serie de diez, pero la pantalla no bajó. Cerré los ojos y esperé un rato más.

Gente de pie con los ojos cerrados. ¿Acaso yo formaba parte de una epidemia de ojos cerrados?

El vacío, el silencio del largo pasillo, las puertas y las paredes pintadas, la conciencia de ser una figura solitaria, inmóvil, abandonada en un escenario que parecía diseñado para aquellas circunstancias: todo estaba empezando a parecer un cuento infantil.

Abrí los ojos. No pasó nada. Las aventuras de un chico en el vacío.


Tuve un claro recuerdo de la sala de piedra con su enorme cráneo enjoyado, el megacráneo, adornando una pared. Esta vez el escenario era distinto. Un hombre con mascarilla nos llevó a Ross y a mí a una ubicación, o bien a una situación, que yo reconocí como el desvío. Uno de muchos, supuse, y hubo un momento, o bien un no momento, en que el tiempo quedó suspendido mientras descendíamos a uno de los niveles numerados. Después seguimos al hombre hasta una sala de juntas donde había cuatro personas más sentadas, dos a cada lado de una mesa alargada, hombres y mujeres, todos calvos y sin vello facial, vestidos con prendas blancas y holgadas.

Las mismas prendas que llevaba Ross. Mi padre estaba relativamente alerta, refrescado por un estimulante suave. El guía nos acompañó hasta un par de sillas enfrentadas y abandonó la sala. Intentamos no examinarnos los unos a los otros, los seis que estábamos allí, y nadie tuvo nada que decir.

Se trataba de individuos que se habían postulado para aquel papel, pero que aun así estaban inmersos en las horas finales de las vidas que habían conocido. Yo habría agradecido cualquier cosa que Artis tuviera que decir en aquella situación. Eran unos desconocidos y era mi padre, y el silencio reflexivo suponía una clara bendición. Todas las fijaciones descabelladas permanecían temporalmente ocultas.

No hubo que esperar mucho. Pronto entraron tres hombres y dos mujeres, de mediana edad, trajeados, claramente visitantes. Tomaron asiento en los márgenes más remotos de la mesa. Entendí que eran benefactores, particulares o posiblemente emisarios, un par de ellos, de alguna agencia, instituto u organización, tal como me había explicado en un momento dado Ross.

También él había sido un benefactor en el pasado y en cambio ahora estaba aquí: convertido en una figura perdida y esquilada, sin traje ni corbata ni base de datos personal.

Otro breve momento, otro silencio y por fin entró alguien más. Una mujer alta y sombría, con jersey de cuello de cisne y pantalones ceñidos, peinado afro muy tupido, con canas.

Registré aquellas cosas, dije las palabras para mí mismo, identifiqué la clase de cara, cuerpo y vestimenta. Si no lo hacía, ¿podría la persona desaparecer?

La mujer se detuvo en un extremo de la mesa, con los brazos en jarras y los codos extendidos, y pareció que estaba hablando con la mesa en sí.

—A veces la Historia la hacen las vidas individuales en contacto momentáneo.

Nos dejó que pensáramos en ello. Casi me convencí de que tenía que levantar la mano para ofrecer un ejemplo.

—No nos hacen falta ejemplos —dijo ella—, pero daré uno de todos modos. Y dolorosamente simple. Un científico que investiga algo desconocido en un rincón perdido de algún laboratorio. Alimentándose de arroz con alubias. Incapaz de completar una teoría, una fórmula, una síntesis. Medio delirando. De pronto asiste a una conferencia que se celebra a medio mundo de distancia y comparte almuerzo y unas cuantas ideas con otro científico procedente de un lugar completamente distinto.

Esperamos.

—¿Y cuál es el resultado? El resultado es una forma nueva de entender nuestro lugar en la galaxia.

Seguimos esperando.

—¿Otro ejemplo? —dijo—. Un hombre armado con una pistola sale de una multitud en dirección al líder de un país importante y ya nada vuelve a ser lo mismo.

Miró la mesa, pensativa.

—Vuestra situación, la de quienes estáis al borde del viaje hacia el renacer... Estáis completamente fuera de esa narración que denominamos Historia. Aquí no hay horizontes. Estamos comprometidos con una interioridad, una búsqueda en profundidad de quiénes somos y de dónde estamos.

Los miró uno a uno, a mi padre y a los otros cuatro.

—Cada uno de vosotros está a punto de convertirse en una vida individual en contacto únicamente consigo misma.

¿Le estaba dando a aquel asunto un aire amenazador?

—Otros, muchos más, han venido aquí con la salud deteriorada para morir y para que los preparemos para la cámara. A vosotros os van a etiquetar como Cero K. Sois los heraldos, los que habéis elegido entrar prematuramente en el portal. El portal. Que no es una entrada majestuosa ni tampoco una página web de tres al cuarto, sino un complejo de ideas y aspiraciones y realidades conseguidas con gran esfuerzo.

Yo necesitaba un nombre para ella. Todavía no le había puesto nombre a nadie durante esta visita. Un nombre le añadiría dimensión a su cuerpo liviano, sugeriría un lugar de origen y me ayudaría a identificar las circunstancias que la habían llevado hasta allí.

—No será una oscuridad total ni un silencio absoluto. Eso ya lo sabéis. Os han dado instrucciones. Primero pasaréis la corrección biométrica, dentro de unas horas. La edición cerebral. A su debido tiempo os reencontraréis con vosotros mismos. Memoria, identidad y yo, a otro nivel. He ahí el quid de nuestra nanotecnología. ¿Estáis legalmente muertos, o ilegalmente, o bien ninguna de las dos cosas? ¿Os importa? Tendréis una vida fantasmal dentro de la cavidad encefálica. Pensamiento flotante. Una forma pasiva de comprensión mental. Ping ping ping. Como una máquina recién nacida.

Caminó alrededor de la mesa y se dirigió a nosotros desde el otro extremo. No te molestes en ponerle nombre, pensé. Eso fue la vez anterior. Yo quería que esta visita se terminara. El padre ya decidido en su tubo uterino. El hijo ya no tan joven en sus actividades rutinarias. El regreso de Emma Breslow. El cargo de director de normativa y ética. Comprobar que llevas la billetera, comprobar que llevas las llaves. Las paredes, el suelo y los muebles.

—Si nuestro planeta continúa siendo un entorno autosuficiente, maravilloso para todo el mundo, aunque no tiene ninguna pinta... —dijo—. En cualquier caso, es en el subsuelo donde se pone en práctica el modelo avanzado. Esto no implica sumisión a una serie de circunstancias difíciles. Simplemente es aquí donde el empeño de la humanidad ha encontrado lo que necesita. Estamos viviendo y respirando en un contexto futuro, pero haciéndolo aquí y ahora.

Miré a Ross, sentado al otro lado de la mesa. Lo vi en otra parte, no perdido en sus ensoñaciones, sino concentrado, recordando, intentando ver algo o entender algo.

Tal vez yo estuviera recordando el mismo momento de tensión; los dos en una habitación y las palabras que había pronunciado mi padre:

*Me voy con ella*, había dicho.

Ahora, dos años más tarde, se estaba encontrando el camino hacia aquellas palabras.

—Ese mundo, el de arriba —dijo ella—, está sucumbiendo a los sistemas. A las redes transparentes que obstruyen lentamente la circulación de la naturaleza y el carácter que distingue a los humanos de los botones de ascensor y de los timbres.

Me dieron ganas de pensar en eso. *Que obstruyen lentamente la circulación*. Pero ella siguió hablando, levantando la vista de la superficie de la mesa para examinarnos en nuestro aspecto colectivo: los terrícolas junto a los habitantes rasurados del otro mundo.

—Los que vais a regresar a la superficie, ¿no lo habéis notado? La pérdida de autonomía. La sensación de estar siendo virtualizados. Los dispositivos que usáis, los que lleváis a todas partes, minuto a minuto, inexorablemente. ¿Alguna vez os sentís desencarnados? Todos los impulsos codificados de los que dependéis para guiaros. Todos los sensores de la sala que os están observando, escuchándoos, registrando vuestros hábitos, midiendo vuestras capacidades. Todos los datos vinculados y diseñados para incorporaros a los megadatos. ¿Hay algo que os incomode? ¿Pensáis en los tecnovirus, en la caída de todos los sistemas, en la implosión global? ¿O quizá es algo más personal? ¿Os sentís inmersos en un pánico digital horroroso que está en todas partes y en ninguna?

Ella necesitaba un nombre que empezara con la letra zeta.

—Aquí, por supuesto, perfeccionamos nuestros métodos constantemente. Estamos aplicando nuestra ciencia al milagro de la reanimación. Nada de trivialidades escapistas. Se acabó la deriva de las aplicaciones.

Una voz entrecortada, autoritaria, con un ligero acento, y la tensión de su cuerpo, la energía bajo presión. Podía llamarla Zina. O Zara. La letra zeta mayúscula siempre domina las palabras o los nombres.

Se abrió la puerta y entró un hombre. Vaqueros ajados y camisa sin botones, coleta larga meciéndose. Aquello era nuevo, lo de la trenza, pero el hombre era fácilmente reconocible como uno de los gemelos Stenmark. ¿Cuál de los dos era? ¿Acaso importaba?

La mujer se quedó en un extremo de la mesa y el hombre ocupó su puesto en el contrario, informalmente, sin indicios de coreografía ensayada. No dieron muestras de verse el uno al otro.

Él hizo un gesto circunstancial, con la cara y la mano, indicándonos que por alguna parte teníamos que empezar, así que a ver cómo iba la cosa.

—San Agustín. Permitidme que os cuente qué decía. Decía lo siguiente.

Hizo una pausa y cerró los ojos, dando la impresión de que sus palabras pertenecían a la oscuridad, de que nos llegaban de siglos pasados.

—«Pues nunca le sucederá al hombre peor en la muerte que en donde habrá la misma muerte sin muerte.»

*¿Qué?*, pensé.

Tardó un rato en abrir los ojos. Luego se quedó mirando la pared de enfrente, por encima de la cabeza de Zara.

Nos dijo:

—No voy a intentar ver ese comentario en el contexto de la meditación sobre la gramática latina que lo inspiró. Simplemente os lo pongo delante a modo de desafío. De algo en lo que pensar. De algo en lo que ocuparos dentro de vuestra cápsula corporal.

El mismo Stenmark con la misma cara de póquer. Y, sin embargo, estaba claro que había envejecido: tenía la cara más agarrotada y las venas de las manos de color azul intenso. Yo les había asignado a los gemelos un total de cuatro nombres propios, pero ahora no conseguía ponerlos en orden.

—Ahora hay terror y guerra, por todas partes, barriendo la superficie de nuestro planeta —dijo—. ¿Y a qué se reduce todo? A una modalidad grotesca de nostalgia. Las armas primitivas, el hombre del *rickshaw* con un chaleco bomba puesto. No necesariamente un hombre, también puede ser un niño, una niña o una mujer. Decid la palabra: *jinriksha*. En ciertas ciudades y pueblos todavía se lleva con las manos. El pequeño vehículo de dos ruedas. Los pequeños explosivos de fabricación casera. Y en el campo de batalla, rifles de asalto de otra época, antiguas armas soviéticas, viejos tanques maltrechos. Todos estos ataques, batallas y masacres incrustados en una evocación perversa. Las escaramuzas en el barro, las guerras santas, los edificios bombardeados, las ciudades enteras reducidas a centenares de calles de escombros. El combate cuerpo a cuerpo que nos hace retroceder en el tiempo. La carestía de gasolina, comida y agua. Los hombres con petates para la selva. Aplastar a los inocentes, quemar las chozas y envenenar los pozos. Revivir la historia de la estirpe.

Cabeza ladeada, manos en los bolsillos.

—Y en cuanto al terrorista posturbano, una vez abandonados su ciudad o país de adopción, ¿cuál es su contribución? Páginas web que transmiten horrores atávicos. Decapitaciones sacadas del folklore más espeluznante. Y las feroces prohibiciones, las disputas doctrinales de siglos pasados, matar a quienes pertenezcan al otro califato. En todas partes, enemigos que comparten historias y recuerdos. La superficie de retales de una guerra mundial que no lleva ese nombre. ¿Estoy acaso loco? ¿O soy un tonto de baba? Guerras perdidas en territorios remotos. Tomar al asalto la aldea, matar a los hombres, violar a las mujeres, secuestrar a las criaturas. Cientos de muertos, pero, fijaos, no hay grabaciones en vídeo ni fotografías, así pues, ¿qué sentido tiene? ¿Dónde está la reacción? Y el guerrero bajo el foco más luminoso. Lo vemos todo el tiempo. Escenas de tanques y camiones en llamas, soldados o milicianos con capuchas oscuras, de pie entre las alambradas de púas aplastadas, contemplando un incendio mientras aporrean una bañera calcinada con martillos y culatas de rifle y gatos de coche para elevar un ruido ancestral de tambores en la noche.

Ahora parecía estar al borde de las convulsiones, con el cuerpo temblando y las manos girando sin parar.

Nos dijo:

—¿Qué es la guerra? ¿Por qué hablar de la guerra? Lo que nos preocupa aquí es algo más amplio y profundo. Vivimos hasta el último minuto abrazando la fe que compartimos, la visión del cuerpo y de la mente que no mueren. Pero se ha vuelto imposible escapar de sus guerras. ¿No es la guerra la única ola que trastorna la tenue superficie de los asuntos de la humanidad? ¿O me falla el cerebro? ¿Acaso no hay una deficiencia ahí fuera, una banalidad espiritual que guía la voluntad colectiva?

Nos dijo:

—¿Quiénes son ellos sin sus guerras? Los episodios bélicos se han convertido en cúmulos insistentes que nos tocan y nos contagian y nos ponen a todos al alcance de unos monodramas mucho más grandes y mundiales que nada que hayamos visto.

Ahora Zara lo estaba mirando a él y yo la estaba mirando a ella. Estaban ascendiendo a la superficie, los dos, ¿verdad que sí? La Tierra en todas sus acepciones, el tercer planeta contando desde el Sol, el reino de la existencia mortal, con todas las definiciones intermedias. Yo no quería olvidarme de que ella necesitaba apellido. Se lo debía. ¿No era por eso por lo que yo estaba allí, para subvertir la danza de la trascendencia con mis trucos y mis juegos?

—Gente en bicicleta, el único medio de transporte para los no combatientes en la zona de guerra, aparte de caminar, cojear o gatear. Correr está reservado a las facciones de guerra y a los fotógrafos que cubren la escena, como en las anteriores guerras mundiales. Hay una añoranza del combate cuerpo a cuerpo, de aplastar el cráneo del otro y fumarse un cigarrillo. Coches bomba en lugares sagrados. Cohetes lanzados a centenas. Familias viviendo en sótanos hediondos, sin luz ni calefacción. Fuera los hombres están derribando la estatua de bronce del antiguo héroe nacional. Un acto sagrado, arraigado en el recuerdo, en la reexperiencia. Hombres con uniformes de camuflaje salpicados de barro. Hombres con todoterrenos llenos de agujeros de bala. Los rebeldes, los voluntarios, los insurgentes, los separatistas, los activistas, los militantes, los disidentes. Y quienes regresan a sus casas llenos de recuerdos siniestros y depresiones profundas. Un hombre en una habitación, donde la muerte será inmortal.

Volvió a poner cara de póquer, a no tener cara, a mecer ligeramente el cuerpo. ¿Dónde estaba su hermano? ¿Y qué relación tenía aquel hombre con Zara, que tal vez fuera Nadya? Tenía una esposa esperándolo en casa, eso ya lo había aclarado: los hermanos estaban casados con dos hermanas. Yo quería oír la vivaz cantinela de los comentarios combinados de los hermanos. ¿Acaso el gemelo desaparecido ya era un esbelto nanocuerpo incrustado en hielo dentro de una cápsula solitaria? ¿Todas las cápsulas tenían la misma altura? Y aquí estaba Nadya, plantada en el otro extremo de la mesa. ¿Eran amantes mal emparejados o no se conocían de nada?

Stenmark dijo:

—El apocalipsis es inherente a la estructura del tiempo y de los trastornos climáticos y cósmicos de largo alcance. Pero ¿estamos viendo quizá las señales de un infierno infligido por nosotros mismos? ¿Y estamos contando los días que faltan para que las naciones desarrolladas, o no tan desarrolladas, empiecen a usar las armas más infernales? ¿No es inevitable? Todos los silos secretos de las diversas partes del mundo. ¿Acaso los ciberataques anularán las agresiones planificadas? ¿Las bombas y misiles alcanzarán sus objetivos? ¿Estamos a salvo aquí, en nuestro complejo subterráneo? Y sea cual sea la cantidad de megatones, ¿cómo se registrará el impacto de continente a continente, el golpe a la conciencia mundial, sobre todo después de Hiroshima y Nagasaki? De vuelta a las ciudades destruidas de antaño, a las ruinas primordiales, pero con cien mil veces más devastación que antes. Pienso en los muertos y en los moribundos y en los heridos graves, nostálgicamente colocados en *rickshaws* para ser transportados por el paisaje destruido. ¿O quizá estoy perdido en el recuerdo neblinoso de las viejas imágenes de archivo?

Eché un vistazo disimulado a la mujer calva que estaba al otro lado de la mesa, sentada junto a Ross. Expectación. Algo cercano al placer visible en su cara. Daba igual lo que estuviera diciendo el hombre. Ella se moría de ganas de escaparse de aquella vida y acceder al reposo atemporal, de dejar atrás todas las precarias complicaciones del cuerpo, de la mente y de las circunstancias personales.

Pareció que Stenmark había acabado. Las manos juntas a la altura del abdomen, la cabeza gacha. En aquella postura de plegaria, le dijo algo a su colega. Estaba hablando el lenguaje interino, el sistema único de la Convergencia, una serie de sónicos vocales y gestos que me hacían pensar en delfines comunicándose en medio del océano. Ella le contestó con un comentario prolongado y acompañado de unas cuantas oscilaciones de la cabeza; tal vez en otras circunstancias habrían resultado cómicas, pero allí no, y menos si era Nadya quien las hacía.

El acento de ella se esfumó dentro de la burbuja opaca de lo que estuviera diciendo. Abandonó su posición y recorrió uno de los lados de la mesa, colocando la mano sobre las cabezas afeitadas de los heraldos, uno tras otro.

—El tiempo es múltiple, el tiempo es simultáneo. Este momento sucede, ha sucedido, sucederá —dijo ella—. El idioma que hemos desarrollado aquí os permitirá entender esos conceptos a quienes entréis en las cápsulas. Seréis los recién nacidos, y a su debido tiempo ese idioma se os instilará.

Dobló la esquina de la mesa y caminó meciéndose hasta el otro extremo.

—Signos, símbolos, gestos y normas. El nombre del idioma solamente será accesible para quienes lo hablen.

Colocó la mano en la cabeza de mi padre; de mi padre o bien de su representación, del icono desnudo en el que pronto se convertiría, un ser durmiente en una cápsula, esperando su ciberresurrección.

Ahora su acento se hizo más pronunciado, principalmente porque yo quería que así fuera.

—La tecnología se ha vuelto una fuerza de la naturaleza. No la podemos controlar. Recorre el planeta como una tormenta y no tenemos donde escondernos de ella. Solamente aquí mismo, claro, en este enclave dinámico, donde respiramos un aire sin peligro y vivimos fuera del alcance de los instintos combativos, de la desesperación sangrienta de la que tan recientemente nos han dado detalles, a muchos niveles.

Stenmark caminó hasta la puerta.

—No hagáis caso de la directiva viril —nos dijo—. Solamente conseguiréis que os mate.

Y se marchó. ¿Adónde, qué pasaba a continuación? Nadya levantó la vista y miró hacia una esquina de la sala. Ahora tenía los brazos levantados, enmarcándole la cara, y se puso a hablar en el idioma de la Convergencia. Tenía una presencia fuerte. Pero ¿qué estaba diciendo, y a quién? Era una figura singular, autocontenida, con cuello de cisne y pantalones ceñidos. Pensé en mujeres en otros lugares, en calles y bulevares de grandes ciudades, en el viento soplando, en la brisa levantándole la falda a una mujer, en la forma en que el viento le tensaba la falda, le marcaba las piernas, le metía la falda por entre ellas, revelando rodillas y muslos. ¿Eran éstos los pensamientos de mi padre o los míos? La falda golpeando las piernas, un viento tan enérgico que la mujer se ponía de lado, apartando la cara de su envite, con la falda danzando hacia arriba y replegándosele entre los muslos.

Nadya Hrabal. Así se llamaba.

# 8

Estaba en la silla de mi habitación, esperando que viniera alguien y se me llevara a otra parte.

Pensaba en la holgura de las secuencias de pasos y de palabras que experimentábamos arriba, en el exterior, caminando y hablando bajo el cielo, untándonos de loción bronceadora, concibiendo a criaturas y viéndonos envejecer en el espejo del cuarto de baño, al lado del retrete donde evacuábamos y de la ducha donde nos purificábamos.

Y allí estaba yo ahora: en un hábitat, en un entorno controlado donde los días y las noches no se distinguían, donde los habitantes hablaban un idioma hermético y donde estaba obligado a llevar una pulsera que contenía un disco que informaba de mi paradero a quienes miraban y escuchaban.

Y, sin embargo, no llevaba pulsera, ¿verdad? Aquella visita era distinta. Era un velatorio. El hijo al que se le permitía acompañar a su padre a los abismos, más allá de los niveles permisibles.

Dormí un rato en la silla y cuando me desperté mi

madre estaba presente en la habitación. Madeline o su aura. Qué extraño, pensé, que ella pudiera encontrarme allí, y más concretamente en ese momento, en las postrimerías de la lamentable decisión de Ross, el que había sido su marido durante una temporada. Quise hundirme en el momento. Mi madre: qué poco adecuadas resultaban estas dos palabras en aquel recinto enorme lleno de cráteres, donde la gente guardaba un estudiado silencio sobre su nacionalidad, su pasado, sus familias y sus nombres. Madeline en nuestra sala de estar, con su avatar tecnológico personal, el botón de silenciar del mando a distancia. Allí estaba, un aliento, una emanación.

Yo solía seguirla por los majestuosos pasillos de la enorme farmacia de nuestro barrio, un chico en plena neopubescencia, en plena germinación, leyendo las etiquetas de los envases y tubos de medicinas. A veces abría sigilosamente una caja para leer las instrucciones impresas, ansioso por probar la jerga atiborrada de advertencias, precauciones, reacciones adversas y contraindicaciones.

—Basta ya de hurgar como un ratón —me decía ella.

Nunca me sentí más humano que mientras mi madre yacía en cama, agonizando. No se trataba de esa fragilidad del hombre del que se dice que «no es más que humano», sometido a debilidades o vulnerabilidades. Era una oleada de tristeza y de pérdida que me daba a entender que estaba siendo expandido por el dolor. Había recuerdos, por todas partes, sin evocar. Había imágenes, visiones y voces, y también el hecho de que el último aliento de una mujer le estaba dando expresión a la humanidad constreñida de su hijo. Estaba la vecina del bastón, inmóvil, completamente, en la puerta, y estaba mi madre, al alcance del brazo, de mi mano, inmóvil.

Madeline rascando con la uña del pulgar para quitar las etiquetas del precio a los artículos que había comprado, un acto decidido de venganza contra lo que fuera que nos estuviera infligiendo aquellas cosas. Madeline allí plantada, con los ojos cerrados, levantando los brazos y haciéndolos girar, una y otra vez, para relajarse. Madeline mirando el canal del tráfico, eternamente, o eso parecía, mientras los coches cruzaban la pantalla sin hacer ruido, saliendo de su campo visual para regresar a las vidas de los conductores y pasajeros.

Mi madre era una mujer normal a su manera, un alma libre, el lugar al que yo podía regresar para sentirme a salvo.


El acompañante era un hombre anodino que parecía más una forma de vida que un ser humano. Me condujo por los pasillos, a continuación me señaló la puerta de la unidad alimentaria y se marchó.

La comida sabía a sustento medicado y yo estaba intentando comérmela por medio del pensamiento, derrotarla mentalmente, cuando entró el Monje. Hacía tiempo que no pensaba en el Monje, aunque tampoco me había olvidado de él. ¿Acaso solamente iba allí cuando estaba yo? Llevaba una túnica marrón sin adornos, de cuerpo entero, e iba descalzo. Aquello tenía sentido, aunque yo no sabía ni por qué ni cómo. Por fin se sentó a la mesa de enfrente, sin ver nada más que lo que había en su plato.

—Hemos estado aquí antes, usted y yo, y aquí volvemos a estar —le dije.

Lo miré sin disimulo. Le mencioné la crónica que me había hecho de su viaje a la montaña sagrada del Tíbet. Luego observé cómo comía, con la cabeza casi dentro del plato. Le mencioné la visita que habíamos hecho a cuidados paliativos, él y yo: al refugio. Me sorprendió recordar la palabra. La pronuncié dos veces. Él comió y yo comí, pero también seguí mirándolo, manos largas, mirada condensada. Llevaba su última comida en la túnica. ¿Se le habría caído del tenedor o la habría vomitado?

Él dijo:

—He sobrevivido a mi recuerdo.

Se lo veía envejecido, y aquel aire suyo de no estar en ninguna parte era más pronunciado que nunca, y de hecho era allí donde estábamos: en ninguna parte. Observé cómo prácticamente engullía su tenedor junto con la comida que había en él.

—Y, sin embargo, sigue usted visitando a quienes esperan para morir y para ser llevados abajo. Atendiendo a sus necesidades emocionales y espirituales. Y me pregunto si habla usted su idioma. ¿Habla usted el idioma que se habla aquí?

—Mi cuerpo entero lo rechaza.

Aquello era alentador.

—Ahora solamente hablo uzbeko.

Yo no supe qué decir a eso. Así que dije:

—Uzbekistán.

Él había terminado de comer y su plato estaba limpio, y me dieron ganas de decirle algo antes de que se marchara de la unidad. Lo que fuera. De decirle mi nombre. Él era el Monje, pero ¿quién era yo? Tuve que hacer una pausa. Me pasé un momento largo y vacío sin acordarme de mi nombre. Él se puso de pie, echó su silla hacia atrás y dio un paso hacia la puerta. Un momento intermedio entre no ser nadie y ser alguien.

Por fin le dije:

—Me llamo Jeffrey Lockhart.

No era un comentario que él pudiera asimilar.

Así pues, le pregunté:

—¿Qué hace usted cuando no está ni comiendo ni durmiendo ni hablando con la gente sobre su bienestar espiritual?

—Camino por los pasillos —me dijo.


De vuelta a la habitación, al espacio afeitado.

Todas las zonas, los sectores, las divisiones que yo no había visto. Centros informáticos, economatos, refugios contra ataques o desastres naturales, la zona de control central. ¿Había instalaciones de recreo? ¿Bibliotecas, películas, torneos de ajedrez, partidos de fútbol? ¿Cuántos números había en los niveles numerados?


Estaba desnudo sobre una camilla, sin un solo pelo en el cuerpo. Costaba relacionar la vida y época de mi padre con aquella semblanza remota. ¿Había pensado yo alguna vez en el cuerpo humano y en el espectáculo que era, en toda su fuerza elemental, el cuerpo de mi padre, desnudo de todo lo que pudiera señalarlo como vida individual? Era algo caído en el anonimato, con todas sus reacciones normales atenuadas. No aparté la vista. Me sentía obligado a mirar. Quería ser contemplativo. Y en algún punto lejano de mi mente sobreexcitada, puede que experimentara una especie de pálida reparación, la satisfacción del muchacho tratado injustamente.

Ross estaba vivo, flotando en algún nivel de calma anestésica, y de pronto dijo algo, o tal vez se dijo algo a sí mismo: una palabra o dos que parecieron salir espontáneamente de su cuerpo.

Había una mujer con bata y mascarilla quirúrgica de pie al otro lado de Ross. La miré, más o menos en busca de aprobación, y a continuación me incliné hacia el cuerpo.

—*Yeso sobre tela.*

Creo que fue eso lo que oí, seguido de otros fragmentos gangosos e incomprensibles. La cara y el cuerpo hundidos. La polla encogida. El resto no era más que extremidades, partes que sobresalían.

Asentí con la cabeza al oír las palabras, intercambié una breve mirada con la mujer y asentí de nuevo. Sospeché que *yeso* se referiría al término artístico, superficie o medio pictórico. Yeso sobre tela.

Me concedieron un momento a solas con él, que pasé mirando a la nada, y luego llegaron más personas para preparar a Ross para su largo y lento periodo sabático en la cápsula.


Me condujeron a una sala cuyas cuatro paredes estaban recorridas por una pintura continua de la misma sala. Solamente había tres muebles, dos sillas y una mesa baja, todo representado desde varios ángulos. Me quedé de pie, volviendo primero la cabeza y después el cuerpo para examinar el mural. El hecho de que aquellas cuatro superficies planas fueran un retrato de sí mismas, además de servir de fondo a tres objetos con extensión espacial, me resultó una cuestión digna de aplicarle algún método profundo de investigación, quizá la fenomenología, pero yo no estaba a la altura del desafío.

Al final entró una mujer, más bien pequeña, enérgica, con chaqueta de ante y pantalones de punto. Tenía unos ojos que parecían emitir chorros de luz, y eso me hizo darme cuenta de que era la misma mujer de la mascarilla quirúrgica que había estado delante de mí durante la tosca visita de inspección del cuerpo.

Me dijo:

—¿Prefieres estar de pie?

—Sí.

La mujer pensó en eso y por fin se sentó a la mesa. Se hizo el silencio. No entró nadie con una bandeja de té y galletas.

—Hubo muchas conversaciones entre Ross, Artis y yo —me dijo—. Nacemos sin haber decidido existir. ¿Tenemos que morir de la misma forma? Los recursos que él puso a nuestra disposición han tenido una importancia vital.

¿Qué más vi? La mujer llevaba un pañuelo de diseño impactante y yo decidí que tenía cincuenta y cinco años, que era de aquella región y que gozaba de cierta autoridad allí.

—Después de que Artis entrara en la cámara, pasé algún tiempo con tu padre en Nueva York y en Maine.

Se mostró más generoso que nunca. Aunque era un hombre transformado. Esto ya lo sabes, por supuesto: estaba hecho pedazos por su pérdida. ¿Acaso no es una gloria humana negarse a aceptar un destino determinado? ¿Qué es lo que buscamos aquí? Solamente la vida. Pues adelante. Danos aliento.

Entendí que hablaba conmigo por respeto a mi padre. Él se lo había pedido y ella estaba obedeciendo.

—Para ayudarnos a salir de las épocas desesperadas tenemos el lenguaje. Si somos capaces de pensar y de hablar de lo que puede suceder en los tiempos por venir, ¿por qué no dejar que nuestros cuerpos sigan a nuestras palabras hasta el futuro? Si nos decimos a nosotros mismos con franqueza que la conciencia persistirá, que los criopreservativos continuarán nutriendo al cuerpo, ése supondrá nuestro primer despertar en pos del estado bienaventurado. Y estamos aquí para conseguir que eso suceda, no solamente para desearlo, ni para arrastrarnos en pos de ello, sino para darle dimensión plena a la empresa.

Los dedos le vibraban al hablar. Yo recelé un poco. Tenía allí a una mujer reconcentrada en sus ideas, instante a instante, decidida a hacer realidad las cosas.

—Estoy harto de teorías y de argumentos —dije—. Ross y yo hablamos y nos gritamos a todos los niveles.

—A mí me contó que nunca lo llamabas papá. Qué poco americano, le contesté yo. Él intentó reírse pero no lo consiguió.

Con mi camisa y mis pantalones insulsos, me imaginé a mí mismo metiéndome en la pintura de la pared y desapareciendo allí, una figura crepuscular en una esquina de la sala.

—La vida humana es una fusión accidental de partículas minúsculas de materia orgánica flotantes en el polvo cósmico. La continuación de la vida es menos accidental. Emplea lo que hemos aprendido durante los milenios de existencia humana. No es tan arbitraria ni depende tanto del azar, pero sigue siendo natural.

—Háblame de tu pañuelo —le dije.

—Cachemir de cabra de la Mongolia interior.

Cada vez estaba más claro que aquella mujer era un miembro importante de aquel proyecto. Si los gemelos Stenmark eran el núcleo creativo, los visionarios bromistas, ¿era ella acaso quien generaba los ingresos y marcaba la dirección? ¿Era uno de los individuos que habían concebido la idea misma de la Convergencia, situándola en aquella geografía agreste, más allá de los límites de la credibilidad y de la ley? Una financiera, filósofa y científica que había ampliado su rol allí. ¿Cuál era su experiencia concreta? Yo no tenía intención de averiguarlo. Y tampoco pensaba preguntarle por su nombre ni inventarle uno. Aquello era mi versión del progreso. Hora de irse a casa.

Ella dijo que había un último lugar que Ross quería que yo visitara. Me condujeron entonces a un desvío, ella y dos acompañantes, y nos adentramos en los niveles numerados, más allá de donde yo había llegado nunca. ¿Cómo lo supe? Lo noté en los huesos, pese a la falta de evidencias de tiempo transcurrido o de distancia ostensible.

Me llevaron a un camarín y me colocaron un aparato de respiración y un traje protector que parecía de astronauta. No era incómodo y me ayudó a sumergirme en la irrealidad del momento.

—Es natural que suframos contratiempos —dijo la mujer—, que haya planes encallados, o algún que otro percance. Se han dado casos de esperanzas frustradas.

Me miraba desde su respirador.

—Hay medidas en vigor que mantendrán el apoyo de tu padre, aunque no con las cifras previas. Hay una fundación y un administrador y toda una serie de límites inhibidores y salvaguardas y factores temporales.

—Pero reciben ustedes apoyo de otras partes.

—Por supuesto, siempre. Pero lo que Ross hizo por nosotros fue un punto de inflexión. Su fe inquebrantable, sus recursos a escala mundial...

—Han tenido ustedes deserciones, quizá.

—Su disposición a participar en esto de la forma más significativa.

Me estaban llevando lentamente por un estrecho pasadizo.

En una de las paredes había una placa de arcilla resquebrajada, colocada en sentido horizontal y con una hilera de signos muy apretados entre sí: números, letras, raíces cuadradas, raíces cúbicas, signos de suma y de resta, además de paréntesis, infinitos y otros símbolos con signos de igual en el medio, indicadores de igualdad lógica o matemática.

Yo no sabía qué significaba aquella ecuación y tampoco tenía intención de preguntarlo. Luego pensé en la Convergencia, en el nombre en sí, en la palabra en sí. Dos fuerzas distintas aproximándose a un punto de intersección. La fusión, aliento con aliento, del final y el inicio. ¿Acaso la ecuación de la placa podía ser la expresión científica de lo que le pasaba a un cuerpo humano cuando se unían las fuerzas de la muerte y de la vida?

—¿Y dónde está ahora?

—Está en proceso de refrigeración. O lo estará pronto —me dijo—. Tú eres el hijo. Por supuesto, él me ha dado a entender que tienes reservas sobre este concepto y también sobre esta ubicación. El escepticismo es una virtud en ciertas ocasiones, aunque a menudo una virtud superficial. Sin embargo, él nunca te ha descrito como un hombre de mente cerrada.

Yo no era simplemente su hijo, yo era *el* hijo, el superviviente, el heredero natural.

Nos encontramos con una serie de tubos de acceso y compartimentos estancos y por fin entramos en la sección de crioalmacenamiento. Ahora íbamos sin acompañantes y recorrimos una pasarela ligeramente elevada. Pronto apareció ante nosotros una zona abierta y al cabo de unos segundos vi qué había en ella.

Había hileras de cuerpos humanos dentro de cápsulas resplandecientes, y tuve que detenerme para asimilar lo que estaba viendo. Hileras, filas, largas columnas de hombres y mujeres desnudos en suspensión congelada. La mujer me esperó y los dos nos acercamos lentamente, desde una altura que nos ofrecía una perspectiva despejada.

Todas las cápsulas miraban en la misma dirección, docenas de ellas, centenares, y nuestros pasos nos llevaron por aquellas filas ordenadas. Los cuerpos estaban desplegados a lo largo de un recinto enorme, individuos con diversos tonos de piel, posicionados uniformemente, los ojos cerrados, los brazos cruzados sobre el pecho, las piernas muy juntas, ni un gramo de carne sobrante.

Recordé las tres cápsulas corporales que Ross y

yo habíamos contemplado en mi visita anterior. Entonces habíamos visto humanos atrapados, debilitados, vidas individuales abandonadas en una región fronteriza de un futuro esperanzado.

Aquí, en cambio, no había vidas en las que pensar ni que imaginar. Aquello era puro espectáculo, una entidad única, cuerpos regios en su porte criogénico. Una forma de arte visionario, un *body art* con implicaciones más amplias.

La única vida que me venía a la mente era la de Artis. Me imaginé a Artis en su trabajo de campo, en su época de trincheras enfangadas y túneles, de objetos desenterrados, de herramientas y armas cubiertas de tierra apelmazada, de fragmentos de piedra caliza con incisiones. ¿Y acaso no había algo casi prehistórico en los artefactos dispuestos ahora delante de mí? La arqueología de una época futura.

Esperé a que la mujer del pañuelo mongol me dijera que estábamos observando una civilización diseñada para renacer algún día, mucho después del hundimiento catastrófico de todo lo que había en la superficie. Sin embargo, nos limitamos a caminar, a detenernos un instante y a reanudar nuestros pasos, en silencio.

Si aquello era lo que mi padre quería que yo viera, a mí me correspondía el deber de sentir una punzada de sobrecogimiento y de gratitud. Y la sentí. Tenía delante una ciencia repleta de fantasía irreprimible. No podía contener mi admiración.

Finalmente pensé en las rutinas de baile espléndidamente coreografiadas de los musicales de Hollywood de hacía muchas décadas, con sus bailarines sincronizados a la manera de un ejército en desfile. Allí no había cortes ni fundidos ni banda sonora; aun así, continué observando.

Al cabo de un rato seguí a la mujer por un pasillo decorado con murales de paisajes devastados, escenas destinadas a ser proféticas, un paisaje duplicado, cada una de las paredes repitiendo la que tenía delante: colinas, valles y prados desfigurados. Miré a la izquierda, a la derecha y nuevamente a la izquierda, cotejando una pared con la otra. Las pinturas tenían una finura de encaje de telarañas, una delicadeza que intensificaba la ruina.

Llegamos por fin a una entrada bajo un arco que daba a un cuarto pequeño y estrecho, con paredes de piedra y luz tenue. Ella me hizo un gesto y yo entré, pero tuve que detenerme tras avanzar unos pasos.

En la pared de enfrente había dos receptáculos aerodinámicos, más altos que los que acababa de ver. Uno de ellos estaba vacío y el otro contenía el cuerpo de una mujer. No había nada más en el cuarto. No me acerqué para mirarlos más de cerca. Parecía que estuvieran pidiéndome que guardara las distancias.

La mujer era Artis. ¿Quién más podía ser? Aun así, tardé un rato en poder asimilar su imagen, su realidad, ponerle nombre y dejar que el momento se infiltrara en mí. Por fin avancé unos pasos y me fijé en que la postura de su cuerpo no era la misma que la de los ocupantes de las demás cápsulas.

El cuerpo de Artis parecía iluminado desde dentro. Estaba muy erguida, de puntillas, con la cabeza afeitada inclinada hacia arriba, los ojos cerrados y los pechos firmes. Era un ser humano idealizado y guardado en una vitrina, pero también era Artis. Tenía los brazos a los costados, con las puntas de los dedos sobre los muslos y las piernas un poco separadas.

Era una imagen hermosa. Era el cuerpo humano como modelo de creación. Eso creía yo. Era un cuerpo, en este caso, que no envejecería. Y era Artis, allí, a solas, quien les confería a los objetivos de aquel complejo cierta medida de respeto.

Se me ocurrió compartir mis sentimientos, aunque fuera por medio de miradas o gestos, de un simple asentimiento con la cabeza, pero cuando me volví en busca de la mujer que me había llevado allí, ya no estaba.

La cápsula vacía pertenecía a Ross, por supuesto. Su forma corporal sería restaurada, su cara, tonificada, su cerebro (según el folklore local), ajustado para que funcionara en un nivel reducido de identidad. ¿Cómo podían haber sabido aquel hombre y aquella mujer, años atrás, que acabarían residiendo en un entorno así, en aquel subplaneta, en aquella sala aislada, desnudos y absolutos, más o menos inmortales?

Miré un rato y por fin me volví para ver a un acompañante de pie en la puerta, alguien más joven, sin género.

Pero yo no estaba listo para marcharme. Me quedé allí, con los ojos cerrados, pensando, recordando. Artis y su historia: contar las gotas de agua de una cortina de ducha. Allí las cosas que contar, internamente, no se acabarían nunca. Durarían *para siempre*. La expresión que había usado ella. El aroma de aquellas palabras. Abrí los ojos y miré un rato más, el hijo, el hijastro, el testigo privilegiado.

Artis encajaba allí, pero Ross no.

Seguí al acompañante hasta el desvío y luego por una serie de pasillos con puertas cerradas cada veinte metros aproximadamente. Llegamos a una intersección y me señaló un pasillo vacío. Eran todo frases simples: sujeto, predicado, objeto, las cosas se estrechaban, y ahora yo estaba a solas, mi cuerpo encogiéndose en medio de la extensión enorme.

Luego apareció una arruga, un pliegue en la superficie lisa, y vi que la pantalla del final del pasillo estaba empezando a descender en aquel preciso instante; aquí estoy de nuevo, esperando a que pase algo.

Las primeras figuras surgieron antes incluso de que la pantalla se hubiera desplegado del todo.

Soldados en blanco y negro saliendo con paso enérgico de la niebla.

Es una imagen formidable, socavada casi de inmediato por el cuerpo aplastado de un soldado con ropa de camuflaje despatarrado en el asiento delantero de un vehículo hecho trizas.

Perros callejeros deambulando por las calles de un barrio abandonado. Un minarete visible en el borde de la pantalla.

Soldados bajo una nevada, apiñados en cuclillas, diez hombres comiéndose unas gachas con cucharas y cuencos de madera.

Un plano aéreo de camiones militares blancos cruzando un paisaje yermo. Tal vez filmado por un dron, pensé, intentando parecer informado, aunque solamente fuera ante mí mismo.

Me di cuenta de que había banda sonora. Ruidos débiles, ronroneo de motores, disparos en la lejanía, voces apenas audibles.

Dos hombres armados, sentados en la plataforma de carga de una camioneta, los dos con cigarrillos colgando de la boca.

Hombres con túnicas y pañuelos en la cabeza tirando piedras a un objetivo situado fuera de plano.

Media docena de soldados apostados en una fortificación en ruinas, asomándose por encima del parapeto, con las culatas de los rifles sobresaliendo de las ranuras de la pared; uno de los soldados lleva puesta una máscara de tebeo, de colores vivos, una cara rosa y alargada con cejas verdes, colorete en las mejillas y sonrisa maliciosa de labios rojos. Todo lo demás es en blanco y negro.

No me pregunté cuál era la finalidad de todo aquello, su significado subyacente, su mentalidad. Era simplemente Stenmark. Estaba allí porque sí. El equivalente visual, más o menos, de su discurso a los reunidos en la sala de juntas.

La sala de juntas. ¿Cuándo había sido aquello? ¿Quién había exactamente en aquel grupo? La guerra mundial de Stenmark: apasionado, tembloroso a ratos.

Hombres de negro caminando en fila india, todos con largas espadas, al alba, asesinato ritual, de negro de pies a cabeza, una disciplina gélida dibujada en sus pasos.

Soldados dormidos en un búnker, montones de sacos de arena.

Éxodo: masas de gente cargando con todas las posesiones que pueden llevar, ropa, lámparas de pie, alfombras, perros. Llamas elevándose por la pantalla detrás de ellos.

Tardé un rato en darme cuenta de que la banda sonora se había convertido en sonido puro. Una señal prolongada que rechazaba cualquier indicio de intención expresiva.

Policías antidisturbios lanzando granadas aturdidoras a la gente que huye cruzando una ancha avenida.

Dos ancianos en bicicleta por un terreno devastado. Al cabo de un rato pedalean junto a una columna de tanques por un campo nevado; un solo cuerpo inerte visible en una zanja.

Cuerpos: hombres masacrados en un claro de la selva, buitres deambulando entre los cadáveres.

Fue espantoso, y yo lo observaba. Empecé a imaginarme a más gente observando, en otros pasillos, en un nivel tras otro del complejo.

Niños junto a una furgoneta, esperando para entrar, con columnas de humo negro flotando inmóviles a lo lejos, y un niño mirando en aquella dirección, los otros mirando hacia la cámara, caras inexpresivas.

Cuerpo a cuerpo, seis o siete hombres con cuchillos y bayonetas, algunos con chaquetas de camuflaje, derramamiento concentrado de sangre, muy de cerca, un hombre alto tambaleándose, a punto de caerse, los demás impulsados a aquel momento de imagen congelada.

Otra imagen filmada por un dron: un pueblo en ruinas, un pueblo fantasma, figuritas hurgando entre los escombros.

La cara sin afeitar de un soldado, la estirpe de un verdadero guerrero, el gorro de lana negra, el cigarrillo en la boca.

Un clérigo dando zancadas rápidas, sacerdote ortodoxo, atuendo canónico, la capa, la sotana, gente desfilando detrás de él, más gente sumándose, encajándose en la imagen, puños en alto.

Cadáver tumbado boca abajo en una carretera llena de baches, escombros de las bombas por todos lados.

Los pasillos están atiborrados de gente observando las pantallas. Todos pensando lo mismo que yo.

Otra máscara de tebeo, máscara de dibujos animados, un soldado entre soldados, en formación, sosteniendo el rifle vertical sobre el torso, la cara blanca, la nariz morada, los labios rojos torcidos en una sonrisa sarcástica.

Una mujer con chador, vista desde atrás, saliendo de un coche y lanzándose de cabeza a una plaza abarrotada donde unas cuantas personas se fijan en ella y la ven y empiezan a dispersarse, y la cámara retrocede, y entonces llega la explosión, puramente visual, que parece reventar la pantalla misma y hacer jirones el aire que nos rodea. A todos los que estamos mirando.

Un cortejo fúnebre junto a una tumba, algunos de sus integrantes con armas automáticas sujetas al hombro con correas, idéntico humo negro, muy a lo lejos, sin elevarse ni extenderse, sino completa y extrañamente inmóvil, con aspecto de telón de fondo pintado.

Un niño pequeño con un gorrito gracioso, en cuclillas y con el trasero al aire para cagar en la nieve.

Luego hay una pausa y se apagan los aullidos continuos de la banda sonora. La pantalla se llena de un cielo gris y entumecido y la cámara se pone lentamente horizontal y se repite la primera e impresionante imagen.

Soldados saliendo con paso decidido de la niebla.

Esta vez, sin embargo, el plano se alarga y siguen saliendo más hombres y entre ellos hay heridos, figuras cojeando, caras ensangrentadas, unos cuantos con casco y los demás con gorros de lana negros.

Se reanuda el sonido, más realista ahora, explosiones en alguna parte, aviones volando bajo, y los hombres empiezan a avanzar con más cautela, con las armas pegadas al cuerpo. Pasan junto a un montículo de neumáticos ardiendo y se adentran en las calles de una ciudad, edificios desplomados, ruinas por todas partes. Los veo caminar sobre pedazos de mampostería y oigo varios gritos aislados, pronto ensordecidos por una descarga concentrada de armas de fuego.

Parece guerra tradicional y suena como tal, hombres armados, y me acuerdo de la nostalgia deformada de la que había hablado Stenmark: el mundo entero encajado en estas imágenes, un soldado con un cigarrillo en la boca, un soldado dormido en su búnker, un soldado con barba y la cabeza vendada.

Se oyen disparos en las inmediaciones y los hombres se ponen a cubierto, intentando ver de dónde vienen, respondiendo al fuego; la banda sonora se integra en la acción, estridente, cercana, voces gritando, y tengo que apartarme de la pantalla mientras la cámara se involucra más en lo que está sucediendo, gateando por el terreno en busca de primeros planos de las caras de los hombres, jóvenes y no tan jóvenes, dedos pegados a los gatillos, cuerpos perfilándose sobre el fondo de una estructura en ruinas. Todo rápido, nítido y magnificado, una sensación de algo inminente, y lo único que yo puedo hacer es observar y escuchar, un desbarajuste repentino de sonidos e imágenes, la cámara se mece y se mueve nerviosamente y por fin encuentro a un hombre de pie dentro de la carcasa de un coche destruido, barriendo la zona con su rifle. El hombre dispara varias veces y su torso se estremece al ritmo de los disparos. Luego se agacha y espera. Todos esperamos. La cámara inspecciona la zona y muestra escombros y llovizna y luego vuelve a aparecer la figura solitaria, arrodillada sobre el asiento del conductor y disparando una sola vez por la ventanilla lateral rota. Durante un rato reina el silencio casi total y la cámara sigue enfocando al hombre en cuclillas, que no lleva casco, sino una cinta en la cabeza; a continuación los disparos se reanudan desde varias direcciones y la imagen da un salto y el hombre es alcanzado por una bala. O eso me parece. La cámara lo pierde de vista y en su lugar solamente enfoca fragmentos del fondo cubierto de barro. El ruido se vuelve intenso, disparos rápidos, una voz repitiendo la misma palabra, y luego el hombre vuelve a aparecer, dando tumbos a campo abierto, sin su rifle, mientras la cámara se afianza; a continuación recibe otro balazo y cae de rodillas, y yo me pongo a recitar estas palabras para mis adentros mientras lo miro. Recibe otro balazo y cae de rodillas, y entonces se ve una imagen nítida de la figura, chaqueta de combate caqui, vaqueros y botas, pelo de punta, tres veces su tamaño, allí mismo, encima de mí, herido y sangrando, la mancha extendiéndosele por el pecho, un hombre joven, los ojos cerrados, desmesuradamente real.

Era el hijo de Emma. Era Stak.

Se desploma hacia delante y la cámara se aleja girando y era él sin duda, el hijo, el chico. A continuación se acercan varios tanques y yo necesito verlo otra vez, porque aunque no hay duda, todo ha sucedido demasiado deprisa, no he tenido tiempo. Una docena de tanques en formación descuidada aplastando barricadas de sacos de arena, y yo me quedo allí esperando. ¿Por qué iban a volver a mostrarlo? Pero yo tengo que esperar, necesito verlo. Los tanques avanzan por una carretera que tiene un letrero con caracteres cirílicos y romanos. *Konstantinovka*. Encima del nombre hay un dibujo tosco de una calavera.

Stak en Ucrania, un grupo de autodefensa, un batallón de voluntarios. ¿Qué otra cosa podría ser? Sigo mirando y esperando. ¿Sabían los que lo habían reclutado su edad o su nombre? Es un nativo que regresa. Nombre, nombre adquirido, apodo. El único que yo conozco es Stak, y tal vez no haya nada más que saber. El niño convertido en un país de una sola persona.

Tengo que quedarme hasta que la pantalla funda a negro. Tengo que esperar y observar. Y si mandan a un acompañante a buscarme, el acompañante tendrá que esperar. Y si Stak no vuelve a aparecer, que la imagen desaparezca, que el sonido se apague, que la pantalla ascienda y que el pasillo entero quede a oscuras. Los demás pasillos vaciados, circulación ordenada de personas, pero este pasillo se oscurecerá y yo me quedaré aquí con los ojos cerrados. Todas las veces que había hecho aquello antes —quedarme de pie en una sala a oscuras, inmóvil, con los ojos cerrados, de niño extraño y de adulto—, ¿había estado avanzando hacia un espacio como aquél, un pasillo largo, frío y vacío, puertas y paredes de colores a juego, silencio completo, sombras fluyendo hacia mí?

En cuanto la oscuridad sea completa, yo simplemente me quedaré aquí plantado y esperando, esforzándome por no pensar en nada.

**9**

Veo un taxi aparcado casi a un metro de la acera y luego a un hombre de rodillas en la tapa de la alcantarilla, descalzo y con los zapatos tras de sí, postrado, con la cabeza pegada a la acera, y tardo un momento en entender que es el conductor del taxi y que está de cara a La Meca, postrado hacia La Meca.

Los fines de semana, de vez en cuando, me quedo en un cuarto de invitados en casa de mi padre, con derecho a cocina. El joven que lleva estos asuntos, uno de los peleles corporativos, comenta los detalles usando ese patrón contemporáneo de oraciones enunciativas que van ascendiendo gradualmente hasta convertirse en preguntas.

A veces pienso en ir a museos solamente para oír los idiomas que hablan los visitantes. Un día seguí a un hombre y a una mujer desde las lápidas de piedra caliza del Chipre del siglo iv a. C. hasta la sección de armas y armaduras, esperando a que volvieran a ponerse a hablar entre ellos y yo pudiera identificar su idioma, o bien intentarlo, o al menos hacer alguna conjetura idiota. La idea de acercarme a ellos para preguntárselo con educación estaba fuera de mi alcance.

Estoy sentado frente a una pantalla en un cubículo de plexiglás identificado con el letrero DIRECTOR DE NORMATIVA Y ÉTICA. Me he adaptado bien a este sitio, no solamente en términos de mi disposición diaria, sino también en el contexto de los métodos que he desarrollado para realizar mis deberes obligatorios y conformarme al idioma indígena.

Mendigo en silla de ruedas, vestido con normalidad, afeitado, sin vaso de cartón manchado, extendiendo una mano enguantada hacia la aglomeración de la calle.

Por un lado está la dinámica de amplio espectro de la carrera empresarial de mi padre y, por el otro, el paisaje apocalíptico de la Convergencia, y me digo a mí mismo que no me estoy escondiendo dentro de una vida que es una reacción a eso, o una venganza por eso. Y, sin embargo, nunca saldré de las sombras de Ross y de Artis, y no es la relevancia de sus vidas lo que me atormenta, sino su forma de morir.

Siempre que me pregunto por qué pedí pasar de vez en cuando una noche en casa de mi padre, me viene inmediatamente a la cabeza el edificio donde vive Emma, por esta misma zona —o donde vivía, mejor dicho—, y a menudo salgo a dar paseos por el vecindario, esperando no ver nada, no descubrir nada, pero sintiendo una inmanencia, el modo en que una pérdida dolorosa proyecta su presencia sombría, aunque en este caso, en su calle, percibo la posibilidad de que yo ni siquiera haya intentado entenderlo.

En la tienda de alimentación de mi vecindario nunca me olvido de comprobar la fecha de caducidad de las botellas y los envases. Meto la mano entre los artículos en exposición, entre los productos envasados, y saco un artículo de la fila del fondo porque es ahí donde se encuentran el pan en rebanadas o la leche o los cereales más frescos.

Mujeres altas por todas partes. Busco con la mirada a la mujer plantada en pose formal en una esquina de la calle, con o sin letrero en un alfabeto extraño. ¿Qué puedo ver que no haya visto ya, qué lección se puede aprender de una figura quieta en medio de la multitud? En su caso, podría estar avisándonos de una amenaza inminente. Siempre ha habido individuos que hacen eso, ¿verdad? Me parece algo medieval, alguna clase de premonición. Nos está diciendo que estemos preparados.

A veces se tarda una mañana entera en dejar atrás un sueño, en despertarse lo suficiente para salir de él. Sin embargo, yo no he sido capaz de recordar ni un solo instante de mis sueños desde que regresé. Stak es mi sueño a plena luz del día, el niño soldado que se alza amenazadoramente en la pantalla, a punto de desplomarse encima de mí.

Voy paseando, mirando, y veo el tráfico atascado y berreando y el dinero extranjero volando hasta las torres de apartamentos con áticos de lujo que se imponen desde las alturas a los reglamentos de zonificación urbanística.

Me gusta la idea de trabajar en un entorno educativo, pese a ser consciente de que en algún momento esa idea se disolverá en forma de detalles. Los lunes viene a recogerme una furgoneta muy temprano, trayendo ya a dos empleados que viven en Manhattan, y nos lleva a todos a una pequeña población de Connecticut donde está situada la universidad, un campus humilde, estudiantes medianamente prometedores. Nos quedamos allí hasta el jueves por la tarde, cuando nos vuelven a traer a la ciudad, y resulta interesante ver cómo los tres encontramos formas nuevas de hablar sobre nada.

Siento que me estoy acomodando en la vida larga y blanda, y la única pregunta que me hago es cómo de letal va a resultar ser.

Pero ¿acaso me creo esto, o solamente estoy intentando ser efectista a fin de contrarrestar la comodidad de mi vida cotidiana?

Entro en la sala de los cuadros monocromos y me acuerdo de las últimas palabras que Ross consiguió pronunciar. *Yeso sobre tela*. Intento despojar los términos de su significado y considerarlos un fragmento de algún idioma hermoso y perdido, que llevaba mil años sin hablarse. Las pinturas de la sala son al óleo sobre lienzo, pero me digo a mí mismo que iré a visitar museos y galerías en busca de pinturas con la designación *yeso sobre tela*.

Me paso horas caminando, esquivando de vez en cuando un resto de mierda de perro.

Emma y yo, amantes en tiempos remotos. Sigo llevando el *smartphone* en el bolsillo del pantalón porque ella está en alguna parte, perdida en la espesura digital, y el tono de llamada, que casi nunca suena, es su voz implícita, situada a un instante de distancia.

Como pan de molde porque si lo pongo en la nevera puedo hacer que me dure más, que es algo que no funciona con el pan griego, el italiano o el francés. En los restaurantes adonde voy a cenar, casi siempre solo por elección propia, como pan con la corteza bien gruesa.

Todo esto importa, a pesar de que supuestamente no importe. El pan que comemos. Hace que me pregunte quiénes eran mis ancestros, aunque sea por un momento nada más.

Sé que debería retomar mi hábito de fumar. Todo lo que ha sucedido me empuja en esa dirección, en teoría. Pero no me siento mermado por mi abstinencia, a diferencia de lo que me sucedió en el pasado. El ansia ha desaparecido, y tal vez sea eso lo que me merma.

Hay una lámpara muy elegante en el techo del cuarto de invitados de la casa de mi padre y yo me dedico a encenderla y apagarla y, cada vez que lo hago, inevitablemente me sorprendo pensando en el término *lámpara colgante*.

En la calle, sin rumbo particular, compruebo que llevo la billetera y las llaves y compruebo que la cremallera de mis pantalones esté bien cerrada desde la altura del cinturón hasta la entrepierna o viceversa.

El alivio no es proporcional al miedo. Dura un tiempo limitado. Te pasas días y luego meses preocupado y por fin aparece el hijo y resulta que está a salvo y te olvidas de cómo pudiste no concentrarte en otro tema o situación o circunstancia durante todo ese tiempo, porque el chico está aquí ahora, o sea que vamos a cenar. Pero el hijo no está aquí, ¿verdad? Está cerca de un letrero de una carretera que dice *Konstantinovka*, en Ucrania, el lugar de su nacimiento y de su muerte.

Idiomas, sirenas constantes, mendigo envuelto en una masa de harapos, hombre o mujer, vivo o muerto, cuesta saberlo incluso cuando me acerco y le dejo un dólar dentro del vaso de plástico abollado.

Dos calles más allá, me digo que debería haberle dicho algo, que debería haber decidido algo, pero antes de que la cuestión se complique demasiado me pongo a pensar en otra cosa.

Me siento en mi cubículo de las oficinas de la administración de la universidad y tacho cosas de listas. No borro las cosas que tacho, simplemente hago clic en la casilla de tachar y hago aparecer una línea sobre cada elemento que quiero eliminar de la pantalla. Líneas y elementos. Con el tiempo, las líneas que tachan los elementos señalan mi progreso de forma visible. El instante del tachado es lo mejor, crea una ilusión infantil.

Me acuerdo de los pocos momentos que pasamos mirándonos al espejo, Emma y yo, y de que éramos una primera persona en plural, una serie de imágenes fundidas entre sí. Luego vino mi triste e incriminatoria incapacidad para contarle quién era yo, para narrar la historia de Madeline y de Ross, o la de Ross y Artis, así como el futuro petrificado de mi padre y mi madrastra en su suspensión criogénica.

Esperé demasiado.

Quise que ella me viera en un entorno aislado, al margen de las fuerzas que me habían creado.

Luego me acuerdo del taxista arrodillado en el barro de la alcantarilla, de cara a La Meca, y trato de reconciliar el firme asentamiento de su mundo dentro de la dispersión de éste.

A veces me acuerdo de mi habitación, de su paisaje exiguo, pared, suelo, puerta, cama, una imagen monosilábica, prácticamente abstracta, y trato de verme a mí mismo sentado en la silla, eso y nada más, con mucho detalle, esta cosa y aquella cosa y el hombre de la silla, esperando a que su acompañante llame a la puerta.

La restauración, el andamiaje, la fachada del edificio escondida detrás de unas enormes superficies blancas de capas protectoras. El barbudo que está detrás de los andamios gritándoles a todos los transeúntes que pasan, y lo que oímos no son palabras ni frases, sino sonido en estado puro, parte del ruido de los taxis, los camiones y los autobuses, con la diferencia de que sale de un humano.

Pienso en Artis en su cápsula y trato de imaginar, en contra de mi firme creencia, que todavía conserva una mínima conciencia. Pienso en ella en un estado de soledad virginal. Sin estímulos, sin actividad humana que incite respuesta, con los vestigios más básicos de memoria. Luego intento imaginarme un monólogo interior, el suyo, de generación espontánea, posiblemente ininterrumpido, la prosa abierta de una voz en tercera persona que es también su voz, una forma de cántico en un solo tono bajo y sin variaciones.

En los ascensores dirijo una mirada a ciegas exactamente a ninguna parte, consciente de que estoy dentro de un cajón hermético en compañía de otra gente y que ninguno de nosotros está dispuesto a mostrar su rostro a la inspección ajena.

Estoy esperando en una parada de autobús cuando me llama Emma. Me cuenta lo que le ha pasado a Stak, usando el número mínimo de palabras. Me cuenta que ha dejado su trabajo en la escuela, que ha vendido su apartamento de Nueva York y se va a vivir con el padre del chico y yo no me acuerdo de si estaban divorciados o separados, aunque no importa. El autobús viene y se va y hablamos un rato más, en voz baja, tal como hablan quienes apenas se conocen, y luego nos aseguramos el uno al otro que volveremos a hablar.

Yo no le cuento que vi cómo sucedía.

## 10

Era un autobús de los que cruzan Manhattan de oeste a este; había un hombre y una mujer sentados cerca del conductor y una mujer y un niño al fondo. Busqué sitio y me senté, a medio camino, sin mirar en ninguna dirección en particular, con la mente en blanco o casi, hasta que empecé a captar un resplandor, una marea de luz.

Al cabo de unos segundos las calles se cargaron con la última luz del día y el autobús pareció transportar aquel momento radiante. Me miré el dorso resplandeciente de las manos. Estaba observando y escuchando cuando me sobresaltó un alarido humano y me volví de golpe en mi asiento para ver al niño de pie, mirando por la ventana de atrás. Estábamos en el Midtown, con vistas despejadas al oeste, y el niño estaba berreando y señalando el fulgor del sol, suspendido con una precisión asombrosa entre hileras de rascacielos. Aquel poder, aquella masa enorme, redonda y rubicunda era algo impresionante, en medio de nuestra aglomeración urbana, y yo sabía que existía un fenómeno natural en

Manhattan, una vez o dos al año, por el que los rayos del sol se alineaban con la cuadrícula de las calles.

No sabía cómo se llamaba aquel fenómeno, pero lo estaba viendo, y también el niño, cuyos chillidos ansiosos eran adecuados a la ocasión; el niño en sí, corpulento y de cabeza enorme, estaba completamente absorbido por la visión.

Volvió a mi mente Ross, de nuevo, en su despacho, la imagen acechante de mi padre diciéndome que todo el mundo se quiere apropiar del fin del mundo.

¿Era eso lo que el niño estaba viendo? Dejé mi asiento y me acerqué a él. Tenía las manos entrelazadas frente al pecho, fláccidas y temblorosas. Su madre estaba sentada en silencio, mirando con él. Daba botecitos al compás de sus chillidos, que eran incesantes y también vivificantes, gruñidos prelingüísticos. Me parecía terrible que pudiera tener alguna disminución, que fuera macrocefálico o deficiente mental, pero aquellos aullidos sobrecogidos resultaban mucho más adecuados que las palabras.

El disco solar entero bañaba las calles e iluminaba las torres que nos flanqueaban, y me dije que el niño no estaba viendo el cielo venirse abajo sobre nosotros, sino encontrando el asombro más puro en el contacto íntimo de tierra y sol.

Regresé a mi asiento y miré al frente. No necesitaba la luz del paraíso. Ya tenía los gritos maravillados del niño.